만남과 배움

증보판

이상우 지음

마음가짐 다듬기 90년

만남과 배움

증보판

기파랑

〈책머리에〉

후학들과 나누는 시기별 '마음 다듬기'

2003년, 내가 예순다섯이 되었을 때 한림대학교 총장직을 맡았다. 신입생을 모아 놓고 앞으로 4년 동안 한림에서 대학 생활을 하며 겪게 될 만남과 배움에 대하여 내 생각을 전했다. "여러분보다 앞서 살아온 교수들을 만나 그들의 경험에서 배움을 얻고, 같은 시대를 살아가는 교우들과 더불어 지내면서 자기의 부족한 점을 배워 메워 나가야 한다"고 말했다. 그리고 그 만남과 배움에서 중점을 두고 다듬어야할 다섯 가지 마음가짐을 해설해 주었다.

첫째는, 살면서 이루고자 하는 자기상(自己像)을 다듬는 일이다. 환갑쯤 되었을 때 나는 '어떤 사람'이 되어 있었으면 좋겠는가를 생각하며, 생을 마칠 때의 자기 모습을 그려보면서 자기상을 사랑하는 마음, 그 상(像)에 흠이 가지 않도록 아끼는 자존(自尊)의 마음가짐을 굳히라고 했다. 자기를 사랑하고 존중하는 자존심이 평생을 이끄는 등대가 되어야 한다고 말했다.

둘째는, 자기를 다듬는 일을 한시라도 놓지 말고 꾸준히 펼쳐 나가라고 했다. 끊임없이 자기를 다듬는 수기(修己)의 정신이 살아 있어야 자기 성장이 이루어진다고 강조했다.

셋째는, 자기를 다듬는 기준을 대자연의 섭리에서 찾으라고 했다. 사람은 자연의 일부이다. 대자연에는 자체의 질서가 있다. 사람은 그 질서를 어길 수 없다. 자연질서를 따르는 마음, 즉 순리(順理)의 마음가짐을 가져야 자연과 자연의 일부인 다른 사람, 다른 생명체와 조화를 이루며 살아갈 수 있다. 물은 높은 곳에서 낮은 곳으로 흐른다. 흐르는 물을 거슬러 억지로 올라가려 하면 무리를 범하게 된다. 그래서 노자(老子)는 상선약수(上善若水)를 강조했다.

넷째는, 사람은 다른 사람과 더불어 집단을 이루고 살도록 운명지어져 있다는 점을 잊지 말라고 했다. 서로가 자기 욕심의 일부를 내려놓고 남도 욕망을 이룰 수 있게 해주는 마음가짐, 모두가 같이 지켜야 할 공동체의 질서를 존중해주는 위공(爲公)의 마음가짐을 가져야 서로가 함께 부족한 것을 배워 메워가며 화목하게 살 수 있다.

다섯째, 세상은 나 혼자만의 삶의 터가 아님을 알아야한다. 다른 사람도 살아야 하고, 다른 생명체도 살아야 하는 곳이다. 남을 배려하는 마음을 가져야 한다. 나보다 남을 앞세우는 마음가짐을 사랑이라 한다. 모든 생명체가 이러한 사랑의 마음가짐을 가지게 되면 다 함께 잘 살아갈 수 있다. 넓은 사랑의 마음, 박애(博愛)의 마음가짐이 사람 사는 세상에 평화를 가져온다.

자존, 수기, 순리, 위공, 박애의 다섯 가지 마음가짐을 갖추게 되면 여러분은 이 나라를 살기 좋은 나라로 만들어 나가는 지도자가 될 수 있다. 나는 학생 여러분이 그런 참선비가 되기를 바란다고 말했다.

내가 젊은 학생들에게 일러준 다섯 가지 마음가짐은 내가 90년 살아오면서 내 스스로를 다듬어온 지침이었다. 잘못 들어서면 바른길을 찾아 되돌아오고, 지치면 쉬어 가면서 꾸준히 나를 다듬어오며 늘 기준으로 삼았던 마음가짐의 틀이었다.

2023년, 내가 여든다섯이 되었을 때 나의 옛 제자들의 모임인 반산회(盤山會) 회원들과 모임을 갖고 나머지 인생을 어떻게 살 것인가를 논했다. 그들 중 상당수는 이미 정년퇴직을 하고 각각 자기의 생을 되돌아보며 남은 생에 대한 계획들을 마음속에 간직하고 있어 그 모임은 '남은 생(生)의 계획'을 논의하는 세미나가 되었다. 그 모임에서 오고 간 이야기를 바탕으로 후학들에게 나머지 인생의 의미를 생각하게 하는 글을 써보기로 했다. 그리고 지나온 삶을 되새겨보며 젊은이들에게 일러주고 싶은 이야기도 보태보기로 했다.

공자(孔子)는 열다섯에 배움에 뜻을 두었고(志學), 이십 대에는 공부가 짧으니 책임 있는 직책을 맡지 않았으며(弱冠), 서른이 될 때쯤에는 어떻게 살 것인가를 정하였고(而立), 사십 대쯤에는 자기 생각의 중심을 잡고 남의 감언이설에 이끌려 실수하지 않게 되었으며(不惑), 오십 대에 이르러서는 우주 질서를 이해하기 시작했으며(知天命), 예순이 되어서 비로소 마음을 열고 남의 이야기를 들을 수 있게 되었으며(耳順),

칠십이 넘어서야 마음대로 생각을 펼쳐도 도리에 어긋나지 않게 되었다(從心所欲不踰矩)고 했다. 수긍이 가는 말씀이다. 그러나 과학기술이 기하급수적으로 발달하면서 생활환경이 혁명적으로 바뀌는 지금, 공자의 학습 진도를 따를 수는 없다. 20세기까지는 몰라도 21세기에 들어서서는 마음 다듬기의 진행을 좀 더 늦추어야 할 것 같다. 생활양식도, 인간 간의 접촉 수단도 혁명적으로 바뀌어 '만남'과 '배움'의 기회, 방식이 모두 달라졌기 때문이다.

나는 내 경험을 되새기면서 삶을 세 시기로 나누어 보고자 한다. 문명화되면서 사람들은 태어나 자라는 과정에서 많은 사람과 접촉하게 되어 인지 능력이 옛날보다 빠르게 커지고, 발달된 정보통신 수단으로 만남과 배움의 기회가 혁명적으로 늘어났다. 이렇게 변한 환경을 반영하여 '배우면서 나를 만들어 가는 첫 30년', 소속 공동체와 그 구성원들의 삶의 향상을 위해 공동체의 한 사람으로서 공동체의 안전과 발전을 위하여 '봉사하며 배우는 두 번째 30년', 그리고 가족 부양, 공동체를 위한 봉사 의무에서 해방된 '자유로운 제3기 인생 30년'으로 나누어 봄이 현실적이라고 생각한다. 그래서 이 책은 이렇게 30년 단위로 삶의 시기를 나누어 3개의 장(章)으로 꾸며 보았다.

첫 30년은 태어나서 부모님의 보살핌과 가르침 속에서 육체적, 정신적, 그리고 지적 능력에서 성장하는 시기이다. 주변 사람들과의 관계를 이해하고 발전, 유지시키는 지혜를 얻고 소속 공동체 속에서 살아가는 데 필요한 행위 준칙을 이해하고 지키는 방법을 터득해 나가면서 어른으로 성장해 나가는 시기이다. 다음 30년은 배운 지식과 쌓아온 기술 등으로 이웃과 소속 공동체를 바로 운영하는 데 필요한 일을 하면서 봉사하는 시기이다. 제2기 인생에서는 일하면서 자기의 생각과 지식과 기술을 키우는 삶을 살게 된다. 봉사하면서 만난 사람과 매일 겪게되는 상황에서 새로운 배움을 얻는 '일하면서 배우는 30년'이 제2기 인생이다.

60이 넘으면서 체력의 한계가 오면 일에서 해방된다. 힘 있는 다음 세대에게 일을 맡기고, 사회적 책임에서 해방된 자유스러운 상태에서 지나온 삶을 되새기며 자신의 삶의 의미를 정리하게 된다. 그동안 다듬어온 마음가짐을 바탕으로, 일에 매이지 않는 자유로운 환경에서 다음 세대에 전해줄 '삶의 길'을 그려나갈 수 있게 된다. 제3기 인생은 완성된 '자기 삶'의 그림을 다듬는 시기이다.

이 책은 두 부분으로 구성했다. 첫 부분에는 내가 살면서 겪은 경험들을 쓴 글들을 모았다. 사람들을 만나고 함께 일하면서 배움을 얻은 사례들을 적어 보았다. 그 속에서 나의 마음가짐을 다듬게 된 과정을 밝혔다. 내 경험을 바탕으로 이야기를 펼치다 보니 그중에는 잘했다고 자랑하고 싶은 것도 있지만 생각이 짧아 좋은 배움의 기회를 놓친 일화도 많았다. 모두 교훈이 되리라 해서 그대로 실었다.

두 번째 부분인 부록에는 나와 오랜 시간을 함께 지낸 제자들의 글을 실었다. 그들이 느낀 것, 배운 것들을 짧은 글에 담아 나의 이야기를 보완하고자 했다. 이 짧은 글들은 반산회장 박광희(朴廣熙) 교수가 모았다.

이 책 원고도 동학(同學) 황영옥(黃永玉)이 감수했다. 그리고 신아연(新亞研) 박정아(朴正娥) 차장이 원고 정리를 해주었다. 고마움을 전한다.

2025년 2월 20일

글쓴이 盤山 李 相 禹

만남과 배움
마음가짐
다듬기 90년

[부록]

목차: 盤山과의 만남: 후학들의 회고

아들 태환이 유치원생 때 함께 백운대에 올랐다.
자연을 보여주기 위해서.

배우면서 나를 만드는
첫 30년

삶의 주체로서의 자아 형성

배우면서 나를 만드는 첫 30년
: 삶의 주체로서의 자아 형성

만남에서 배움을 얻는다. 나보다 먼저 가 본 적이 있는 사람, 나보다 더 밝은 눈과 귀를 가지고 있어 내가 미처 보고 듣지 못했던 것을 아는 사람, 많은 것을 공부해서 체계적 지식과 지혜를 갖추고 있는 사람은 나의 스승이 된다. 그리고 마음에 들지 않는 사람, 못된 사람에게서도 "저러면 안 되지..." 하는 배움을 얻는다.

사람 이외에 사물(事物, phenomena and things)도 내게 가르침을 주는 스승이 된다. 산과 강, 바다도 스승이 된다. 자연의 모습에서 배워야 할 것이 많기 때문이다. 사회 제도, 조직, 단체의 작동 원리에서도 배울 것을 찾을 수 있고, 전쟁, 폭동, 큰 행사 등 사람들의 집단적 움직임에서도 배움을 얻게 된다. 그리고 사람들이 만들어 놓은 각종 기계, 건물 등 인조물에서도 많은 지식과 지혜를 얻을 수 있다. 배움은 세상의 모든 인간과 모든 사물에서 얻을 수 있다.

사람은 태어나서 이 세상을 하직할 때까지 쉴 새 없이 새로운 것을 배우며 살아간다. 그리고 그 배움을 통해 끊임없이 마음가짐을 다듬어 나간다. 그래서 '어제의 나'와 '오늘의 나'가 달라진다. 배움은 나를 계속 변화시킨다.

만남에는 '주어진 것'과 '내가 선택한 것'이 있다. 내가 한국 사람으로 태어난 것, 전쟁 중에 태어난 것, 그리고 우리 집의 넷째 아들로 태어난 것 등은 모두 주어진 것이다. 그러나 많은 여인 중에서 오늘의 아내와 결혼한 것은 나의 선택이었고, 특정 대학에 입학하여 특정 직업을 가지게 된 것도 나의 선택이었다. 직장 속에서 특정한 사람과 가까이 지내게 된 것도 나의 선택이었다.

주어진 만남에서는 최선을 다해서 '주어진 조건 속에서 지킬 수 있는 나'를 지켜 나가는 선택밖에 할 수 있는 일이 없다. 그러나 내가 선택할 수 있는 만남의 경우에는 내가 도달하고 싶은 미래의 나의 상(像)에 이르는 길에 가장 가까운 길을 택하여 그 만남을 맞이해야 한다. 이러한 선택을 할 때 나의 마음가짐이 나의 선택 기준이 된다.

"순간의 선택이 평생을 좌우한다."는 이야기를 노년에 이른 많은 어른들이 남기고 있다. 옳은 말이다. 첫발을 내디딜 때 왼쪽으로 가는가, 오른쪽으로 가는가에 따라 몇십 년 뒤 나의 위치가 크게 달라진다. 그래서 중대한 선택의 갈림길에서는 신중하게 '나의 지금'과 '미래의 나'를 함께 놓고 깊이 생각해야 한다. 다듬어진 나의 마음가짐이 이 선택의 기준이 되어야 후회 없는 삶을 살게 된다.

철학자 안병욱(安秉煜) 교수는 사람이 살면서 다섯 번 태어난다고 했다. 첫째는 '생물학적 탄생'이다. 내가 태어나고 싶어서가 아니라 어떤 알 수 없는 힘이 나를 이 세상에 내던진 탄생이다. 둘째는 자라나서 '이성(異性)을 사랑할 때 느끼게 되는 마음가짐'으로 깨우쳐지는, 새로운 자신에 대한 인식이 가져오는 탄생이다. 그런 인식을 가지게 되면서 '새로운 자기'가 탄생한다. 셋째는 '종교적 탄생'이다. 하느님을 알고 신을 체험하고 초월자 앞에 설 때 새로운 자아(自我)로 태어나는 존재의 변화다. 넷째는 '죽음 앞에 설 때 깨닫게 되는 마음가짐'을 갖게 되는 심경 변화가 가져오는 새로운 탄생이다.

끝으로 안병욱 선생은 다섯 번째 탄생으로 '철학적 탄생'을 꼽았다. 이것은 아무나 겪는 탄생이 아니고, 자기 삶의 의미를 깨닫고 '나의 의미와 가치를 깨닫고 성숙해진 자아(自我)'로 성장할 때 겪는 '자아 인식 변화'이다. 이것은 '진정한 자기'의 발견이다. 자기 삶의 의미를 깨닫는 '사명의 자각'을 얻은 자만이 겪는 탄생이다.

안병욱 선생의 '다섯 단계의 탄생'론은 너무 철학적이어서 모든 사람에게 적용하기 어려운 주장이다. 그러나 쉽게 해석하면, 사람은 나이가 들면서 자기 생의 의미를 점차 깨닫게 된다는 이야기다. 사람들이 살아가면서 겪게 되는 마음가짐의 성숙 과정을 좀 더 쉽게 정리해 보면, 사람 사는 사회 속에서 '나'라는 존재는 무엇인지를 깨닫고, 이 세상에서 살아가는 데 필요한 지식을 쌓으며, 능동적으로 세상살이에서 내가 기여할 수 있는 일을 감당할 수 있는 능력과 기예를 다듬는 첫 단계가 있다. 그리고 얻어진 지식과 능력을 활용하여 일을 해 나가는 두 번째 단계가 있다. 그런 봉사가 끝나면 은퇴하여 여생을 즐기며 살아가는 세 번째 단계로 나눌 수 있을 것 같다. '인생 90'이 자리 잡힌 21세기에는 이 세 단계를 각 30년으로 구분할 수 있지 않을까?

첫 30년 동안은 세상살이에 필요한 기본 지식을 배우고, 나아가서 그 지식을 기초로 어떤 삶을 살아갈지 방향을 정하는 기간이라 할 수 있다. 공자(孔子)가 말하는 삼십이립(三十而立)의 과정이라 할 수 있다. 두 번째 30년은 쌓아온 지식과 다듬어진 '삶의 꿈'의 설계를 토대로 일해 나가는 '일하는 30년'이 될 것이다. 이렇게 일을 해 가면서 사람들은 인간의 능력이 극히 제한적이며, 사람의 인지 능력으로는 알기 어려운 대자연의 섭리(신의 영역이라 해도 좋다)의 존재를 깨닫게 된다. 공자의 지천명(知天命)의 단계이다.

그리고 세 번째 30년의 인생에서는 현실에 매이지 않은 자유로운 마음가짐으로 사람 살아가는 바른길을 찾는 자아완성(自我完成)의 삶을 누리게 된다. 이때는 어떤 틀에도 매이지 않고 생각을 펼 수 있게 된다(從心所欲不踰矩)는 단계의 삶을 누리게 된다.

인생을 이렇게 세 과정으로 나누어 보면, 첫 30년의 제1기 인생은 한 사람이 90년 평생을 살아가는 기본 조건이 완성되는 기간으로, '사람 만들기'의 기초가 되는 가장 중요한 시기가 된다.

사람은 태어났을 때 백지 상태의 본능과 자율 신경만이 작동하는 단순한 생명체이다. 태어나서 삶의 환경을 접하면서 인지 능력이 발달하게 된다. 백지 상태의 가슴과 머릿속에 느낌과 생각을 그려 넣는 첫 단계의 환경 접촉이 평생의 마음가짐의 기초를 마련해 준다. 그런 뜻에서 인생 제1기의 '눈을 뜨는 30년'은 아주 중요하다.

제1기의 시작은 가족의 일원으로 시작된다. 엄마와의 만남, 가족과의 만남에서 사는 방법을 익히게 된다. 이른바 '가정교육'이라 부르는 밥상머리 교육이 인생의 시작이다. 말을 배우고 세상을 조금 알게 된 때부터 20여 년간은 초·중·고교와 대학이라는 제도화된 교육 기관에서 훈련받게 된다. 이 과정에서 사람들의 평생을 결정해 주는 마음가짐과 지식의 기본 틀을 얻게 된다.

제1장 제1절에서는 만남과 배움의 시작이 되는 가족, 학교, 자연환경 등을 살펴보고, 제2절에서는 가족과 학교 교사들의 가르침을, 그리고 제3절에서는 공동체 속에서 살아가면서 터득하게 되는 내 생각과 내가 속한 공동체의 삶의 틀과의 조화 과정을 살펴본다.

첫 30년의 인생에서 가장 중요한 일은 평생을 살면서 이루고자 하는 '자기상'을 그려 보는 일이다. 자기가 되고 싶은 사람은 어떤 모습을 갖춰야 하는가를 정하는 일이다. 이 일을 어떻게 추진해 나갈지를 '제1장 4절 자기 삶의 틀을 짜는 기초 공사 기간'에서 다룬다. 그리고 '제1장 5절 첫 30년 동안의 마음가짐 다듬기'에서 첫 30년 동안 어떤 마음을 가져야 하는지를 다룬다.

1. 어른들의 가르침을 받아 눈을 뜨는 시기

1) 엄마와의 첫 만남

사람은 태어나서 죽을 때까지 매일매일 사람을 만나고 사물을 접하고 그 만남과 접함에서 배움을 얻으며 살아간다. 그런 뜻에서 사람의 일생은 만남과 배움의 연속이다.

만남과 배움에 무슨 순서가 정해진 것은 없으나 자라면서 인지 능력이 늘어나기 때문에 배움의 수준이 나이에 따라 달라진다. 태어나서 처음 만난 엄마로부터 원초적인 의견 교환 방법을 배운다. 그리고 주위의 가족과 만나면서 말을 배우고 주변 사람과의 관계 속에서 '나'라는 삶의 주체로서의 자각을 얻게 된다. 자아(自我)의 발견이다.

자라면서 사람은 이웃을 만나고 나아가서 삶의 마당이 될 사회 속의 여러 사람들을 만나게 된다. 스스로 나서서 만나기도 하지만 나라가 만든 사회조직 속에서 어른들이 나를 학교와 같은 만남의 장소로 데려다 조직 생활의 질서를 배우게 한다. 그리고 직장에 들어가면서 공익(公益)과 사익(私益)의 조화라는 어려운 과제를 풀어나가는 훈련을 받게 된다. 이런 과정을 거치면서 사람은 자기가 계획했던 자기 모습, 자기상(自己像)을 만들면서 어른이 된다.

만남과 배움의 긴 여정은 자존(自尊) 의식이 형성되는 가족과의 만남에서 출발한다.

모든 사람은 이 세상에 태어나서 엄마와 첫 만남을 가진다. 먹여주고 재워주고 씻어주고... 혼자 먹고 살 수 있을 때까지 엄마가 살게 해

준다. 어린애에게 엄마는 하늘같은 존재이다. 말을 배우기 시작한 아이들에게 엄마를 좋아하느냐고 물으면 표준적 대답은 "하늘만큼 좋아"다. 생각할 수 있는 제일 큰 것이 하늘이니까. 엄마는 무엇이든지 할 수 있는 존재로 생각한다. 호랑이가 와도 무섭지 않다. 엄마가 지켜줄 테니까.

여유가 생겨 눈을 돌려보기 시작하면서 아버지, 오빠, 형, 할머니 등 가족을 만나게 되고 좀 더 크면서 이웃과 친척 등 가까운 거리에 있는 '다른 사람'을 만나게 된다. 주위 사람과의 새로운 만남에서 새로운 배움을 얻기 시작한다. 누가 내 편이고 누가 나를 무섭게 하는 경계 대상인지를 구분하게 되면서 '우리'와 '남'을 구별하게 된다. 그 과정에서 서서히 '나'라는 존재의 상대적 위치를 이해하게 된다. 자아의 발견이다.

좀 더 크면서 가족 질서 속에서의 자기 지위를 알게 되고 자기의 권리와 책임을 자각하는 주체 의식을 갖게 된다. 이 과정에서 자기를 사랑하는 마음, 자기를 존중하는 마음을 키워 나간다. 그리고 어른이 되었을 때 갖추어야 할 자기 모습(自己像)을 그려 보면서 그 상을 지키려는 마음, 자존심(自尊心)을 키우게 된다. 내가 되고 싶은 사람, 60살쯤 되었을 때 도달했으면 하는 자기 모습을 마음속에 두고 그 상을 지키려는 마음인 자존심을 가지고 오늘의 행위를 결정하는 주체적 존재로 자리 잡아 간다.

가정교육이 왜 중요한가? 자존심의 뿌리를 심어주는 작업이기 때문이다. 사회생활을 하면서 만나는 사람의 기품은 그 사람이 자라난 가정교육에서 형성되었음을 알게 된다. 한 사람의 전 인생을 지배하는 기품있는 자존심은 어릴 때 가정교육에서 형성된다. 자존심을 가지지 않은 사람은 신뢰할 수 없어 사람들은 더불어 일할 사람으로 대하지 않으려 한다. 믿을 수 없기 때문이다.

나는 지금도 첫 대면하는 사람과의 짧은 대화에서 그 사람의 품격을 제일 먼저 검증한다. 자존심을 갖추지 않은 사람과의 어울림을 미리 피하기 위해서이다. 아무리 많은 것을 성취한 사람이라도 자기상을 아끼는 자존심을 갖추지 못한 사람은 언제라도 배신할 수 있기 때문에 미리 피하려고 한다.

2) 학교는 나라가 만든 계획된 배움터

학교는 사회 구성원들에게 공동체질서를 이해시키는 곳이다. 사회 구성원들이 모두 사회조직 작동 원리를 이해하고 이를 존중해야 그 사회는 안정되고 발전해 나갈 수 있다. 특히 주권재민의 자유민주주의 국가는 주권자인 국민들의 지식수준이 낮고 공공질서를 존중하는 그들의 마음가짐이 뿌리내리지 않으면 정상적으로 작동할 수 없게 된다. 그래서 제대로 된 자유민주주의 국가에서는 모든 국민에게 일정 수준의 학교 교육을 받도록 헌법에 규정하고 있다. 의무교육 제도가 그래서 생겨났다.

초등교육에서는 학생들이 문자 해독 능력을 갖추고 국가 작동 원리를 이해하도록 가르친다. 국민으로서 행사할 수 있는 권리와 감수해야 할 의무를 알고 국가운영체제의 작동 원리를 이해하여야 주권자로 국가 운영에 참여할 수 있기 때문이다.

중등교육을 담당하는 중·고교에서는 국민 각자가 자기 생활을 해 나가는 데 필요한 지식과 기술을 가르쳐 원하는 직장에서 일하면서 자기 삶을 꾸려 갈 수 있도록 한다. 그리고 대학 수준의 고등교육 기관에서는 사회가 필요로 하는 지식을 갖춘 고급인재를 양성한다.

사람들은 학교에서 세 가지 만남을 갖게 된다.

첫째는 선생님과의 만남이다. 나보다 앞서 살면서 공부한 선생을 만나 그들의 경험과 지식을 전수받게 된다. 선생은 학생들에게 앞으로 나가야 할 길을 가르쳐 준다.

둘째로 학교에서 만나게 되는 것은 '선현들의 가르침'이다. 앞선 시대에 배움을 쌓았던 선현(先賢)들의 업적을 강의와 책을 통해 전해받는 선현과의 만남이다. 선현들이 개척해놓은 길을 알게 되면 후학들은 길찾기가 쉬워진다. 선생과 책을 통해 앞선 세대의 지적 유산을 승계하게 해주는 곳이 학교이다.

셋째로 가장 중요한 만남으로 친구들과의 만남이다. 학교는 단순히 지식만 전달해주는 학원과는 다르다. 같은 시대를 살아가는 동료 친구들과 함께 지내면서 서로의 생각을 나눌 수 있는 기회를 갖게 하는 것이 학교가 제공하는 가장 큰 도움이다. 학교에서 만난 좋은 친구는 평생 서로 의지하는 인생 동반자가 된다.

한번 태어나서 누리게 된 귀한 나의 인생을 어떻게 이끌어갈까를 결정하는 '3분인생(三分人生)'의 첫 30년의 준비 기간에서 가장 중요한 과제는 '삶의 길을 찾는 만남과 배움'의 설계이다. 그리고 이 기간에서 제일 중요한 토막은 학교생활이다. 초·중·고, 그리고 대학으로 이어지는 학교생활을 어떻게 보내는가에 따라 한 사람의 인생 전체의 그림이 그려진다. 한평생의 삶의 길을 찾는 일이 이루어지는 시기이기 때문이다. '나는 어떤 사람이 되고 싶은가?', '60살쯤에 가서 나는 어떤 사람이 되어 있을까?', 그리고 자기가 추구하는 '이상적 자기상(自己像)을 만들어 나가기 위해서는 어떤 과정을 거쳐 나갈 것인가'를 결정하게 되기 때문이다.

나는 학생 때 욕심이 많았다. 내가 납득할 수 있는 선생님의 가르침은 철저히 수용하였다. 기회가 있을 때마다 되새겨보고 나의 '믿음체계'에 입력시켰다. 초등학교 때의 선생님, 중·고교 때 교사들의 가르침을 철저히 수용하였다. 대학 때는 교수들의 주장을 나대로 검토하여 받아들일 것과 그렇지 않은 것을 가려 가면서 수용했다.

앞서 살았던 선현(先賢)의 가르침은 주로 책에서 배웠다. 역사, 과학지식, 이념 등에 관한 선현들의 주장과 판단은 책을 읽으며 터득했다. 국립도서관 아동문고는 나의 초등학교 시절의 '제2교실'이었다. 중학교 때는 미국 공보원 도서관을 많이 이용하였다. 대학생 때는 학교 도서관을 주로 이용했고 대학원생 때는 지도 교수의 서재에 꽂힌 책들이 큰 도움이 되었다.

자기 인생 설계를 하는 제1기 인생에서 가장 소중한 것은 평생 함께 걸어나갈 친우를 사귀는 일이다. 같은 시대 환경에서 같은 꿈을 가지고 살아가는 친구는 평생 서로의 생각을 비판해주는 좋은 동반자가 된다. 친구들과의 어울림에서 '세상 살아가는 바른길 찾기'의 큰 도움을 얻게 된다.

나는 학교생활에서 많은 친구를 만났다. 초등학교 때 '신문팔이'를 함께 하는 등 어려움을 함께 겪으며 서로 위로하던 친구와 지금까지 만나면서 즐거움과 괴로움을 나누며 살아가고 있다. 중학교 때 만난 친구들은 나를 궤도에서 벗어나지 못하게 충고해주면서 지금까지 나의 귀한 '울타리'가 되어 주고 있다. 대학 때 만난 친구들은 나의 인생의 동반자들이다. 서로 자기 활동 분야에서 얻은 가르침을 나누는 귀한 스승들이다. 나는 이들의 충고로 잘못 들어선 길을 나와 바른길을 찾기도 했고 평소 내가 만나기 어려운 사람들도 이들의 소개로 만날 수 있었다.

인생의 두 번째 단계인 '일하는 30년'에서는 제1단계에서 만난 친구들의 도움이 절대적이다. 서로 다른 영역에서 일하는 친구들과의 어울림에서 많은 것을 배울 수 있고 나의 부족한 점을 그들의 도움으로 메울 수 있어 내가 많은 것을 성취할 수 있게 해주는 것도 이들 친지들이다. 친구는 평생 스승이다.

3) 마음만 먹으면 어디서도 배움은 이루어진다

학교라는 배움의 틀을 벗어나서도 어디서나 마음만 먹으면 배움을 얻을 수 있다. 직장에서 동료들과 함께 일하면서 배움을 얻을 수 있고 다양한 사회생활 속에서도 배움을 얻을 수 있다. 배우려는 마음만 있으면 배울 수 있는 기회를 얼마든지 얻을 수 있다.

얕은 지식과 짧은 경험을 바탕으로 오만한 생각을 가지게 되는 경우가 많다. 남보다 조금 나은 지식과 능력을 믿고 세상사를 내가 모두 아는 것처럼 착각하는 수가 있다. 특히 남보다 우수하다고 칭찬 듣는 사람들이 쉽게 빠지는 함정이다. 이들에게는 눈을 들어 산, 바다, 하늘 등 자연을 보면서 거기에 담긴 대자연의 질서를 접해 보라고 권하고 싶다.

나는 어려서부터 형님들을 따라 산에 오르기를 좋아했다. 초등학교 때 큰 형님을 따라 관악산, 북한산에 다녔다. 백운대 부근에 천막을 치고 자면서 별들에 대해 배웠다. 우주가 얼마나 큰지 상상도 해보았다.

대학 때는 서울대 법대산악반 친구들과 바위타기를 했다. 도봉산 선인봉, 만장봉, 주봉, 북한산 인수봉 등이 자주 오르던 산들이었다. 인수봉 슬라브-크랙-트래버스-침니를 거쳐 정상에 올랐을 때는 세상을 다 정복한 것 같은 기분이었다. 그러나 동시에 산이 얼마나 무서운 지도 알게 되었다. 산이 마음을 열어 내가 정상을 밟도록 허용해주어서 내가 등정할 수 있었다는 것을 깨달으면서 '겸손'한 마음을 갖게 되었다.

대학 졸업 후에는 「한오름」이라는 법대산악반 OB팀을 만들었다.

지난 60년 동안 한오름 회원들과 어울리면서 틈 있는 대로 후배들에게 '자연질서 배우기'를 일렀다. 자연의 섭리를 어렴풋이나마 깨달으면서 사회질서의 바탕은 우주 대자연 질서여야 한다는 순리(順理)의 가르침을 깨닫게 되었다. 옛 현인들이 도법자연(道法自然)을 강조하면서 상선약수(上善若水)의 진리를 터득하도록 가르침을 준 이유를 알게 되었다.

나는 바다에서 '스킨다이빙'을 몇십 년 했었다. 중학교 때 피난 중 머물었던 부산 감천에서 스킨다이빙 기초를 배웠고 미국 유학 때 하와이 '하나우마 베이'에서 6년간 다이빙을 즐겼다. 그래서 바다가 얼마나 무서운지를 안다. 그 무서움에서 겸손을 배웠다. 태풍 속에서 용솟음치는 파도를 앞에 대할 때 사람은 티끌 같은 존재임을 깨닫게 된다.

4) 나라 밖에서 한국을 들여다보자

세상은 넓다. 그래서 배울 것도 많다. 우리나라 안에서 일어나는 일들이 '세상 모두'인 것처럼 알고 지내다가는 넓은 세상 속에서 살아남기 어려워진다. 눈을 크게 뜨고 밖을 내다보아야 한다. 세상은 넓고 배울 것도 많다. 기회만 있으면 바깥세상에 나가 밖에서 우리나라 안을 들여다보아야 한다. 그래야 한국 사회의 '객관적 모습'을 보게 된다.

나는 대학원에서 석사학위를 받은 후 미국에서 유학 생활을 몇 년 했다. 미국 국무성이 아시아-태평양 지역의 30개국 학생을 하와이에 데려다 하와이주립대학에서 대학원 과정을 이수하게 하는 사업을 벌였는데 그 프로그램에 참여하여 하와이대학교에서 정치학 석사와 박사학위를 받았다. 그리고 이어서 미국 국방성의 DARPA가 지원하는 「국가차원연구소(Dimensionality of Nations Project)」의 부책임자로 몇 년 일하다 귀국했다. 이 경험이 내 눈을 넓혀주는데 크게 기여했다. 지도 교수였던 세계적 석학 럼멜(R. J. Rummel) 교수와 함께 연구프로젝트를 운영해가는 동안 국제 관계를 이해하는 틀을 배웠고 미시건(Michigan)대학교, 스탠포드(Stanford)대학교에 가서 새로운 연구 기법을 연마하고 중국 정치를 체계적으로 배우는 기회도 이 연구프로젝트에 참가한 덕분으로 가질 수 있었다.

귀국 후 30년 동안 대학교수로 지내면서 안식년마다 미국, 일본, 대만의 대학 연구소에 가 있으면서 시야를 넓혔고 200여 회의 국제회의에 참여하면서 많은 학자, 전문가들을 만났다. 이런 만남에서 '세상은 넓고 배울 것은 많다'는 것을 깊이 깨달았다.

세계가 하나의 지구촌으로 되어가고 있는 시대에 들어섰다. 이러한 새로운 환경에서 나라를 위해 도움이 되는 일을 하려면 안목을 넓히기 위해 항상 눈을 바깥세상으로 돌리라고 권하고 싶다. 역사와 문화가 다른 나라에서 성장한 사람들의 세상을 보는 눈은 우리와 다르다. 하나의 지구촌으로 변해가고 있는 국제사회의 작동 모습을 바로 이해하려면 다른 배경을 가진 학자, 지도자들을 만나 그들의 생각을 경청해야 한다. '세계 속의 한국'을 알아야 우리의 살길을 찾을 수 있다.

배움은 마음만 먹으면 어디서나 얻을 수 있다. 배우려는 마음가짐이 '자아 성장'에 필요한 배움을 갖게 하는 뿌리이다. 기회를 맞이하고도 배울 마음을 갖고 있지 않으면 배우지 못한다.

2. 집안 어른들의 무르팍 가르침

태어나서 처음 만나는 부모, 할아버지, 할머니 등의 집안 어른들에게서 깨우치는 세상살이 이치들을 살펴본다.

1) 하늘 무서운 줄 알아라

노자(老子) 도덕경(道德經) 제25장에서 사람은 땅의 법칙을 따르고 땅은 하늘의 법칙을 따르고 하늘은 도(道)의 법칙을, 도는 자연을 본받는다(人法地, 地法天, 天法道, 道法自然)고 했다. 삼라만상을 지배하는 우주의 힘(道)을 바탕으로 하는 질서를 하늘질서(天), 그리고 그 질서를 바탕으로 가시적인 인간공동체의 질서로 만들어 놓은 것이 지(地), 곧 예(禮)라고 한다면 인간이 지켜야 할 도리는 대자연의 질서라는 인간에게는 '주어진' 행위 준칙이 된다. 이러한 도법자연(道法自然)의 정신이 인간의 모든 행위의 판단 기준이 된다는 것이 우리 사회에 옛부터 통용되던 가치관이었다. 이러한 가치 판단에 기초한 행위 준칙이 "하늘 무서운 줄 알아라"라는 타이름이 되었다.

나는 어려서 철이 들기 전부터 "하늘 무서운 줄 알아라"라는 말을 듣고 자랐다. 할머님이 어른들을 야단치실 때 하시는 최상의 '불쾌 표현' 말씀이어서 작은 할아버님, 아버님, 삼촌 등의 못마땅한 행위를 나무랄 때 쓰시던 훈계였기 때문이다.

어릴 때는 그 뜻을 바로 이해하지 못했지만 자라면서, 대학에서 법학을 배우면서, 그리고 정치학이론을 가르치는 교수가 되면서 이 말의 깊은 뜻을 깨닫기 시작하였다. 사회질서의 구성 요소가 되는 규범 체계인 예(禮)가 기초로 삼고 있는 근본규범(Grundnorm)이 자연질서를 바탕으로 하는 도(道)여야 한다는 이야기로 이해되었기 때문이다. 예(禮)가 자연질서를 바탕으로 한 사회질서(禮者天地之序也)라는 말을 이해하게 되어서이다.

모두가 하늘 무서운 줄 알면 그 사회질서는 안정된다. 자기를 낳아준 부모님을 잘 모셔야 한다는 효(孝)도 하늘의 질서 존중이고 소속 사회 단위의 이익을 앞세우기 위해 자기의 사사로운 욕심을 참아야 한다는 위공(爲公)의 생각도 '하늘'을 전제로 하면 쉽게 이해되기 때문이다.

나는 어렸을 때, 그리고 젊었을 때는 '하늘 무서운 줄' 몰랐었던 것 같다. 확실한 규칙, 실정법을 어기지만 않으면 무엇을 해도 부끄럽게 느끼지 않았을 때도 있었던 것 같다. 그러나 철이 들면서 사람들이 만든 규범보다 더 높은 하늘의 질서라는 근본규범이 있음을 알기 시작했다. 말다툼을 하다가도 "그런 법이 어디 있어?"라고 상대방이 대들면 과연 내 주장이 '하늘 뜻'에 어긋나는지를 생각하게 되었다.

'하늘 뜻'은 인간의 인지 능력인 안이비설신의(眼耳鼻舌身意)로는 감지할 수 없는 초월적인 자연질서이다. 오랜 관찰과 추리 능력을 통한 짐작을 통해서 깨닫게 될 뿐이다. 학문의 궁극적 목적은 '하늘 뜻'을 짐작해 보는 것이 아닐까? 노자가 강조했던 상선약수(上善若水)라는 말도 대자연의 섭리에 순응하라는 가르침이다. 나이가 들면서 점점 더 상선약수의 뜻을 쫓게 된다.

2) 어느 구름장에서 비가 오는지 알아라

동생이 태어날 때까지 나는 '엄마' 옆에서 잤다. 여섯 살 아래 여동생이 태어나면서 나는 그 자리를 뺏기고 할머니 방으로 추방당했다. 그 덕분에 할머님으로부터 옛날이야기도 많이 들었고 평생 음미하면서 살게 된 귀한 말씀도 많이 들었다.

할머님은 1876년생이시다. 할머님은 구한말 탐관오리가 극성을 부릴 때 함경도 관찰사가 암행어사에게 잡혀가던 이야기, 마우저(馬牛猪: 러시아) 군인들이 일로(日露)전쟁 때 마을을 불태우고 성천강(城川江)에 있던 만세교 다리를 불 지를 때 이야기 등도 해주셨다. 그리고 해방되면서 소련군이 진주한다는 소식을 들으시고는 "또 '마우저'가 오냐? 그자들은 쌍놈들이고 행패가 심한 자들이어서 걱정이다"라고 하셨다.

할머님께서 자주 일러주신 말씀 중에 내게 크게 영향을 준 것은 "어느 구름장에서 비가 오는지 알아라!"라는 말씀이었다. 내게 좋은 일이 생겼을 때는 그 일이 누구 덕에 생기게 되었는지를 곰곰이 생각해 보고 늦게라도 고마움을 전하라고 가르치셨다. 살면서 느낀 것은 도움을 받았거나 신세를 진 사람을 찾아 감사의 뜻을 전하는 것이 도움 자체보다도 더 중요하다는 것을 알게 되었다. 어떤 것을 성취하면 자만해지기 쉽다. 그러나 따지고 보면 그 성취가 가능하게 도와준 사람이 있다. 고마움을 전하고 살아야 한다는 말씀이었다.

자라면서 이 이야기의 중요성을 깨닫고 나도 제자들에게 똑같이 "어느 구름장에서 비가 오는지를 살펴라"라고 강조해왔다. 내게 붓글씨를 청하는 제자들에게 내가 제일 많이 써준 글귀가 "음수사원(飮水思源)"이었다.

대만에 자주 다니던 때였다. 1992년 1월 리덩후이(李登輝) 총통을 예방했을 때 총통실 벽에 잘 쓴 글씨로 만든 큰 족자가 걸려 있어 내가 누구 글씨냐고 물었다. 쑨원(孫文)이 장제스(蔣介石) 총통에 써준 것이라고 했다. 그 글귀는 '窮理於事物始生之處, 研幾於心意初動之時'였다. 무슨 일이든지 처음 시작했을 때를, 그리고 그런 마음을 먹었을 때의 초심을 생각하면서 그런 마음을 가지게 해준 '고마운 사람'을 잊지 말라는 뜻이라고 이 총통이 설명해주었다. 역시 쑨원은 생각이 깊은 분이었다. 1999년 리 총통 예방 때까지도 있던 그 족자가 2000년 천수이볜(陳水扁) 총통 때에는 없어졌다. 리 총통과 첸 총통의 마음가짐의 차이를 느꼈다.

무심하게 지내는 일에도 생각을 좀 더 깊이 해보면 그 뿌리를 알게 되고 고마움을 생각해야 할 사람이 있음을 알게 된다. 국민학교 5학년 때 일이다. 점심시간에 어떤 학생이 먹다 남은 도시락의 밥을 버리는 것을 담임 선생님(曺圭復 선생님)이 보셨다. 선생님은 반 학생 전원에게 '특강'을 해주셨다. 학생 모두에게 눈을 감고 지금 먹은 밥이 어떻게 누구를 통하여 나에게까지 왔는지를 생각해 보라고 하셨다. 준비된 학생에게 이야기를 시켰다. 그 학생은 "농부가 논에 모내기를 해서... 추수한 후 탈곡해서... 상인을 통해서... 아버님이 시장에서 사오셔서... 어머님이 밥을 지어서..." 이렇게 차근차근히 밥이 도시락에 담겨 오기까지를 이야기했다. 선생님은 우리들에게 "이렇게 여러 사람의 노력으로 네게 온 밥을 쉽게 버려서야 되겠니? 보이지 않는 분들의 노고에 감사할 줄 알아라"라고 훈시하셨다. 학생들은 모두 숙연해졌다. 나는 그 뒤 지금까지도 밥을 남기지 못한다. 어릴 때의 교육이 얼마나 무서운 힘을 갖는지를 알아야 한다. 그래서 나는 대학교수들보다 초·중·고등학교 교사들의 가르침을 더 중시한다.

1967년 미국 국무성 장학금을 얻어 하와이대학교에 대학원 과정을 이수하러 갔었다. 한국 대학과 분위기가 전혀 다른 미국 대학에, 전공도 법학에서 정치학으로 바꾸어 갔던 유학이라 적응하는데 어려움이 많았다. 익숙하지 않은 영어 강의에 '정치학의 과학화' 바람이 불어 '수리(數理)정치학'이 유행하던 때라 어려움이 많았다. 중도에 포기한 동료들도 많았다. 그때 지도 교수이던 럼멜(R. J. Rummel) 교수가 "너는 할 수 있다", "이 고비를 넘으면 쉬워진다"고 격려해준 덕분에 과정을 무난히 마쳤다. 국가 간 갈등과 평화질서 연구를 평생의 연구 과제로 잡은 것도 럼멜 교수의 가르침 덕분이고 박사학위 과정에서 미시간대학의 '하계 정치학 방법 특별 과정'과 스탠포드대학의 '중국 대외정책 연구프로그램'에 참여하여 나의 안목을 틔게 해준 럼멜 교수의 배려로 나는 남보다 앞서는 길을 걷게 되었다. 내 학문의 뿌리는 럼멜 교수였다. 평생 감사하는 마음으로 미국 가는 길이 있을 때마다 선생님을 뵈러 하와이에 들렸었다. 어느 구름장에서 비가 왔는지를 늘 생각하면서 살아왔다.

유학 가기 전까지 나는 조선일보 기자로 일했다. 1면 편집을 했다. 그때 주필을 맡고 있던 최석채(崔錫采) 선생은 저녁때 자주 편집국에 내려와 젊은 기자들을 데리고 맥주집에서 환담을 즐기셨다. 최 주필은 우리들에게 '공부하라'고 기회 있을 때마다 타일렀다. "조선일보의 수준은 조선일보를 만드는 기자들의 수준으로 유지된다. 너희들이 공부하지 않으면 조선일보가 일류 신문이 되겠느냐"는 논리였다. "아무리 바빠도 하루 30분을 잘라 내어 책을 읽어라. 그렇게 10년 동안 책을 읽으면 그 양이 얼마나 되겠느냐? 시간 없다는 것은 핑계다"라고 압박하셨다. 그때 자극받은 기자들은 모두 유학을 생각했다. 허문도(許文道)는 동경대에, 김학준(金學俊)은 미국 피츠버그대학에, 그리고 몇 년 뒤에 인보길(印輔吉)은 미국 국무성이 주관하는 Jefferson Fellow로 하와이대에 유학을 떠났다. 김대중(金大中)도 영국으로 유학 갔었다. 최병렬(崔秉烈)은 서던 캘리포니아(Southern California)대학으로 가서 신문학 석사학위를 마쳤다. 모두 최석채 선생의 영향이라고 나는 생각한다.

　나도 느낀 바 있어 대학교수 30년 동안 제일 역점을 두고 해왔던 일은 학생들의 사기를 북돋아 주고 어려운 대학원 공부를 하는 제자들에게 '너는 할 수 있다'고 격려하는 일이었다. 그 제자들이 귀국해서 대학교수로 활약하는 것을 보면 그렇게 흐뭇할 수가 없다. '오늘의 나'를 만들어준 분들이 내게 비를 내려준 구름이라면 나도 구름이 되어 나의 제자들에게 격려의 비를 내려주어야 하지 않겠는가?

3) 일해서 번 것만 네 것 – 남을 돕고 살아라

　어린이에게는 '엄마'가 하늘이다. 어린아이에게 "엄마 좋아하냐? 얼마나 좋아하냐?"고 물으면 "하늘만큼 좋아"가 표준적인 답이다. 엄마는 확실한 자기편이고 엄마는 무슨 위험이 있어도 앞장서서 그 위험을 막아주고 나를 지켜줄 것이란 확실한 믿음이 있기 때문이다.

나도 어릴 때는 '엄마' 손을 잡고 나서면 세상에 무서울 것이 없었다. 호랑이가 나온다 해도 겁날 것이 없었다. 엄마가 지켜줄 테니까. '하늘 같은 엄마'의 가르침은 평생 삶의 지침이 된다. 나도 그랬다. 나도 '엄마'를 하늘만큼 사랑했고 '엄마'의 가르침을 80이 넘도록 지키려 애쓴다. 그런 뜻에서 '엄마'의 가르침은 '하늘만큼 큰 마음가짐의 울타리'가 된 셈이다.

어머님의 가르침 중에서 평생 나의 마음가짐의 지침이 된 것이 두 가지가 있다. 하나는 "네가 노력해서 번 것만 네 것이다"이고 또 하나는 "남을 돕고 살아라"이다.

내가 일해서 대가로 받은 것, 즉 번 것만 내 것이고 거저 남의 것을 얻을 생각하지 말라는 것이 첫째 가르침인데 그 가르침에는 노름해서 따는 것도 안 되고 뇌물을 받아서도 안 된다는 것도 포함된다. 그래서 우리 형제들은 돈을 걸고 하는 카드놀이도 하지 않았다. 나는 어른이 된 후 친구들과 골프를 쳐도 내기 골프는 하지 않았다.

평생 두 번 돈내기를 한 적이 있다. 피할 수 없는 상황이어서 돈을 걸었다. 첫 번째는 1980년 여름 조지 워싱턴(George Washington) 대학교의 중소문제연구소에 가 있을 때였다. Gaston Sigur 소장의 초청으로 여름 방학을 그 연구소에서 보냈는데 하루는 시거(Gaston Sigur) 소장이 누가 너를 꼭 만나고 싶다고 해서 누구냐고 물었더니 백악관 안보실장 도널드 그렉(Donald Gregg, 후에 주한대사로 옴)라고 했다. 이야기나 들어보려고 찾아가 만났다. 10·26 사태 이후의 한국정치 상태를 놓고 오랫동안 논의하다가 그렉이 "전두환 장군이 정치를 할 것 같으냐?"고 내게 질문했다. 나는 미국 가기 전에 전 장군의 요청으로 점심을 하면서 전 장군의 이야기를 들은 것이 있어 자신있게 "No!"라고 대답했다. 그렉이 내게 100달러를 걸자고 제안했다. 이 내기에서 내가 졌으나 돈을 갚을 길이 없어 미루어 놓았는데 그렉이 주한대사로 한국에 온 뒤에 내게 빚 있는 것 알고 있느냐고 물어 내가 알고 있고 졌으니 갚겠다고 했더니 그는 받은 셈 치겠다고 돈을 사양했었다.

두 번째는 영국 국제전략문제연구소(IISS) 소장과 1983년 여름에 주한미군 철수를 놓고 내기를 했다. 그 내기에서도 내가 졌다. 미군이 1990년대 초까지는 철수하리라 내다보았는데 아직도 미군은 한국에 있다. 역시 그 소장이 사양해서 돈은 지불하지 않았다. 빚은 반드시 갚으라는 어머님 말씀을 어긴 셈이 되었다.

또 하나의 가르침은 "남을 돕고 살아라"이다. 어머님은 남을 돕는 데에 세 가지 조건을 달아 놓았다. 첫째는 내가 할 수 있는 일일 것, 둘째는 상대방이 꼭 필요로 하는 것일 것, 셋째는 돕는 일이 법에 저촉되거나 도덕적으로 문제가 되는 것이 아닐 것 등이다. 이 가르침을 지키려고 애쓰면서 살아왔지만 제대로 지켰는지 의문이다. 그러나 최선을 다했다고 생각한다. 큰 도움은 못 주어도 작은 도움들은 많이 주면서 살았다고 생각한다.

그 연장선에서 어머님은 어려운 사람을 괴롭히지 말라고 강조하셨다. 어머님은 시장에 가서도 콩나물, 과일을 살 때 '덤'을 받지 않으셨다. 값을 깎지도 않으셨다. 천원짜리를 9백원으로 깎아 100원 남겼다고 그 남긴 돈을 평생 모아 보아도 얼마 되지 않는다고 했다. 해방 후 38선을 넘어 서울로 왔을 때는 살림이 아주 어려웠다. 그때 나는 담배 장사를 해보았다. 6·25전쟁 때도 피난 생활하면서 땅콩을 길에 앉아 팔았다. 그때 사가는 손님이 '덤'이라고 집어가거나 깎거나 해서 저녁때 계산해 보면 밑지는 장사가 되어 허탈했던 때 어머님의 '잔돈 깎지 않기'의 의미를 알게 되었다. 나는 지금도 절대로 작은 물건을 살 때 깎지 않는다. 잔돈도 안 받는다. 판 사람이 나의 조그마한 도움으로 기분이 좋아질 것을 생각하면 내가 기분 좋아진다. 어머님의 가르침은 평생 삶의 지침이 되었다.

"남을 돕고 살아라"는 어머님의 가르침은 지키기 쉽지 않다. 나의 시간, 나의 노력, 나의 이익을 희생하고서야 가능한 일이기 때문이다. 그리고 사람은 이기적 본성을 가지고 있기 때문에 그 본성을 이겨내는 마음가짐이 있어야 가능하기 때문이다. 그러나 마음만 먹으면 얼마든지 할 수 있는 일이기도 하다. 도움을 받은 사람이 고마워하면 내가 기분이 좋아지니 그것으로 도움의 대가를 받게 되는 셈이다.

도움은 거창한 것만이 아니다. 일상생활에서 얼마든지 할 수 있는 도움도 많다. 무거운 짐을 들고 가는 할머니의 짐을 들어준다든지 손수레에 짐을 싣고 어렵게 끌고 가는 사람을 돕기 위해 뒤에서 밀어준다든지 도울 수 있는 기회가 얼마든지 있다. 마음만 먹으면 쉽게 할 수 있다.

중·고등학교 다닐 때 나는 친구들의 시험공부를 자주 도왔다. 성적이 오르지 않아 낙제 걱정하는 친구들이 시험공부를 할 때 도와주었다. 중간시험, 학기말시험 때엔 늘 친구 집에서 저녁 시간을 보냈다. 남을 가르치는 과정에서 내 공부가 좀 더 깊어져서 나도 늘 좋은 성적을 유지할 수 있었다. 대학생 때는 아버님이 병환으로 직을 그만두시게 되어 나는 '임시 가장'이 되었고 '남을 가르치는 일'을 직업으로 삼았다. 덕분에 독일어 문법책을 하도 여러 번 읽다 보니 내 독일어 실력도 높아졌다. 문과 대학생들은 대학입시가 끝나면 그때부터는 수학과 담을 쌓는다. 몇 년이 지나면 수학과는 거리가 멀어진다. 나는 직업상 대학입시 수험생들에게 수학을 가르치느라 대학생활 때도 수학 공부를 계속할 수밖에 없었다. 후에 미국에서 박사 과정을 이수할 때 큰 도움이 되었다. 심화 학습한 수학 덕분에 수학 과목을 면제받아 두 학기 정도를 단축할 수 있었다.

내가 선택한 길이었지만 나는 근 40년을 대학 선생으로 일했다. 교수 생활 33년에 총장직을 6년 맡아 일했다. 선생의 가장 중요한 의무는 학생들의 나갈 길을 일러 주는 것이다. 앞서 그 길을 지나온 경험을 살려 학생들의 앞길을 열어주는 일을 하는 사람이 선생이다. 나의 도움을 받아 사회의 큰 공헌을 하는 인재로 커가는 제자들을 볼 때 느끼는 뿌듯한 느낌이 선생의 길에 들어선 사람들의 보람이 아니겠는가? 남을 도우면 몇 배의 보답을 받는다는 것을 깨달아야 한다.

남을 돕는 일이 모두 바람직한 것은 아니다. 주제넘게 내게 벅찬 것을 참아가며 남을 돕는다는 것은 그 자체가 오만한 생각이다. 나의 희생과 상대가 얻는 것을 비교할 줄 알아야 한다. 내가 감내할 수 있는 희생으로 상대에 큰 도움이 되어야 도움의 보람을 느낄 수 있다. 그리고 더 중요한 것은 상대가 내게 기대하는 도움이 도의에 어긋나는 일이거나 법을 어기는 일이면 도와서는 안 된다는 원칙을 지켜야 한다. 마음이 약해서 상대의 부탁을 들어주다가 죄를 함께 지게 되는 일은 없어야 한다.

도움이 소중한 것은 도움 자체보다 도움에 담긴 '마음씀'이 감동을 주기 때문이다. 마음이 담기지 않은 도움은 상대방에게 마음의 상처를 줄 수도 있다. 선물도 그 자체보다 선물에 담긴 주는 사람의 마음 때문에 받고 고마움을 느낀다.

고향에서 살던 때 우리집은 한옥이었다. 곳간, 부엌, 정지방, 윗방, 사랑방으로 이어지는 긴 한옥이었다. 함흥의 겨울은 아주 춥다. 새벽에 윗방에서 부엌으로 나가려면 바깥 마루로 나가서 마당에 내려갔다가 부엌으로 들어가야 하는데 거리는 짧아도 그 길은 춥고 겁이 나는 길이다. 그래서 내가 생각해낸 것은 어머님을 쫓아 부엌까지 함께 가서 아궁이에 불을 피우는 일이었다. 큰 도움을 드리지는 못했지만 '썰렁한 분위기'를 따뜻하게 해드리는 도움을 드릴 수 있었다. 어머님은 고맙게 여기셨고 나는 무언가 도와드렸다고 생각이 되어서 흐뭇했었다. 여섯 살짜리가 어른을 도울 수 있어 흐뭇했었다. 그 전통은 80이 넘어 훈훈한 아파트에 살면서도 내가 지킨다. 집사람이 아침에 부엌에 나갈 때는 몇 분 먼저 내가 나가 전등불을 켜놓는다. 썰렁한 분위기를 가시게 하는 일이라 '노오 썰렁'이라고 부르는 아침 행사이다. 집사람도 늦게 오는 딸을 위해 현관 등을 켜놓고 기다린다. 이런 것이 남을 돕는 일이다. 세상살이에도 이것처럼 조그마한 성의로 남을 도울 수 있는 일이 얼마든지 있다. 지하철에서 몸이 불편한 사람에게 자리를 양보하는 일, 자동차를 운전할 때 운전이 서투른 운전자에게 길을 터주는 일 등 함께 사는 사람들에게 편의를 제공해주는 것이 모두 돕고 사는 길이다.

4) 신세진 것 갚고 남에게 폐를 끼치지 말고 살아라

요즘 세상에는 로빈슨 크루소가 없다. 모두 함께 산다. 함께 사는 세상에서 내가 편의와 이익을 얻으려고 남을 희생시켜서는 안 된다. 되도록 빚지지 말고 폐 끼치지 말고 살아야 한다. 빚지면 반드시 갚아야 한다. 이 원칙도 어머님의 가르침이다.

빚이란 '남을 희생시켜 내가 이익 본 것'이다. 함께 사는 사람들에게 폐를 끼치는 일이다. 나를 위해 남을 희생시키는 일이다. 남을 위해 내가 손해를 감수하는 것은 좋아도 남을 희생시켜 내가 이득을 보는 것은 사람의 도리가 아니다. 빚지지 않는 것이 좋지만 빚지면 반드시 갚아야 한다.

어머님의 가르침은 더 확장되어 '외상'도 못하게 하셨다. 물건을 살 때 돈이 부족하면 돈이 모아질 때까지 기다려서 사라고 하셨다. 이 가르침은 평생 나의 거래를 구속하는 규범이 되었다.

미국에서 살 때 배운 것이다. 미국 사람들은 아이가 태어나면 친지들에게 '아이의 도착'을 알리는 카드를 보낸다. 크리스마스 카드 같은 것인데 아이 이름을 적고 이 세상의 주민이 하나 늘었음을 알리는 인사이다. 이 풍속이 마음에 들어 나도 우리집 아이들이 태어날 때마다 미국 친지들에게, 그리고 가까운 국내 친지들에게 '출생신고 카드'를 만들어 보냈다.

나는 카드에 이렇게 적었다. "우리집에 새 가족이 생겼습니다. 축복해주십시오. 나와 우리 집사람은 이 아이가 이 세상에서 살면서 남에게 빚진 것보다 더 많이 갚고 가도록 가르쳐 키우겠습니다. 선생님도 도와주십시오"라고 써서 보냈다. 사람이 사회생활을 하다 보면 사회의 혜택, 관련된 사람들의 도움을 받게 마련이다. 이렇게 받은 혜택보다 더 큰 기여를 하는 사람이 되라는 당부이다. 세상 사람 모두가 이런 마음가짐을 가지고 살아가면 이 세상은 살기 좋은 세상이 되지 않겠는가?

선생으로 살면서 나는 내 제자들에게 이런 가르침을 전하려 애썼다. 어려운 훈련 과정을 거쳐 교수, 공무원, 기업인이 된 제자들이 세상에 큰 공헌을 하고 살아가는 모습을 볼 때 나는 늘 감동을 받는다.

나의 오늘의 지위, 나의 업적, 나의 지적재산 등을 곰곰이 따져보면 누군가의 도움을 받아 이루어 놓은 것들이다. 여유가 생기면 그 혜택을 밝히고 갚아 나가야 한다. 음수사원(飮水思源)에 바탕을 둔 행동이 있어야 한다. 최소한 그럴 마음이라도 간직해야 한다.

5) 감당 못 할 일 맡지 마라

서강대학교에서 교수직 정년을 맞았다. 명예로운 마무리여서 마음 편하게 정년 준비를 하고 있었다. 그때 한림대학교를 이끌던 원로 선생님들이 뜻을 모았다고 하면서 내게 총장직을 맡기를 권했다. 나는 기쁜 마음으로 이 직을 맡았다. 대학에서 40년을 보내면서 학과장, 학장, 특수대학원장, 연구소장 등 여러 보직을 맡아 일하면서 '시대가 요구하는 좋은 대학을 만들어 보았으면' 하는 꿈을 가졌었다. 미국 대학에서 일하면서 부러웠던 '대학 모습'을 한국에서 이루어 보고 싶은 욕심도 있었다.

나는 한림대학교 총장직을 맡았던 몇 년간을 나의 생애 중 제일 보람 있었던 때라 생각한다. 비록 여건이 맞지 않아 꿈꾸던 대학으로 만들지는 못했지만 최선을 다해 일했던 것을 보람으로 생각한다.

나는 정부의 중요 직을 맡아 달라는 몇 분 대통령들의 요청을 받았었다. 제안하신 분의 호의를 무시하는 것 같아 죄송한 생각을 가졌었지만 모두 거절했다. 내가 감당할 수 있는 일이 아니라 판단했었기 때문이다. 나라의 운명이 걸린 국책을 다루는 중요한 자리를 자리에 따르는 명예만을 보고 받아들인다는 것은 나의 양심에 어긋난 일이었기 때문이다. 감당 못 할 일을 자리 욕심에 맡는다는 것은 나라에 손실을 끼치는 일 일뿐 아니라 나의 인생에도 누를 끼치는 일이 된다. 나의 자존심이 허용하지 않는 일이 된다. 지금 되돌아보아도 잘한 일이라 생각한다.

관직을 모두 피하려는 옹졸한 생각에서가 아니라 순리(順理)가 아니라고 생각해서였다. 나는 내 판단에 내가 할 수 있는 일이라 생각되는 나랏일은 모두 맡았었다. 우리나라와 우리 민족의 미래를 설계하는 '대통령자문 21세기위원회'의 위원장도 맡았었고 '국방선진화추진위원회 위원장', '국가안보총괄점검회의 의장', '통일정책평가위원회 위원장', 이산가족 재회를 추진하던 통일원의 '적십자회담 자문위원직'도 맡았었고 외무부 '외교정책자문위원장', '외교경쟁력강화위원회 위원장'도 맡았었다. 모두 내가 하던 공부와 관련된 직들이어서 내가 기여할 수 있는 일이 있을 거라 생각해서 맡았었다.

감당 못 할 일은 맡지 말아야 한다.

6) '떳떳하게'라는 가훈

막내아들이 중학생이 되었을 때다. 우리 아이들에게 삶의 지침을 일러줄 때가 되었다고 생각해서 1986년 내 생일이던 4월 16일 우리 집 가훈(家訓)을 정해 아이들에게 주었다. 물론 나도 지키는 원칙으로. '남이 보지 않더라도 부끄러운 일 하지 마라(君子慎独)', '자기 명예를 지켜라(自尊)', '남을 희생시키지 마라', 그리고 '자기가 가꾼 것만 자기 것으로 생각해라' 등을 모두 담아 '떳떳하게'를 가훈으로 정했다. 그리고 그 내용을 간단하게 '씩씩하게', '즐겁게', '떳떳하게'로 요약했다. 이 가훈을 정한 후 내 나이 80이 넘은 오늘까지도 아침 출근 때마다 현관에서 집에 남아 있는 집사람과 출근 인사를 하면서 이 세 가지 구호를 조용히 외친다. 물론 아이들이 등교할 때도 현관에서 이 구호를 하고 나가게 했다.

부끄럽지 않게, 즐겁게, 떳떳하게 하루하루를 보내면 성공한 인생이 된다고 나는 결론을 지었다. 매일 아침 집을 나서면서 이 세 가지 구호를 되새기면 무슨 일이든지 마음 편하게 해나갈 수 있었다. 자존(自尊), 순리(順理), 그리고 남을 사랑하면서 느끼는 즐거움까지 모두 담은 구호여서 지금도 이 가훈은 지켜지고 있다. 그러나 이 구호대로 매일 살아간다는 것은 결코 쉽지 않은 일이다.

떳떳하게 살려면 내가 아끼고 지키려는 나의 명예, 내가 바라는 나의 모습에 저촉되는 언동을 하지 않아야 된다. 크고 작은 많은 결정을 하루에도 여러 번 해야 하는 것이 오늘날의 삶인데 그때마다 떳떳하게 기준을 생각하고 언동을 선택한다는 것은 피곤한 일이다. 그러나 그렇다고 해도 지켜야 한다. 그것이 자존심 지키기가 아니겠는가?

세상에서 제일 다루기 어려운 사람은 자존심을 가지지 않은 사람이다. 자기가 되고 싶은 사람, 열심히 자기 스스로를 가꾸어 도달하고 싶은 자기 모습, 자기가 아끼는 자기의 상(像)을 사랑하는 사람은 그 상에 흠집을 내는 일은 하지 않는다. 남이 보건 말건 관계없이 자기 상을 사랑하는 마음, 즉 자애(自愛)의 마음이 자기 상을 존중하는 자존심(自尊心)이다. 자존심은 자기의 행위 준칙을 자기 스스로 지키도록 한다. 그래서 군자신독(君子慎独)의 마음가짐이 이루어진다. 자기가 사랑하는 자기상에 흠집이 가는 일을 스스로 삼가는 자제력(自制力)을 가지게 된다. 이런 사람이어야 자기 행위에 책임을 질 줄 아는 주체 의식을 가진 공동체 구성원이 될 수 있다. 자기를 다듬는 수양은 곧 자기의 명예를 지킬 줄 아는 사람 되기의 목표가 된다.

자존심을 가진 사람은 자기의 명예를 지키기 위하여 남과의 약속을 스스로 지킨다. 이런 사람들이 모인 공동체여야 민주정치체제를 갖출 수 있다. 질서는 공동체 구성원들이 합의한 규범을 스스로 지킬 때 이루어진다. 그래서 민주정치는 공동체 구성원의 반 이상이 자존심 가진 민주시민이 될 때라야 작동할 수 있게 된다. 질서의 기초는 법치(法治)인데 합의된 규범을 지키려고 하지 않는 사람들의 모임에서 민주정치는 작동할 수 없다.

근대 민주주의 국가에서는 국민의 '민주시민 교육'을 정부가 해야 할 가장 중요한 임무로 생각한다. 그래서 민주국가에서는 초·중등 교육의 이수를 국민의 의무로 규정하고 있다. 한국도 9년의 의무교육을 실시하고 있다. 그러나 정부가 제도화하여 실시하고 있는 학교 교육보다 더 중요한 것은 가정교육이다. 부모 형제가 모여 사는 가정에서 자존심 가진 사람으로 자식들을 키워야 한다. 집에서 자식들을 떳떳한, 자존심을 가진 사람으로 키워 내면 그 사회는 안정된 민주사회로 자리 잡게 된다. 자기 행위에 책임질 줄 알고 자기 스스로를 사랑할 줄 아는 자존심 가진 인간으로 자식들을 키우는 일이 모든 가정의 가장들의 의무이다.

내 삶의 주인은 나이고 내가 한 일에 대해서는 내가 책임을 진다는 생각을 가지고 이 세상을 살아가는 떳떳한 삶의 주인공들을 길러 내는 일이 부모된 자의 제일 큰 의무라 생각해야 한다.

3. 남과 함께 살며 얻는 배움

사람은 자라면서 집 밖의 이웃, 그리고 더 넓게 소속 공동체의 다양한 사람들을 만나게 된다. 이들과 함께 살면서 공동체 소속원으로서의 행위 규범을 배우게 된다. 특히 학교라는 제도화된 체제에서 많은 것을 배우게 된다. 몇 가지 소개한다.

1) 위공 정신(爲公精神)과 책임 정신

나의 이익과 우리의 이익이 충돌할 때 나의 이익의 일부를 희생하고 우리의 이익을 앞세우는 마음가짐이 위공정신(爲公精神)이다. '우리'가 잘 되어야 나와 내가 아끼는 사람들도 잘 된다는 생각을 말한다. 고등학교 때 우리에게 영어를 가르치시던 안병욱(安秉煜) 교수가 '나만 이즘(-ism)을 벗어나 너도 이즘을 가져야 한다'고 강조하던 가르침이 위공 정신의 핵심이다. 내가 속한 공동체가 잘 되어야 그 일부인 나도 잘 된다는 생각, 그리고 공동체 구성원이 남이 아니고 우리라는 생각을 가져야 함께 잘 사는 세상을 만들 수 있다는 주장이다.

태어나서 처음 알게 된 최소 단위의 공동체가 가족이다. 우리 식구, 우리 집이 내가 소속된 집단이라는 인식은 말하기 시작할 때쯤부터 갖게 된다. 그리고 자라면서 친척으로 그 범위가 넓혀지고 학교에 다니면서 '우리 반', '우리 학교'가, 그리고 조금 철이 들기 시작하면 우리나라, 우리 민족을 인식하게 된다. 사회에 나와서 직장을 가지게 되면 우리 회사, 우리 모임 등 여러 개의 소속 단체에 대한 '우리 의식'

이 생겨난다.

민족국가가 생활 단위로 자리 잡기 시작하면서 민족이 우리 의식의 중요한 단위가 되기 시작하였다. 민족이란 생활양식을 같이 하는 문화 동질성을 공유하는 집단인데 생활을 지배하는 정치질서의 관리 단위인 국가와 범위를 같이 하면서 공공생활에서 '우리 의식'을 갖게 되는 민족국가가 공동체로 자리 잡게 되었다. 민족국가라는 정치공동체의 질서를 존중하면서 나의 사사로운 이해보다 민족국가의 전체적 이해를 앞세우는 마음가짐이 형성되는데 그런 마음가짐을 보통 애국심이라 한다. 이 애국심이 곧 대표적인 위공 정신이다.

위공 정신은 학교 교육을 통해 사회구성원에 주입되는 것이 보통이다. 그리고 어떤 국가의 국민이라는 이유로 박해를 받는 일이 생기면 국민 의식은 강화된다. 물론 반대도 마찬가지이다. 특정 국가의 국민이라는 이유만으로 특혜를 누릴 수 있을 때 그 국가의 국민이라는 자긍심이 생겨난다.

한국인 중에서 내가 속한 세대는 다른 어떤 세대보다 강한 애국심과 위공 정신을 갖고 있다. 일본 식민지 지배를 받았고 6·25전쟁이라는 엄청난 시련을 겪었기 때문이다. 일본 식민지였던 시대는 '조선인'이라는 사실만으로 일본인과 차별을 받았었다. 6·25전쟁을 겪으면서 대한민국 국민이라는 이유로 공산군의 탄압을 받았었다. 그때의 박해가 반사적으로 우리 세대의 한국인들이 대한민국이라는 정치공동체에 대한 충성심, 그리고 이 공동체를 위하여 나의 개인적 이익을 희생할 수 있다는 위공 정신을 갖게 만들었다.

위공 정신은 국가에 대한 충성심, 민족공동체에 대한 애국심, 자기 직장에 대한 충성심, 자기 동료 집단에 대한 애정 등 여러 형태로 나타나는데 공통점은 집단을 위한 나의 개인적 이익의 양보이다. 공동체 구성원의 이러한 위공 정신이 바탕이 되어 '우리 모두가 함께 잘 사는 나라'가 우리의 의식 속에 자리 잡게 된다.

구성원들의 위공 정신과 함께 지도자의 책임 정신이 더해져야 조직을 제대로 이끌어 갈 수 있다. 지도자가 조직 업무 수행의 책임을 지겠다는 뚜렷한 사명 의식을 가질 때 그 조직이 살아난다.

나는 내가 가르친 제자들이 뚜렷한 위공 정신과 확실한 책임 정신을 갖춘 지도자로 성장할 때 가장 큰 보람을 느낀다. 그것이 선생이란 사람의 속성인 모양이다.

소속집단은 여러 가지가 있다. 느슨하게 조직된 집단도 있고 제약이 꼼꼼한 조직도 있다. 예를 들어 군대는 모든 조직 중에서 가장 규칙이 엄정한 집단이다. 군은 국가와 민족에 대한 무력 공격을 막아내야 한다는 국가 수호의 막중한 사명을 실천해 나가야 하는 조직이기 때문에 조직원의 다양한 요구를 수용하기 어려워 사익에 앞서는 공익 추구를 조직 원칙으로 삼는 조직이 된다. 그래서 군에 복무하는 동안 사람들은 '공익을 앞세우는 협동' 정신을 배우게 된다. 그런 뜻에서 군대는 중요한 국민 교육 기관이라고 할 수 있다.

나는 대학 졸업 후 공군 장교로 4년간 복무했다. 훈련 기간까지 52개월을 군복을 입고 조직 생활을 했었다. 그 기간동안 나는 대학 4년 동안보다 더 많은 것을 배웠다. 군대는 구성원 개개인의 능력들을 모두 합산한 것의 몇 배가 되는 집단 능력을 만들어 내는 조직이다. 그래서 훈련된 1개 연대의 병력으로 조직되지 않은 인구 천만 명의 서울 같은 도시를 완벽하게 통제할 수 있게 된다. 이런 시너지 창출 원리로 작은 정부로도 큰 나라의 질서를 유지해 나갈 수 있는 것이다. 군대 생활에서 사람들은 이러한 협동 방법을 배울 수 있게 된다. 군대는 국민들에게 위국헌신(爲國獻身)의 정신과 봉사를 가르치는 교육장이다.

군대 조직의 생명은 규율 준수이다.

군복무에서 장병들은 질서를 창출하고 유지하며 관리하는 일을 익힌다. 질서의 핵심은 규범이다. 규범이란 조직원 간의 관계, 임무 간의 관계를 정한 약속이다. 조직을 구성하는 사람들 간의 종적인 상하관계, 횡적인 협력 관계가 그 핵심이다. 질서는 모든 조직체의 생명이지만 군에서 가장 중시된다. 집단의 생사가 걸리는 일이기 때문이다.

군대는 공동체를 운영, 관리하는 방법을 배우고 조직 운영을 익히는 좋은 학습장이다.
나는 대학 졸업 후 공군 장교로 4년간 복무했다.

2005년 공군정책발전위원장 때 청주 기지에서. high taxing 후 기념 촬영을 했다.

질서의 핵심인 규범이 지켜지게 하는 힘에는 권위, 강제력, 보상력의 세 가지가 있다. 구성원들이 옳다고 생각하기 때문에 자발적으로 따르게 하는 힘이 권위이며 어겼을 때 불이익을 주는 힘이 강제력이고 반대로 잘 지켰을 때 혜택을 줄 수 있는 힘이 보상력이다. 군대는 강제력이 가장 강하게 활용되는 조직이다. 그래서 군에 복무한 경험이 있는 사람과 그렇지 않은 사람은 사회생활에서도 뚜렷이 구분된다.

사회에서 작동하는 모든 조직에서도 군에서 익힌 지도 역량과 추종 결단은 크게 도움이 된다.

군조직에서 상급자는 하급자의 개인적 욕구와 권리를 최대한 배려하는 마음가짐을 가져야 하고 하급자는 조직 전체의 임무를 최대한 존중하는 마음가짐을 가질 때 그 조직은 제 기능을 하게 된다. 전체 이익과 개인 권리의 조화에서 부대는 주어진 임무를 원활히 수행할 수 있게 된다. 공익(公益)과 사익(私益)의 조화가 군조직 관리의 핵심이다. 사회생활을 시작하는 제2기 인생을 앞두고 일정 기간 군생활을 하는 것은 '국비장학금'으로 사회생활 훈련을 받는 교육이라 생각하면 된다. 나는 나의 경험을 되돌아보면서 내가 가르치는 학생들에게 군복무를 적극적으로 권했다. 우리 아들 태환(太煥)이도 학사장교 100기(나는 46기)로 공군 장교로 군복무를 마쳤다.

2) 순리(順理)의 마음가짐

인간은 대자연 질서의 지배를 받는 존재이다. 인간이 갖춘 감지 능력인 안(眼)이(耳)비(鼻)설(舌)신(身)의(意)로 감지할 수 있는 색(色)성(聲)향(香)미(味)촉(觸)법(法)을 넘는 대자연의 질서가 있다. 인간의 노력으로는 변화시킬 수 없는 작동 원리가 있다. 그것을 깨달아야 인간은 겸손해진다. 공자는 사람이 쉰 살이 되어야 지천명(知天命)한다고 했다. 대자연의 질서가 있고 인간이 그것을 넘어설 수 없음을 알게 된다는 가르침이었다.

나는 어렸을 때 사람이 못할 것이 없다고 생각했다. 모든 세상 이치는 열심히 관찰하고 연구하면 깨칠 수 있다고 생각했었다. 중학교, 고등학교를 다닐 때 나는 노력하면 무엇이든지 알 수 있으리라고 오만하게 생각했었다. 학교에서 배운 것을 모두 이해하면 성적은 늘 만점 가깝게 받을 수 있었다. 좋은 성적이 나를 오만하게 만든 셈이다.

대학에 들어와서는 그런 생각이 흔들리기 시작하였다. 대자연의 섭리는 존중하여야지 도전해서 고치려 든다든지 하는 무모한 일은 해서

아이들이 어릴 때부터 산, 바다로 데리고 다녔다. 자연과 익숙하게 만들려고 애썼다. '자연 속의 인간'이라는 것을 깨닫게 하려고.

는 안 된다는 순리(順理)의 마음가짐을 갖게 되었다. 사람들과 함께 일할 때도 내 고집만 부려서는 안 된다는 것을 깨닫기 시작했다. 그리고 아무리 내가 원하는 것이라도 객관적으로 이루어질 수 없는 것이면 선선히 포기할 줄도 알게 되고 남의 이야기를 경청하는 일에도 익숙해졌다. 나의 능력을 넘어서는 일을 시도하지 않고 나보다 더 잘 할 수 있는 사람이 있는 일은 내 스스로 양보하고 맡지 않는 겸손한 마음을 가지게 되면서 한결 마음 편히 일해나갈 수 있게 되었다.

오만한 마음을 버리고 대자연의 섭리에 순응하는 순리(順理)의 마음가짐을 가진 후에는 남에게도 이런 마음을 가지라고 설득했다. 물론 제자들에게도 그렇게 타일렀다.

내가 조선일보에서 편집기자로 일할 때도 이러한 겸손한 마음가짐을 가질 것을 기사를 통해 전하려고 애썼다. 예를 들어 스포츠면을 편집할 때 신기로 한 기사 중에 한국 등산인이 히말라야의 어느 봉을

'정복'했다는 기사가 있었다. 나는 그 기사의 '정복'이라는 표현을 '등정(登頂)'으로 고쳐서 실었다. 산이 사람이 정상을 밟는 것을 고맙게도 허용해서 올라간 것이지 사람이 어떻게 산을 정복할 수 있는가라는 것이 내 생각이었다. 나도 대학 산악반 반장을 했던 사람이어서 높은 산을 오르는 것이 얼마나 어려운지를 알뿐더러 자연이 너그럽게 허용하지 않으면 사람이 등정하지 못한다는 것도 알고 있어서 기사를 고쳤다. 그 뒤 지금까지 몇십 년 동안 많은 일을 기획하고 추진해왔지만 오만한 자신감은 내세우지 않았다.

"주어진 여건에서 최선을 다하자(Do my best under the given condition)"가 내가 프로젝트를 맡았을 때 스스로에게 다짐하는 내 마음가짐이다. 그리고 이와 관련하여 생소한 일을 맡을 때는 극단을 피하고 중간을 택하는 '윤집기중(允執其中)'이라는 논어의 글귀를 먼저 생각해왔다.

3) 뜻 있는 곳에 길이 있다

배움은 갖추어진 학교 교실에서만 이루어지는 게 아니다. 마음먹으면 어디서도 배움을 얻을 수 있다.

해방 직후 북한에서 월남한 피난민이 넘쳐 서울 시내 초등학교는 초만원 상태였다. 서대문 충정로에 살 때 다니던 만리동의 봉래국민학교를 안암동으로 이사한 뒤에도 다닐 수밖에 없었다. 가까운 종암국민학교는 학생이 4천 명이 넘어 전입생을 받을 수가 없었기 때문이다. 안암동에서 만리동은 먼 길이다. 등교할 때는 동대문에서 남대문까지 전차를 타고 나머지는 걸었다. 두 시간 정도 걸렸다. 귀가할 때는 전차표를 아끼려고 전차를 타지 않고 길을 전부 걸었다. 세 시간쯤 걸렸다. 그 시간이 아까워 나대로 활용 계획을 세웠다. 큰 길가의 건물에 붙은 간판이 모두 한자로 되어 있어 나는 그걸 교과서 삼아 지나가는 어른에게 물으면 대개 친절하게 일러 주었다. 그렇게 배워서 화신백화점부터 동대문까지 종로길의 양쪽 건물 간판을 모두 순서대로 암기했다.

시간이 여유로울 때는 남산에 있던 과학관(KBS 방송국 자리에 있었다)에 들러 전시물을 보면서 과학 공부를 했다. 경복궁 동문인 건춘문에 들어서면 국립박물관이 있었다. 거기에 자주 들러 신석기 시대부터 조선조까지의 유물을 보면서 공부했다. 두 곳의 수위들은 돈이 없다는 국민학교 학생을 무료로 입장시켜 주었다.

여름 방학에는 국립도서관 마당에 있는 '아동문고'에 매일 나가서 책을 빌려 읽었다. 지금도 그때 읽은 『자연과학 발달사』의 내용을 많이 활용하고 있다.

부산 피난 중에 중학교에 입학했다. 집에 오는 길에 국제시장 속에 있는 제본소에 들러 '아르바이트'를 했다. 절단기를 돌리고 전지에 인쇄된 것을 책 크기로 접는 접지 작업을 했다. 거기서 잘못되어 버리는 책을 얻어 영어 공부를 했다. 그리고 영어로 읽는 것이 익숙해진 후에는 그 옆에 있는 미국 공보원에 들러 책을 읽었다. 우주 과학의 기초, 태양계의 별들 이야기, 성좌 소개 등은 모두 거기서 얻어진 지식들이다.

일본어는 부산 피난 중 헌책방에서 구한 참고서를 읽기 위해 공부했다. 일어를 자습하려고 헌책방에서 19세기 말에 출간된 『일어대해(日語大海)』를 구해 읽어 보았으나 옛날 우리말이어서 이해하기 어려웠다. 다행히 친구 어머님이 국민학교 교사를 하셨던 분이었는데 고맙게도 손으로 필기해서 일본어 입문 교과서를 만들어 주셔서 그것으로 자습했다.

대학교수가 된 다음에는 안식년마다 미국, 일본, 대만의 대학에 '교환교수' 자리를 얻어 나가서 그곳 학교 내외에서 열리는 학술회의를 부지런히 찾아다니면서 많은 것을 배울 수 있었다. 1983년 프린스턴대학에 가 있을 때 때마침 조지 오웰(George Orwell)의 『1984』를 주제로 하는 국제세미나가 열렸다. 열심히 참가하여 '공산체제'에 대한 석학들의 다양한 견해를 들을 수 있었다. 그리고 프린스턴대학이 주축이 되어 진행하고 있던 미래의 세계질서 모형(WOMP: World Order Model Project) 연구를 '어깨너머로' 보면서 내가 평생 연구 주제로 삼고 있는 '21세기 민주평화질서'의 접근 방법을 구상할 수 있었다.

배움은 뜻만 있으면 어디서나 배울 수 있다. 공자도 불치하문(不恥下問)이라 하셨다. 어른도 어린이에게서 배울 것이 있다. 나이를 따지지 않으며 사회적 지위를 내세우지 않고 마음을 비우고 알만한 사람에게 물으면 좋은 배움을 얻을 수 있다. 주위에도 부끄럽게 생각하지 않고 아랫사람에게 묻는 분들이 있다.

1979년 12월 26일 박정희 대통령 시해 사건 이후 사태 수습에 나섰던 신현확(申鉉碻) 총리가 갑자기 나를 찾아 총리실에서 만났다. 북한이 휴전선 일대로 군대를 전진배치하고 비상 상태를 선포하고 있는 상황에서 우리의 군사 대응책을 내게 물었다. 나는 남북한 군사력 현황을 간단히 보고하고 총리가 당장 취해야 할 조치들을 몇 가지 건의했다. 헤어지면서 내가 물었다. 장관, 합참의장 등 군 실무자들이 많은데 왜 민간 교수인 내게 묻느냐고 했다. 신 총리는 상대의 직급이나 지위를 가리지 않고 전문 지식을 얻을 수 있는 사람을 추천받아 만난다고 했다. 1993년 2월에도 파리에서 열린 '전직국가원수회의(InterAction Council)'에 같이 가자고 제안해서 나도 쫓아 나섰다. 통일을 막 이룬 독일의 전 수상 헬무트 슈미트(Helmut Schmidt)와 독일통일 경험을 논하는 별도 회의를 가지기로 했는데 그 모임에서 '배우는 일'을 나보고 해달라고 했다. 나를 선택한 이유도 그전 만남과 같았다. 신현확 총리는 불치하문을 실천하고 있었다.

　"한 번도 해본 적이 없다"는 이유로 무슨 일을 맡지 않는 사람들이 많다. 나는 그런 자세를 못마땅하게 여긴다. 해야 할 일이면 길 없는 산에 길을 만들며 올라가듯 해보아야 한다. 뜻을 세워 실천하려고 나서면 길이 열린다. 비록 다져진 길이 아니더라도 갈 수 있는 오솔길이라도 열고 갈 수 있다. 꼭 해야 할 일이라면 "해본 적이 없다"는 핑계로 피해서는 안 된다.

　나는 공군 장교로 4년을 복무했다. 내게는 참 좋은 훈련 기간이 되었다. 군대란 해야 할 일은 무슨 수라도 해내야 하는 정신을 가르치는 좋은 교육 기관이다. 나는 제자들에게 군복무는 반드시 해야 할 뿐 아니라 안 해본 일을 해보는 좋은 기회라 생각하고 군에 가서 대학원 다닌다는 생각으로 최선을 다해 맡은 일을 해내는 훈련을 쌓으라고 권했다. 그래서 내 제자 중에는 예비역 장교들이 많다.

　내가 공군사관학교 정훈관으로 일할 때였다. 육군사관학교 생도들은 생도 잡지를 내고 있는데 공사 생도를 위한 잡지가 없다고 생도들이 불평을 했다. 교장에게 보고하니 예산 확보는 가능한데 만들 사람이 없어 못한다고 했다. 그래서 내가 나섰다. 잡지 이름을 〈하늘〉이라고 붙이고 생도들을 선발하여 편집반을 만들고 내가 기획하여 만들어냈다. 창간 50주년이 되었을 때 편집반 생도들이 인사차 내 사무실을 찾아주어 흐뭇했었다. 〈공사신문〉도 내가 복간했고 공군박물관도 창설 준비를 내가 했다. 사관생도 「산악반」도 만들어 주말에 서울 근교 산으로 데리고 나가 록 클라이밍(암벽등반)도 가르쳤고 설악산, 한라산으로 원정도 갔었다. 요즘 주말에 도봉산, 북한산에 나가 보면 화려한 암벽등반 장비들을 갖춘 산악 동호인들을 많이 볼 수 있다. 1950년대 우리가 암벽등반을 할 때 사용한 장비는 모두 '대체품'들이었다. 빙폭 등반 때 신었던 아이젠은 공대생들이 공작실에서 주물을 부어 만든 것이고 바위를 탈 때 쓰던 자일은 미군이 항공기를 고정시킬 때 쓰던 나일론 밧줄을 구해 36m씩 잘라서 썼었다. 전부 '해본 적이 없는 일'이었지만 도전해서 성공했다. 뜻이 있으면 해낼 수 있다는 것을 실험할 수 있는 좋은 기회를 군에서 훈련받았다.

4) 시간과 물건 아끼고 살라는 가르침

우리의 삶에서 가장 소중한 것이 시간이다. 인간의 활동은 모두 시간 속에서 일어난다. 하늘이 마련해준 가장 공평한 삶의 조건은 시간이다. 모든 사람에게 1초도 차이가 없는 똑같은 시간을 하늘이 배분해주었다. 똑같이 받은 시간을 어떻게 아껴가며 잘 쓰는가로 한 사람이 이 세상에서 이룰 수 있는 것이 결정된다. 아무리 좋은 생각도 시간이 모자라면 현실화시킬 수 없다. 시간은 돈으로도 살 수 없는 소중한 자산이다.

초등학교 1학년 여름 방학 숙제로 가장 많이 출제되는 것이 하루 24시간을 어떻게 나누어 쓰는지를 그림으로 그려 오라는 것이다. 동그라미를 그려 놓고 바깥 금을 24등분하여 표시한 다음 몇 시부터 몇 시까지 잠자는 시간, 밥 먹는 시간, 학교에서 보내는 시간, 친구들과 노는 시간 등으로 나누어 표시하게 하는 숙제이다. 시간을 '계획적으로 써서 아껴라'고 가르치는 방법이다.

시간은 똑같지 않다. 어떤 때의 시간의 효율은 다른 때보나 더 높다. 그 차이를 잘 이해하면 시간을 효율적으로 쓸 수 있다. 수업에서 배운 것은 수업이 끝난 순간부터 조금씩 잊혀지기 시작한다. 그래서 시험 때가 되면 많은 기억이 없어져 밤을 세워가며 기억을 다시 살려낸다. 그런데 수업이 끝난 후 그날 저녁에 다시 잠깐 복습하면 잊혀지는 시작점이 저녁까지 늦추어져서 시험 때까지도 배운 내용이 많이 남아 있게 된다. 에빙하우스(Hermann Ebbinghaus)가 정리 해놓은 '망각 곡선' 이론이다. 3년을 같은 조건에서 학습하고 고교를 졸업한 학생들의 지식 차이는 시간 사용 방법 차에서도 생긴다.

여러 사람이 함께 일해야 할 때 한 사람이 늦으면 다른 모든 사람이 시간을 잃게 된다. 그래서 모든 학교, 직장에서는 출근 시간, 퇴근 시간 등을 정해 놓는다. 두 사람이 만나기로 했을 때 한 사람이 늦으면 상대방의 시간을 그만큼 뺏는 것이 된다. 그래서 사회생활에서는 시간 지키기를 강조한다.

히틀러(Adolf Hitler)는 정시(定時)를 정해진 시각의 3분 전으로 맞추어 활동했다고 한다. 절대로 남의 시간을 낭비시키지 않겠다는 마음가짐이었다. 나는 학교생활을 하면서 정시를 '15분 전'으로 정해 놓고 일했다. 내가 지도했던 학생들은 '15분 전이 정시'라는 내 관행을 모두 터득하고 있다. 제조업을 하는 한 졸업생은 상담할 때 '15분 전 정시'를 꼭 지키고 상대를 만났더니 상대방에게 '믿을 수 있는 사람'이라는 인상을 주어 협상이 잘 이루어졌다고 했다.

시간은 물건처럼 아껴야 한다. 꼭 써야 할 물건이 아닌데 쌓아 놓고 있다면 낭비라고 야단치면서 시간을 어긴 것을 별로 미안하게 생각하지 않는 사람들이 많다. 잘못 사는 것이다. 시간은 어떤 물건보다 더 소중하다.

나의 할머님은 철저히 무소유(無所有)의 원칙을 생활 속에서 실천하셨다. 꼭 필요한 것만 가지시고 나머지는 필요로 할 사람에게 나누어 주셨다. 돌아가실 때는 갈아입던 옷 몇 벌과 머리빗 하나만을 남기셨다. "내 농 속에 있는 저 옷이 없는 사람에게 얼마나 소중하게 쓰이겠느냐"고 나누어 주시는 이유를 설명하셨다.

시간과 물건을 아껴 쓰는 습관을 가지면 같은 한평생을 살아도 더 많은 것을 이룰 수 있다.

5) 함께 사는 세상이 좋은 세상

평화란 '자발적 공존합의'를 말한다. 서로 상대방의 존재를 인정하고 상대방도 나와 마찬가지로 이 세상에서 행복하게 살아갈 권리를 가졌다고 인정하고 함께 서로 존중하면서 살기로 합의한 상태를 평화라 한다.

사람은 자연의 일부이다. 모든 동물과 식물도 자연의 일부이다. 그리고 모두 이 세상에서 행복하게 살 권리를 가진 존재들이다. 내가 잘살기 위해 남의 살 권리를 짓밟는 것은 자연질서를 깨는 일이다.

사람은 살기 위해 먹고 입고 잘 곳을 마련해야 하고 그런 조건을 갖추기 위해서는 불가피하게 다른 생명체를 죽여야 하고 다른 사람의 것을 빼앗을 수밖에 없게 되어 있다. 그래서 사람과 모든 생명체는 생존 경쟁의 틀에서 벗어나지 못하고 살고 있다.

이러한 모순 속에서 살아야 하는 사람들은 다른 사람, 다른 생명체의 생존과 생활을 위해 나의 삶에 필요한 살생 파괴를 최소화해야 할 도덕적 의무를 지고 살고 있다. 다른 사람, 다른 생명체의 삶에 대한 배려를 하면서 나의 욕심을 줄이고 상대의 삶에 대한 배려를 늘이는 마음가짐을 가져야 한다. 나만 잘 사는 것에 만족하지 말고 나도 살고 너도 살 수 있는 길을 찾는데 관심을 가져야 한다.

사랑이란 상대에 대한 배려하는 마음이다. 상대의 행복을 위해서 나의 욕심을 줄일 수 있는 마음, 나도 살고 너도 살 수 있는 길을 찾으려는 마음가짐을 모든 인간이 갖게 되면 세상은 평화로워진다. 나보다 상대를 좀 더 생각하는 마음을 사랑이라고 한다.

이웃과 모든 살아있는 것을 사랑하는 마음가짐을 온 세상 사람이 가지게 되면 세상은 극락이 된다. 적어도 그런 세상에 가까워지도록 노력하면서 살아야 하지 않을까?

평화질서에 대한 가장 큰 적은 독선(獨善)이다. 작은 조직이나 큰 조직, 온 세계의 질서에서나 갈등이 일어나는 것은 우리 마음속에 자리 잡고 있는 독선 때문이다. 나만 행복할 권리가 있고 나만 잘 살 수 있으면 된다는 이기심에 그런 마음가짐을 가지는 것이 옳다고 믿는 독선까지 보태지면 세상은 편할 날이 없게 된다.

사람은 다른 사람과 함께 살도록 진화되어 왔다. 혼자서는 살 수 없는 존재이다. 뿐만 아니라 사람은 다른 생명체와도 공존하지 않으면 살 수 없게 만들어졌다. 이것이 대자연의 섭리이다. 이 섭리를 존중하고 이 섭리에 순응하는 순리의 정신을 살려 나가야 인간 세상의 미래가 있지 않을까?

나는 '조금씩 자라는 나무'처럼 지난 80년 동안 내 마음가짐을 다듬어 오면서 살았다. 내가 걸어온 길을 나의 후학들에게 참고하라고 적어 보았다.

4. 자기 삶의 틀을 짜는 기초 공사 기간

첫 30년에 해야 할 일, 갖추어야 할 능력, 초점을 두어야 할 삶의 과제를 정리해 본다.

1) 되고 싶은 자기 모습 정하기

첫 30년에서 이루어야 할 가장 중요한 과제는 '나는 어떻게 살까'를 정하는 일이다. 몇백억 년이라는 긴 세월 속에서 단 한 번, 100년도 안 되는 짧은 시간만 살도록 주어진 나의 삶인데, 생각 없이 흘려보낼 수는 없지 않겠는가? 주어진 시간을 아껴서 내게 의미 있는 삶이되도록 해야 하지 않겠는가? 첫 30년의 삶은 '내가 어떻게 살아야 할까'를 정하는 귀한 삶이다.

사람은 하나의 생명체이다. 목숨을 가진 동물이다. 가꾸고 다듬어야 생명을 유지할 수 있다. 그리고 다듬기에 따라 여러 모양으로 자라는 유기체이다. 버려두면 수많은 동물 중 하나로 살다가 사라진다. 그렇게 자기 삶을 내버려 둘 수는 없지 않는가?

우선 자기 생을 마감할 때쯤의 자기 모습을 그려보아야 한다. 주어진 생을 의미 있게 살았다고 스스로 생각할 수 있다면 성공한 삶이 아니겠는가? 생을 마칠 때 스스로 만족할 수 있는 자기상(自己像)을 마음속에 그려 놓고, 그곳에 도달할 수 있는 삶의 과정을 꼼꼼하게 짜 놓아야 한다. 인생의 첫 30년은 이러한 삶의 목표를 다듬어 나가는 기간이다.

오늘날 세계는 빈 구석 없이 전부 사람들이 모여 사는 '인간 사회'로 되어 있다. 모든 사람은 '인간 사회 속의 존재'로 살아가도록 운명 지어져 있다. 그래서 내가 도달하려는 이상적인 자기상은 주변 사회와의 연계 속에서 그려 나갈 수밖에 없다. 나의 앞날에 전개될 사회 환경 변화를 예견해야 나의 이상적 '자기상'을 그려볼 수 있다. 넓게는 인류 사회의 변화를, 좁게는 내 나라의 변해 가는 모습을, 그리고 더 좁혀서 나의 가족, 내가 속한 단체 속에 놓인 나의 모습을 그려 나가야 한다.

2) 필요한 능력 갖추기

이상적인 자기상은 누가 만들어 주지 않는다. 자기 스스로 만들어 가야 한다. 그래서 '자기의 능력'을 계속 다듬어 나가야 한다. 필요한 지식을 쌓아 가야 한다. 그리고 자기의 능력과 자기가 원하는 자기 모습을 연계시켜 나가야 한다. 그런 뜻에서 인생의 첫 30년은 평생 가꾸어 갈 삶의 틀과 이루고 싶은 꿈, 그리고 그 꿈을 이룰 능력을 다듬는 기간이라 할 수 있다.

배움은 관찰과 만남에서 이루어진다. 환경의 변화와 그 변화 흐름은 끊임없는 관찰에서 깨닫게 되고, 일을 성취할 수 있는 능력은 사람들과의 만남에서 얻어진다. 어려서는 가족으로부터 배움을 얻고, 자라면서는 학교에서, 그리고 만나지는 이웃과의 접촉에서 배움을 얻는다. 배우고 익히는(學而時習) 일이 인생의 첫 30년의 과제이다.

3) 능력은 배움에서 얻어진다

사람은 동물과 달리 언어라는 도구를 써서 자기가 직접 경험하지 않은 일을 바탕으로 얻어지는 지식도 다른 사람들에게서 얻을 수 있다. 언어를 통하여 남의 경험과 지식을 얻을 수 있어 사람들은 자기가 직접 경험하지 않고도 많은 배움을 얻어 축적할 수 있다. 이런 특전 때문에 사람은 다른 모든 동물을 지배할 수 있게 되었다. 언어를 통하여 타인의 경험과 지식을 얻을 수 있어 인간은 노력에 비례하여 많은 배움을 얻을 수 있게 되었다. 게으름을 이겨 내면 더 많은 배움을 쌓을 수 있고, 자기가 그려 보려는 이상적인 자기상을 더 잘 그려 낼 수 있게 된다.

같은 환경 조건에서 태어나도 사람은 자기 삶을 가꾸기에 따라서 보잘것없는 미물로 한평생을 살고 가는 존재로 묻힐 수도 있고, 반대로 잘 다듬고 키우면 세상을 밝히는 등불 같은 존재가 되기도 한다. 꿈을 가지고 자기 삶을 다듬으며 사는 사람이라야 후회 없이 생을 마감할 수 있다. 젊었을 때의 마음가짐이 인생의 성패를 좌우한다.

삶에는 수많은 길이 있다. 어떤 길을 선택하는가에 따라 이룰 수 있는 것이 정해진다. 현상의 이해를 지식이라 하면, 지식을 바탕으로 갈 길을 찾는 판단을 지혜라 한다. 바른길을 선택하여야 값진 삶의 궤적을 그릴 수 있다. 배워야 길이 보인다. 그리고 배운 만큼 이룰 수 있게 된다. 만남과 배움, 그리고 꿈의 다듬기가 인생의 성패를 좌우한다.

4) 배움은 만남에서 얻어진다

배움은 만남에서 시작된다. 앞서 살았던 사람의 경험을 통해서 아직 가보지 않은 길의 상태를 알게 된다. 앞선 사람의 경험을 전해 들으면서 가서는 안 될 길도 알게 되고, 가면 좋은 길도 찾게 된다. 만남은 하늘이 정해 주기도 하고, 내가 찾아내기도 한다. 직접 만나는 경우도 있고, 책을 통해서 만나기도 한다. 만남에서 배움을 얻으려면 배우려는 마음을 내가 갖추어야 한다. 배우려는 마음을 갖추지 않으면 선생이 새로운 지식을 손에 쥐여 주어도 소화하지 못한다.

일본 나카소네(中曽根康弘) 수상은 그의 자서전 『자성록(自省錄)』에서 "나는 평생 내 마음속의 '내재적 도덕률(內在的 道德律)'에 따라 행동해 왔다"고 하면서, 그 원천은 '삼연(三緣)주의'라고 했다. "연(緣)을 맺으며, 맺은 연(緣)을 존중하고, 그 연(緣)을 따른다"는 원칙을 생애의 지침으로 삼았으며, "평생 연을 맺고 산 사람은 100인을 넘지 않는다"고 하면서 그 대부분은 친척, 동창, 직장 동료라고 했다. 나카소네의 결연(結緣), 존연(尊緣), 수연(隨緣)의 '삼연주의'는 경청할 만하다. 나도 연(緣)을 사람 사는 길에서 제일 소중한 것이라고 강조해 왔다. 나는 평생 80번 정도 결혼 주례를 섰다. 나의 주례사는 연의 강조였다. 두 사람이 만나게 된 것은 하늘이 정해 준 '주어진 연'이고, 그 연을 두 사람이 힘을 합쳐 다듬어 나가는 것이 행복한 결혼을 이루는 길이라고 했다. 사람 사는 데 결혼만이 소중하겠는가? 모든 만남이 다 소중하다. 그 연을 잘 다루는 것이 지혜이다.

태어나서 처음 갖게 되는 만남은 부모, 형제 등 가족들이다. 그리고 이웃과 친지들이다. 이 만남은 선택이 아니라 주어진 인연으로 이루어진 것이다. 주어진 귀한 인연에서 어떤 배움을 얻는가에 따라 인생의 길이 달라진다. 살다 보면 새로운 인연이 맺어지는데, 그 인연을 알아보지 못하고 살리지 못하면 배움의 기회를 놓친다. 하늘이 맺어 준 귀한 인연을 배움의 관계로 만드는 것은 자기의 선택이다. 결혼의 예를 든다면, 두 사람의 만남은 하늘이 내린 인연이나, 이 인연을 키워 서로를 존중하는 화목한 부부 관계를 만드는 것은 두 사람의 마음가짐과 노력이다.

학교는 공동체가 만남의 기회를 구성원들에게 마련해 주기 위해 만든 기관이다. 학교에서 사람들은 세 가지 만남을 갖게 된다. 앞서 살

학교는 나라가 만들어 주는 만남과 배움의 마당이다. 학교에서 가르침을 주는 선생님을 만나고 평생 서로 생각과 지식, 지혜를 나누면서 살아갈 친구를 만난다.

◀ 서울고 창립자인 김원규 교장.

▼ 교복 입고 매일 학교에 등교하는 모습.

대학 다닐 때 함께 산에 오르던 서울
대 법대 산악반 OB '한오름' 대원들.
선인봉에서.

아온 선생을 만나 직접 배움을 얻는다. 그리고 추천해 주는 책을 통하
여 직접 만나지 못한 성현들과의 만남을 가지게 된다. 더 중요한 것은
같은 또래의 동문들을 만나 서로가 서로에게서 배움을 얻는 만남을
가지게 된다. 배움의 첫 30년 동안 가장 소중한 만남을 얻을 수 있는
귀한 기회를 학교가 마련해 준다. 동문수학한 학교 동창들은 평생의
친지로 서로 도우면서 생을 마칠 때까지 배움을 주고받게 된다.

5) 마음을 열어야 배운다

공동체 속에서 살아가는 데 필요한 지식과 지켜야 할 규범과 질서,
그리고 존중해야 할 가치 등을 배우는 인생의 첫 30년 동안 배움을

옳게 배우려면 배우려는 마음가짐부터 다듬어야 한다. 배우려는 뜻을 세우지 못하면 아무리 좋은 배움의 기회를 마련해 주어도 배움을 얻지 못한다.

우선 마음을 열어야 한다. 내가 알고 있는 것과 다른 주장을 하는 선생, 동료의 이야기도 거부·배척하지 말고 경청한 후, 옳지 않다고 생각되면 나의 생각을 "이렇게도 생각할 수 있지 않습니까?"라고 겸손하게 제시하면서 대응하여야 한다. 내 생각만 옳다고 다른 의견을 모두 배척하면 배움의 기회를 잃게 된다.

그리고 새로운 것을 배울 때는 확실히 이해될 때까지 철저하게 배워야 한다. 확실하게 배운 지식만이 더 높은 차원의 지식을 얻는 기초가 된다. 그리고 그 지식을 응용할 수 있게 된다.

총명한 젊은이가 범하기 쉬운 실책은 '오만'이다. 남보다 더 많이 안다고 나서면 지식은 갖출 수 있을지 모르나 지혜는 잃게 된다. 노자(老子)는 『도덕경(道德經)』에서 "곧으면서도 다른 것과 부딪치지 않으며 빛이 있어도 광채를 방사(放射)하지 않는다(直而不肆 光而不耀 : 도덕경 제58장)"고 했다. 자기주장만 앞세우면 더 옳은 이야기를 들을 수 있는 기회를 잃어버리게 된다. 지식이 남보다 앞설지 모르나 지혜를 잃게 되어 삶의 앞길을 스스로 막게 된다.

인생의 첫 30년 동안 배우고 다듬은 지식과 지혜가 평생의 인생을 설계하는 기초가 된다.

5. 첫 30년 동안의 마음가짐 다듬기

삶의 주체는 '나'이다. 누구도 삶을 대신해 줄 수 없다. 자식 사랑이 자기 목숨보다 크다는 엄마도 자식의 삶을 대신해 줄 수 없다. 삶에 필요한 지식, 쌓은 지식을 바탕으로 갖추게 되는 지혜, 그리고 삶의 의지는 모두 내가 만들어 가야 한다. 인생의 첫 30년은 삶의 주체가 될 '나'를 만들어 가는 배움의 기간이다.

첫 30년 동안 축적한 지식과 지혜, 다듬어 놓은 뜻을 펴 나갈 능력과 삶의 방향 선택이 평생의 삶을 결정한다. 그런 뜻에서 '배우는 첫 30년'은 한 사람의 평생 삶의 질을 결정하는 소중한 준비 기간이라 할 수 있다.

'배움의 30년'을 이끌어 갈 때 지켜야 할 몇 가지 지침이 있다. 이 지침을 지키려는 마음가짐을 굳혀야 삶의 바른길에 들어설 수 있다. 간단히 정리해 본다.

1) 만남의 바른 선택

만남에서 배움을 얻는다. 좋은 만남에서 옳은 삶의 지혜를 얻게 되고, 잘못된 만남에서 삶을 나쁜 방향으로 이끄는 길로 들어서게 된다. 만남의 선택이 평생의 삶을 결정한다. 그만큼 소중하다.

태어나서 처음 만나는 부모는 내가 선택할 수 없다. 하늘이 정해 준 '주어진 조건'이다. 부모의 교육이 자식의 안목을 결정해 주는 가장 중요한 힘이다. 좋은 부모를 만나는 것은 자식에게 큰 축복이다. 자식은 부모를 선택할 수 없다. 그러나 부모가 되었을 때는 나의 몸과 마음가짐이 자식의 인격 형성에 절대적인 영향을 준다는 것을 생각하면서 최선의 노력을 다해 자식이 바른길로 나아가게 가르쳐야 한다.

자라나면서 사람들은 친지, 동급생, 이웃, 동료 등 여러 곳에서 다양한 사람을 만나게 된다. 이러한 만남 중에는 나의 선택과 관계없이 주어지는 만남도 있고, 내가 선택할 수 있는 만남도 있다. 선택이 가능할 때는 '바른 선택'을 해야 한다. 예부터 "먹과 가까이하면 나도 검게 되고, 붉은 흙을 가까이하면 빨개진다"(近墨必緇 近朱必赤) 라고 했다. 나쁜 친구를 사귀면 나도 나쁘게 된다는 경고로, 자식을 가르칠 때 예부터 강조해 온 경구이다. 지금도 각급 학교에서 선생님들이 강조하는 것이 "나쁜 친구 사귀지 말고, 나쁜 사람을 멀리하라" 는 가르침이다. 문제는 어릴 때는 누가 나쁜 사람인지 알기 어렵다는 점이다. 결국, 믿을 수 있는 어른이 일러주는 대로 따를 수밖에 없게 된다.

그래서 안정된 사회에서는 초·중·고등학교 교사를 양성하는 사범학교에 장차 바른 선생이 될 '바른 학생'이 들어오도록 정부에서 많은 제도를 만들어 운영하고 있다. 입시도 일반 중·고등학교보다 먼저 특차로 실시하고, 국비로 교육하며, 가장 좋은 환경을 정부가 만들어 줘야 한다.

대학교부터는 학생이 선택의 안목을 키워 나가야 한다. 바른 교수와 그렇지 않은 교수의 강의를 평가·분석할 수 있는 안목을 키워 나가야 한다. 학교에서 지식을 쌓아 가는 것 이상으로 삶의 설계에 도움을 주는 지식과 지혜를 얻어 '나의 것'으로 굳혀 가는 노력을 해야 한다. 대학교육을 마칠 때쯤에는 자기가 가야 할 길을 찾아야 한다. 만남의 바른 선택은 평생의 삶의 틀을 짜는 가장 소중한 작업이다.

2) 배우려는 겸손한 마음 갖기

초·중·고등학교 교육을 마칠 때쯤 되면 옳은 것과 틀린 것을 구분할 수 있는 분별 능력을 어느 정도 갖추게 된다. 그러나 아직 배우는 과정에 있음을 자각하고, 자기 주장으로 다른 주장을 하는 선생, 동료를 면박하는 것은 피해야 한다. 상대방의 주장이 틀리고 나의 주장이 옳다고 확신이 들 때도 "당신의 이야기도 옳은 것 같지만, 나의 이런 이야기도 옳지 않겠는가?"라는 유화적인 대응을 해야 배움을 계속할 수 있다. 상대방의 주장이 틀렸다고 면박을 주면 더 이상 상대방으로부터의 배움을 얻는 길은 막혀버린다. 무시받은 상대가 더 이상 나를 상대하려 하지 않기 때문이다. 배우는 과정에 있을 때는 겸손하게 가르치는 사람을 대해야 배움을 얻을 수 있다. 자기 주장은 자기가 가르칠 수 있을 때 해도 늦지 않다.

3) 평생의 삶의 길 찾기와 연계

세상의 모든 지식과 지혜를 모두 습득할 필요는 없다. 내가 가려고 하는 길을 개척하는 데 도움이 되는 지식과 지혜를 얻는 데 노력을 집중해야 한다. 배움의 시간은 정해져 있고, 배워야 할 지식과 지혜는 무한하다. 시간과 기회를 아끼기 위해서는 선택의 지혜를 발휘해야 한다.

자기가 걸어가려고 마음먹은 삶의 길을 개척하고 굳혀 나가는 데 필요한 지식과 지혜를 얻는 데에 만남과 배움을 집중해야 한다. 새로운 지식이 폭발적으로 늘어난 21세기적 시대 환경에서는 내가 사회에 기여할 의미 있는 봉사를 하기 위해서 해당 분야의 깊은 지식을 갖추어야 하고, 하루가 다르게 발전·변화하는 시대 환경에 적응하기 위해서도 많은 지식과 지혜가 필요해진다. 배움의 첫 30년에 충분한 지식과 지혜를 쌓아 놓지 않으면 사회에 봉사하는 두 번째 30년의 삶에서 만족할 만한 공헌을 할 수 없게 된다.

　21세기에 들어서면서 전 지구가 하나의 삶의 마당으로 통합되어 가고 있다. 국제적 감각을 익혀야 한다. 다른 나라 사람들의 생각, 삶의 양식도 알아야 한다. 생각의 틀도 넓혀야 하고, 세상사를 보는 안목도 넓혀야 한다. 새 시대에 맞는 감각을 갖추지 못하면 내 나라와 나아가서 인류 사회 전반에 기여할 수 있는 일을 해나갈 수 없게 된다. 새로운 시대 환경에서 살아가야 할 새 세대의 젊은이들은 앞선 세대의 선배들보다 몇 배로 깊고 넓은 지식과 지혜를 갖추어야 한다. 제한된 시간에 더 많은 것을 배우기 위해서는 선택과 집중이 있어야 한다.

2011년 서울대 동문회에서 '관악대상'을 받았다.

제2장

일하면서 배우는
30년

공동체 구성원의 의무 다하기

일하면서 배우는 30년
: 공동체 구성원의 의무 다하기

직장은 일하는 곳이면서 또한 배움을 얻는 곳이다. 직장은 서로 다른 배경을 가진 사람들이 직장의 '존재 목적'인 일을 나누어 하는 곳이다. 공동 목표를 위하여 다양한 능력과 지식을 가진 사람들이 힘을 모아 일하는 곳이다. 직장의 생명은 협동에 있다. 집단 과제, 집단 이익을 위해 구성원들이 각각 자기의 '다름'의 일부를 양보하고 집단 의사를 따를 때 시너지(synergy)가 창출된다. 이러한 협동을 위해서는 책임자의 지도 역량(leadership)과 구성원의 추종결단(followership)이 합쳐져야 한다.

인생의 첫 단계인 '나를 만드는 30년'에서 이루어 놓은 지식과 마음가짐을 가지고 뜻을 펴는 '일하는 30년' 동안 우리는 일하면서 동시에 다른 사람과 협동하는 방법, 소속집단의 이익과 나의 이익의 조화를 찾는 방법, 즉 공익(公益)과 사익(私益)을 조화시키는 방법을 터득하게 된다. 나라와 민족에 대한 봉사 정신도 이때 자리 잡게 된다.

사람은 혼자 살 수 없다. 다른 사람들과 더불어 살게 되어 있다. 로빈슨 크루소처럼 살 수는 없다. 그래서 뜻을 같이하는 사람들이 공동체를 만들어 일을 나누어 하면서 함께 살아간다. 공동체를 이루려면 모두가 지켜야 할 규칙이 있어야 하고 그 규칙을 만드는 조직, 규칙을 지키지 않는 사람에게 불이익을 주는 제도가 있어야 한다. 이런 요소를 묶어 질서라 부른다. 공동체 소속원들이 자기의 생각과 공동체의 생각이 같지 않아도 자기 생각을 고쳐 공동체가 잘 작동하도록 협력하게 되면 그 공동체는 안정되게 기능한다. 자기와 공동체의 다른 구성원과의 관계, 즉 '나'와 '우리'의 관계를 조화시키는 마음가짐을 갖도록 구성원들을 가르치는 곳이 직장이다. 직장이 추구하는 가치와 내 생각이 공명(共鳴)을 일으키면 나도 행복하고 직장도 나를 소중하게 여긴다. 그러나 어긋나면 내가 직장을 떠나면 된다.

　　문제는 공동체, 직장을 내가 자유롭게 선택하거나 싫을 때 떠나올 수 없을 때 생긴다. 자유 세계에서는 국민 개개인이 국적을 버릴 수 있는 자유가 보장되지만 전체주의 국가, 권위주의 국가의 대부분에서는 이러한 자유가 주어지지 않는다.

　　자유로운 의사로 직장의 직원으로 들어갈 경우에는 내 뜻에 맞지 않으면 언제든지 사표를 내고 나올 수 있지만 국민에게 국방의 의무를 헌법에 규정하고 있는 나라에서 군복무는 선택이 아니라 의무로 되어 있다. 국민들은 국가의 안전을 지키는 국방 의무를 거부할 수 없다. 이와 같이 유연성이 허용되지 않는 직업에 동원되었을 때는 나의 사익(私益)과 내가 속한 집단의 공익(公益)과의 조화를 이루는 훈련이 필요하다.

인생 제2막에 해당되는 '일하는 30년'을 슬기롭게 보내기 위해서는 조직 생활에서 나를 키우고 지키는 슬기를 배워야 한다. 일하면서 배우고 배우면서 일하는 30년이 인생 제2기인 '일하면서 배우는 30년'이다.

'인생 2막'에서 성공적으로 삶을 펴나가려면 제1막에서 다듬은 '삶의 계획'과 어울리는 직업을 선택하여야 한다. 한 번만 허용되는 귀한 인생 여정에서 나는 무엇을 이루고 살까를 신중하게 검토해서 선택해야 한다. 제2막이 끝날 때쯤 나는 어떤 사람이 되어 있을까를 생각하면서 인생 설계를 치밀하게 해두고 제2막에 들어서야 한다. 그래야 후회 없는 삶을 살게 된다.

6·25전쟁은 나의 삶의 방향을 바꾸어 놓았다. 초등학교 시절 나의 꿈은 '과학자'가 되는 것이었다. 과학 중에서도 천문학에 관심이 많았다. 여름밤 뒷산에 올라가 하늘에서 쏟아져 내려올 것 같은 별들을 보면서 형님은 별 이야기, 우주 이야기를 들려주었다. 중학교 때는 미국 공보원 도서관에서 별들에 대한 책들을 읽으면서 '천체물리학'을 평생의 과업으로 해 볼 생각을 했었다. 그러나 6·25전쟁이 나의 생각을 바꾸어 놓았다.

초등학교 6학년에 올라가자 6·25전쟁이 터졌다. 그해는 6월 1일에 학년이 시작되었다. 사흘 만에 서울은 인민군 점령지가 되었다. 매일 낮밤 미국 공군기의 공습이 계속되었다. 죄 없는 사람들이 왜 죽어야 하는지도 모르고 죽었다. 1·4후퇴 때 피난길에서 보고 느낀 것도 모두 전쟁이라는 무자비한 살인 행위의 비참한 모습이었다. 어린이의 눈에 비친 어른들의 '미친 짓'으로 보였다. 피난 생활 3년의 고난까지

겹쳐 '전쟁을 없애거나 전쟁의 피해를 최소화할 수 있는 방법'을 연구하는 길을 걷기로 마음먹었다. 그리고 결국 그 길이 내 평생 삶의 길이 되었다.

고등학교 때까지 나는 대학에서 물리학을 공부하여 전쟁의 도구인 무기를 다루는 일을 해 볼 생각도 했었다. 그러다 고등학교 3학년이 되면서 생각은 '전쟁 연구'를 위해 국제법을 전공으로 하는 학자가 되어 전쟁의 반대쪽인 '평화질서'를 공부하기로 했다. 그리고 결국 그 길로 들어서서 평생을 보냈다.

법대를 거쳐 대학원에서 국제법으로 석사학위를 받고 미국 하와이 주립대학교로 유학, 국제정치학을 공부하여 빅사학위를 받았다. 그리고 '국가 간 갈등을 예측하는 모형연구'를 하는 미국 국방성의 고등연구계획국(DARPA) 지원의 '국가차원연구소(DON Project: Dimensionality of Nations Project)'의 부소장으로 몇 년간 국가 간 갈등 연구를 하다가 귀국하였다.

전쟁과 평화라는 방대한 주제의 연구는 한 두 사람이 감당할 수 있는 과업이 아니다. 수많은 사람들이 나누어 연구해도 주제의 '한 조각'을 다룰 수 있을 뿐이다. 그러나 그런 연구에 평생을 바치는 것도 보람된 일이라 생각하고 그 길로 들어섰다. 귀국 후 대학에서 30년 동안 국제정치학을 강의하면서 '전쟁과 평화' 연구의 한 가닥을 잡고 공부해왔다. 눈에 띄는 학문적 공헌은 하지 못했지만 나는 나 대로 의미있는 일생을 살았다고 만족하고 있다.

교직 생활이 나의 제2기 인생의 중심이었으나 여기서 파생되는 일도 성실히 했다. 전공 영역의 지식을 필요로 하는 정부의 정책 결정에 자문을 하는 일, 연구 영역의 문제를 다루는 연구소를 운영하면서 지식인들의 의견을 모으고 전문가를 양성하는 일에도 정성을 쏟았다. 그리고 대학 총장이라는 중책을 맡아 조직 관리의 경험도 가져 보았다. 하는 일이 다양해 보이지만 모두가 '좋은 나라 만드는 집단지성의 창출'과 관련된 것이어서 한 영역의 경험이 다른 영역의 작업을 돕는 상승 효과를 거둘 수 있어 나는 크게 만족하면서 일했다.

1. 유학 중에 얻은 소중한 만남과 배움

배움은 만남에서 시작된다. 그래서 나는 나의 '인생 제2막: 일하면서 배우는 30년' 동안 맡은 바 일을 성실히 하면서 틈을 내어 폭넓게 관련 서적을 구해 읽고 기회가 있을 때마다 전문 인사들을 만나 그들의 이야기를 경청하였다.

교수-연구원의 길로 들어서는 준비를 하던 기간에도 배움을 얻기 위해 많은 분들을 찾아 만났고 해외유학을 마치고 귀국해서도 선배 교수님, 학계 지도자들을 만나 배움을 청했다. 국내외 학술회의는 사람 만나는 귀한 기회이다. 나는 배움을 얻기 위해 기회가 있을 때마다 국제회의에 참가했다. 그리고 학교 안팎에 연구소를 만들어 만남의 기회를 넓혔다. 같은 이유로 정부의 자문위원회에도 적극 참여했다. 이때의 만남에서 나는 평생 내가 걸어갈 길을 찾았고 나의 선택에 자신을 가지게 되었다. 이 귀한 만남들 중 몇 가지를 소개한다.

1) 럼멜 교수와의 만남

제2차 세계대전을 승리로 이끈 미국은 국제연합을 앞세운 범세계적 단일 국제질서가 자리 잡도록 전쟁으로 황폐화된 전승국, 패전국을 다시 일으켜 세우는 일을 시작하였다. 미국은 마샬(George C. Marshall) 국무장관이 주도하여 전승국뿐 아니라 패전국의 경제 재건도 돕는 '마샬 원조계획'에 따른 대규모 경제 원조를 시작했다. 승전국이었으나 산업 기반 시설이 모두 파괴되어 고전하던 영국, 프랑스

뿐만 아니라 패전국이던 독일, 일본, 이탈리아도 미국의 마샬 원조로 재기하였다.

1960년 미국은 경제적 후진 지역이던 아시아-태평양 지역 국가들을 돕기 위한 대규모 인재양성 프로그램을 세우고 실천에 들어갔다. 미국 정부는 동서문화교류센터(East-West Center: The Center for Cultural and Technical Interchange Between East and West)를 하와이에 설립하고 아시아-태평양 지역 국가들의 학생을 데려다 대학원 수준의 교육 기회를 가지게 해주는 프로그램을 시작했다. 미국 국무성은 호놀룰루에 있는 하와이주립대학교(University of Hawaii)와 협력하여 학교에 EWC 건물들을 짓고 한국, 일본, 대만을 비롯하여 동남아와 서남아의 서른 나라에서 매년 400명의 대학원생을 데려와 하와이대학교 대학원에 입학시켰다. 아시아 지역을 전공하는 미국 학생 200명도 참여시켜 모두 600명의 학생을 미국 정부의 국비로 공부시켰다. 그리고 영어교사 훈련 프로그램(TESL 과정) 등 단기 훈련 과정도 운영하고 인구문제연구소, 행정개혁연구소 등 다양한 연구소도 설치하였다. 한국에서는 매년 15명 정도의 대학원생을 선발하여 EWC 장학생으로 하와이대학교 대학원에 보냈다. 20년간 EWC에서 양성한 200여 명의 박사들이 귀국하여 한국 정부, 대학, 연구소를 활성화시키는데 크게 기여했었다.

나는 1967년에 이 장학금 혜택을 받아 하와이대학교에 가서 1971년 국제정치학 박사학위를 받고 이어서 1973년까지 하와이대학교에 부설되어있던 미국 국방성 고등연구계획국(Defense Advanced Research Project Agency: DARPA)이 지원하는 한 연구소에 머물면서 국

대학에서 만난 은사는 평생의 스승이다.
스승의 날 박용옥 장군과 함께 Rummel 교수를 찾아뵈었다. 2002년 4월.

가 간 갈등-전쟁 예측 연구에 참여하다가 귀국하였다.

나는 6년간 하와이대학교에 머물면서 많은 사람을 만났다. 나의 평생에 가장 큰 영향을 준 럼멜(R. J. Rummel) 교수를 만난 것은 큰 축복이었다. 전쟁과 평화문제 연구를 평생의 과업으로 결심하게 이끈 분이 럼멜 교수였다.

럼멜 교수는 6·25전쟁 때 공병으로 한국전에 참전했던 분으로 1963년 노스웨스턴(Northwestern)대학교에서 박사학위를 받고 인디아나(Indiana)대학교와 예일(Yale)대학교 교수를 거쳐 1966년 하와이대학교 교수로 부임하여 1995년까지 봉직하였다. 럼멜 교수는 대학원생 때부터 DARPA 지원의 국가차원연구 프로젝트(Dimensionality of Nations Project: DON Project)의 책임연구원으로 일하다가 하와이대학교 교수로 오면서 프로젝트를 하와이대학교로 가져와 대학 직할 연구소로 운영하였다.

럼멜 교수는 평생의 연구 주제로 전쟁과 평화, 국가 간 갈등, 정부에 의한 국민 대학살 등을 다루었다. 『Peace Endangered』, 『Understanding Conflict and War』, 『In The Minds of Men』, 『Lethal Politics: Soviet Genocide』, 『The Conflict Helix』, 『China's Bloody Century: Genocide and Mass Murder since 1990』, 『Democide』, 『Death by Government: Genocide and Mass Murder in the 20th Century』, 『Power Kills』, 『The Blue Book of Freedom』, 『War and Democide Never Again』 등을 포함하여 약 30권의 저서를 남겼다. 럼멜 교수는 전쟁과 평화 주제 연구의 공적을 인정받아 노벨평화상 후보로 몇차례 추천되기도 했다.

나는 서울대학교에서 이미 국제법으로 석사학위를 받았고 조선일보 기자로 일하다가 자유로운 분위기에서 중국 정치를 공부하다 오려고 가벼운 마음으로 하와이대학교로 유학 갔었는데 지도교수로 배정된 럼멜 교수와의 만남을 계기로 국제정치학 교수로 평생의 직업이 바뀌었다.

럼멜 교수는 '평화'라는 화두를 잡고 수도자처럼 평생을 보냈다. 그가 이 긴 연구 여정을 마치면서 내린 결론은, 그러나 간단했다. "자유가 평화를 기른다(Freedom fosters Peace)"가 그의 주장이다. ① 자유는 최대다수의 행복과 존엄을 극대화하고 ② 자유는 사회정의를 극대화하고 ③ 자유는 폭력을 누르고 평화를 극대화한다고 풀이하였다. 평화를 이해하고 증진하는 원리는 자유에서 찾을 수 있고 인간존엄성이 보장되는 자유를 지키는 것이 평화를 유지하는 바른길이라는 그의 주장은 많은 학자들에게 영향을 주었다. 나도 전쟁의 피해를 줄이고 '인간존엄성이 보장된 자유'를 보장하는 체제를 만들고 유지하는 방법을 찾는데 나의 평생을 걸기로 결심했다.

럼멜 교수는 노벨평화상 후보로 여러 번 추천되었을 뿐 아니라 미국 국제정치학회에서 수여하는 수잔 스트레인지상(Susan Strange Award)을 받았고 대량살상 연구 업적으로 국제 대량살상학회 상도 받았다.

럼멜 교수는 2014년 82세로 생을 마감하였다.

2) 유학 중에 만난 교수, 학자들

유학 중에 럼멜 교수의 배려로 1968년 여름 미국 내 26개 대학이 연합하여 회원 대학의 교수들과 대학원생들에게 계량적 정치학 방법론을 연수시키는 ICPR(Inter-University Consortium for Political Research) 여름강좌에 참가하였다. 앤 아버(Ann Arbor)의 미시건대학교에서 열리는 이 강좌에는 유럽대학교에서도 많은 젊은 학자들이 참가하였다. 비록 짧은 기간이었으나 이들과 함께 숙식하며 친해졌는데 이들과의 만남을 통해 유럽에서의 정치학 연구 흐름을 접할 수 있었다. 독일에서 온 에리히 베데(Erich Weede) 교수와는 많은 토론을 하면서 유럽 학계에서의 정치학 흐름에 대하여 배움을 얻을 수 있었다. 베데 교수와는 이 만남이 계기가 되어 반세기 동안 독일과 한국에서 만나면서 평생의 동료가 되었다.

하와이대학교 '국가차원연구소(DON Project)'에서 일할 때는 그 연구소에 온 많은 방문교수들을 만났는데 그중에서도 오슬로 평화연구소(PRIO: Peace Research Institute Oslo) 소장이던 요한 갈퉁(Johan Galtung) 교수와 연구원이던 닐스 피터 글레디치(Nils Petter Gleditsch)

가 인상적이었다. 특히 갈퉁 교수의 문명 시각에서 보는 거시적 국가체제 진화 과정 이론은 내게 정치 현상을 보는 새로운 시각을 갖게 해주었다. 나와는 중국 공산정권 출현에 대하여 많은 토론을 가졌었다.

유학 중에는 미국 국무성의 배려로 미국 사회 각계각층의 사람들을 만났는데 이러한 만남으로 피상적으로 알고 있던 미국 각계각층의 시민들의 '마음가짐'을 접할 수 있어 내게는 큰 교육이 되었다. 현장 연구(Field Study) 프로그램에는 중요 대학의 방문과 정치인, 기업인, 언론인들을 만나는 일정도 잡혀 있어 미국 시민들의 '의식'을 살피는 데 큰 도움이 되었다. 이 프로그램으로 콜로라도 출신 하원의원 집에 묵으면서 콜로라도 스프링스(Colorado Springs)에 있는 미국 공군사관학교 졸업식도 참관했고 미국에서 제일 높다는 파이크스 피크(Pikes Peak) 산에 함께 등정하면서 미국 정치체제에 대한 설명을 들을 수 있었다. 필라델피아에서는 뉴욕타임스 부국장으로 일하던 폴 그라임(Paul Grimes)의 본가에 머물면서 그의 부인의 안내로 미국 독립운동 때의 여러 유적들을 돌아볼 수 있었다.

미국 대학에는 외국에서 온 유학생들을 돌보아주는 호스트 패밀리(host family)를 맺어주는 계획이 있다. 고향의 부모 대신 자주 만나 미국 사회에 적응하는 것을 도와주고 가족처럼 '삶의 울타리'가 되어주는 계획이다. 나는 하와이에서 데이비드 벤츠(David Benz)라는 알로하(Aloha) 항공사 부사장을, 그리고 스탠포드대학에서는 리차드 배리(Richard Barry)라는 보잉회사 간부 부부를 호스트 패밀리로 가졌다. 이들은 주말에 나를 자기 집에 불러 가족들과 함께 지내게 해주고 명절에는 그들의 모임에 함께 참석할 수 있게 해주면서 나를 미국인들의 일상생활에 친숙하게 만들어주었다. 이들의 협조로 미국 문화를 쉽게 익힐 수 있었다. 미국 사회를 아는 좋은 배움을 얻었다. 나는 이들과의 우정을 반세기 동안 유지했다.

미국 대학에는 한국에서 많은 분들이 연구하러 또는 강의하러 와서 머문다. 한국에서는 만나지지 않던 분들을 미국에서 만나 많은 이야기를 나눌 수 있어 나는 이들로부터도 많은 배움을 얻었다. 특히 생각나는 분들로 하와이대학에 강의하러 오신 구상(具常) 선생, EWC의 연구프로젝트 책임자로 오신 이한빈(李漢彬) 교수, 하와이대학 부설 한국학연구소를 만들고 그 소장으로 20년간 머물던 서대숙(徐大肅) 교수 등으로부터도 많은 배움을 얻었다.

구상 선생은 하와이대학에서 '한국 시(詩)' 강의를 하러 혼자 와 계셔서 자주 우리 집에서 저녁 식사를 모시면서 이야기를 나누었다. 경향신문에서 일할 때의 이야기, 그리고 국방부 정훈국에서 근무하면서 군부대를 방문하여 장병들에게 위문을 겸한 강연을 할 때의 이야기를 많이 들려주셨다.

가장 생각나는 것은 박정희 대통령과의 '우정'에 관한 이야기이다. 박정희 장군이 근무하던 전방부대에서 강연할 때 첫 만남을 가진 후 대통령이 된 후에도 매달 한 번씩 만나 소주를 마시며 '세상 돌아가는 이야기'를 나누었는데 그때마다 '잘못'을 한 가지씩 지적해주었다고 했다. 대통령직이라는 높은 자리에 앉아 있으면 주위 사람들은 대통령 생각을 '탁견'이라고 하면서 모두 아첨하는 바람에 얼마 지나면 본인 스스로가 사태 판단을 잘하는 줄로 착각하게 되어 현실을 모르게 되기 때문에 그걸 막아주려고 했다고 했다.

구상 선생은 박 대통령에게 국민들과의 소통이 막히면 '닻줄 끊어진 배'가 되어 자기가 어디로 흘러가는 줄 모르게 된다고 일렀다고 했다.

박 대통령도 처음 몇 년은 겸손하게 구상 선생의 직언을 경청했었지만 몇 년 지나서부터는 태도가 달라졌다고 했다. 6·25전쟁 때 인민군이 불을 질러 태워버린 광화문을 박 대통령이 1968년 큰마음 먹고 콘크리트로 재건했는데 현판도 타버려 박 대통령이 직접 「광화문」이라고 한글로 써서 달았다. 준공식에 참가했던 구상 선생은 박 대통령에게 명필도 아니면서 현판을 쓴 것은 외람된 일이라고 나무랬더니 박 대통령이 화를 내고 그 뒤부터는 구상 선생과의 '월례 회동'을 없앴다고 하면서 구상 선생은 내게 "박 대통령도 이제 눈에 암운(暗雲)이 끼셨어"라고 하면서 앞날이 걱정된다고 하셨다. 항상 겸허하게 진정한 비판은 받아들여야 한다고 내게 가르침을 주셨다. 구상 선생은 그때부터 '10·26 사태'를 예상하였다. 나는 큰 가르침을 받았다. 열린 마음으로 남의 비판을 겸허하게 받아들이기로 그때 나는 결심을 했고 지금까지도 그 교훈을 지키려 애쓰고 있다.

이한빈(李漢彬) 교수는 내게 '미래(未來)'라는 연구 영역을 소개해주신 분이다. 이한빈 교수는 서울대학교 문리대 영문학과를 졸업한 후 하버드대학교에 유학하여 경영학 석사(MBA)학위를 취득하고 6·25전쟁 중 귀국하였다. 귀국 후 재무부 예산국장, 사무차관, 정무차관을 거친 후 1963년 주스위스 대사로 근무했고 귀국 후 서울대학교 행정대학원장으로 한국학계에 행정학이 자리 잡게 만드신 분이다. 이한빈 교수는 1979년 부총리 겸 경제기획원 장관으로 경제발전계획의 틀을 짜는데 크게 기여하였다.

이한빈 교수는 1970년부터 1973년까지 EWC의 기술발전연구소 (Technology and Development Institute)의 책임자로 일했다. 그때 EWC 장학생으로 하와이대학에 와 있던 한국 학생들에게는 '정신적 지주' 역할을 해주셨다. 나도 많은 것을 배웠다. 내가 1971년 박사학위를 받았을 때 이 교수가 나서서 자기 집에서 내 박사학위 축하파티를 해주셨다.

이한빈 교수는 행정학 중에서 institution building을 전공하신 분으로 나라의 발전을 이끄는 정부 기구, 연구소 등의 효율성을 높이는 기구 개혁에 앞장섰었다. 단위 기구마다 팀을 이룰 수 있는 최소한의 인원(critical mass)을 투입하여 이들이 흔들리지 않고 기구 개혁을 해나가게 하면 나라의 발전이 이루어질 수 있다고 강조하셨는데 그 가르침은 내가 후에 대학총장직을 수행할 때도 큰 도움이 되었었다.

이 교수가 이룬 가장 큰 업적은 1968년에 '한국미래학회'를 창설한 것이라고 생각한다. 이헌조(李憲祖) LG전자 회장, 최정호(崔禎鎬) 성균관대 교수 등과 함께 만든 이 학회는 한국의 미래를 논하는 각계 인사들이 모인 '집단지성'의 모임이 되어 정부 부처뿐만 아니라 대학, 연구소 기업 등의 조직 개편에 많은 기여를 하였다. 나도 1973년 귀국 후 이 학회에 참여하여 대표 간사직을 맡아 일하기도 했다.

한국미래학회는 참가자들에게 미래(未來)에서 현재를 역시간(逆時間)으로 보면서 오늘 해야 할 일을 알도록 하는 새로운 시각을 소개해주었다. 나도 1985년 조선일보가 창간 65주년을 맞이하여 특집을 구상할 때 최병렬(崔秉烈) 편집국장에게 21세기를 내다보며 오늘의 문제를 짚어보는 일을 해보자고 강하게 권하여 「조선일보 21세기 모임」을 만들었다. 1년 동안 50개 주제를 놓고 매주 한 주제씩 전문가 토론을 갖고 그 내용을 〈조선일보〉에 특집으로 실었다. 그 결과를 모은 것이 1987년에 출간된 『한국 21세기: 오늘의 문제와 내일의 과제』이다. 이 모임에는 146명의 학계, 관계, 기업, 문화계의 지도급 인사들이 참가했다.

노태우 대통령의 지시로 1989년 6월에 창설한 「대통령자문 21세기위원회」는 「조선일보 21세기모임」의 확대판이었다. 나는 이 위원회의 위원장직을 맡았다. 정부의 공식기구가 되었다는 점이 다르지만 활동은 「조선일보 21세기모임」과 거의 같았다. 2020년을 목표 연도로 삼고 정치, 외교, 사회, 경제 모든 분야에서 환경 예측, 대응 정책을 개발하는 작업은 「조선일보 21세기모임」의 작업과 마찬가지였다. 나는 400여 명의 전문가를 초빙하여 공동연구를 진행시키고 그 결과를 1994년 『21세기의 한국』이라는 1,400페이지의 책자로 출간하였다.

하와이대학에서 서대숙(徐大肅) 교수를 만난 것은 내겐 큰 축복이었다. 하와이대학교 정치학과의 글렌 페이지(Glen Paige) 교수가 앞장서서 노력한 끝에 포드재단에서 재정 지원을 받는 한국학연구소(CKS: Center for Korea Studies)가 1972년에 세워졌다. 한국 정부에서 한국식 건물을 지어주어 하와이대학교의 명물이 되었는데 그 초대 소장으로 서대숙 교수가 부임했다. 서 교수는 북한정치를 연구하는 학자들의 선두를 차지하던 분으로 미국 국적으로 북한 정부 초청을 받아 평양에도 몇 번 다녀오신 분이었다. 나는 서대숙 교수의 도움으로 북한 관련 자료를 많이 접할 수 있었다. 특히 서 교수가 수집하여 정리한 북한 지도자들의 인적 사항을 모은 인명록은 내 연구에 많은 도움이 되었다. 이뿐만 아니라 CKS를 방문하는 한국, 미국 북한 전문가들을 만날 수 있어 큰 도움이 되었다.

서대숙 교수는 '자료'를 중시하는 학자여서 나는 서 교수로부터 '자료'를 구하고 정리하는 훈련을 엄하게 배웠다. 서 교수는 김정일의 출생 관계를 확인하기 위해 연해주의 김일성 부대 주둔지를 찾아가 김정일을 받은 산파까지 만나고 왔다. 그리고 평양역사박물관에 전시된 옛 신문 사진 중 위조된 것들을 모두 밝혀내기도 했다. 브루스 커밍스(Bruce Cumings)가 쓴 『한국전쟁의 기원』에 실린 잘못된 자료 인용 100여 개를 밝혀내기도 했다.

3) 함께 공부한 동창들

하와이대학교에 6년 머무는 동안 함께 공부하던 많은 한국 학생들을 만났다. 이들과의 만남에서 많은 배움을 얻었다. 자주 만나 이야기를 나누던 한국 유학생들인 김재익(金在益), 김강권(金剛權), 최창윤(崔昌潤), 박용옥(朴庸玉), 심재룡(沈在龍)과의 어울림에서 배운 것은 이들 마음속에 깊이 뿌리 내린 위국헌신(爲國獻身)의 정신이었다. 모두 어렵게 해방정국, 6·25전쟁 시기를 거친 젊은이들이었지만 남보다 더 배울 수 있는 기회를 가졌으니 나라를 위해 배운 것을 바탕으로 최선의 기여를 해야겠다는 마음가짐을 공통으로 가지고 있었다. 그래서 만나서 나누는 이야기는 두고 온 조국의 앞날에 대한 것들이었다.

김재익은 하와이대학교를 거쳐 스탠포드대학교에서 경제학 박사학위를 받은 후 1973년 귀국하여 경제기획원에서 기획국장 등을 거쳐 1980년 대통령 경제수석비서관으로 있으면서 사회경제개발 5개년계획의 틀을 짜던 인재였는데 1983년 전두환 대통령을 수행했다가 미얀마 아웅산에서 북한의 테러로 생명을 잃었다. 나와는 서울대학교 대학원에서 함께 국제법 강의를 듣던 동료로 하와이대학교, 스탠포드대학교에서 나는 정치학을, 김재익 박사는 경제학을 공부했다. 귀국해서도 매주 한 번씩 만나던 가까운 친구였다. 세상을 떠난 지 30년이 지나도 전기, 평전이 여러 권 나올 정도로 온 국민이 아까워하던 인재였다. 유능한 관료이기 전에 '학 같은, 연꽃 같은 삶의 자세'로 사람들을 감동시켰다. 동갑이면서 나는 그를 존경했다. 그리고 배우려 애썼다.

김강권은 서울대학교 농대를 나온 '감자 전문가'이다. 하와이대학교 원예과(horticulture)에서 양란(洋蘭, orchid)으로 박사학위를 받고 귀국하여 유학 전에 1963년부터 근무하던 농촌진흥청에서 평생을 보낸 육종 전문가이다. 김 박사는 1998년 농촌진흥처장직을 맡을 때까지 34년간 농산물 품종개량에 헌신하였다. 김 박사는 고등학교 학생 때 담임 선생이 서울대학교 공대로 진학할 것을 권했는데 자기는 '굶는 사람 없는 한국'을 만드는 일에 평생을 바치기로 했다고 농대로 진학하였다. 농촌진흥청에 들어가서도 강원도 깊은 산 속에 있는 '고냉지 시험장'에 자원하여 들어가 감자 개량에 매달렸었다. 김 박사는 하와이대학교 대학원에 다닐 때 예비군 훈련을 받으러 한국에 다녀오겠다고 휴가를 신청해서 교수들을 놀라게 한 일화도 있다. 군복무를 기피하고 온 학생들은 김 박사가 무서워 피해 다닐 정도였다. 김 박사는 귀국 후 여러 대학교에서 교수로 초빙했었지만 농촌진흥청을 떠나지 않고 농산물 품종개량에 헌신했다. 그의 고집스러운 사명감에 나는 감동했다.

최창윤 대위(육사 18기)와 박용옥 대위(육사 21기)는 모두 육사 교관으로 근무하다가 국무성 장학생으로 하와이대학교 정치학과에 왔다. 두 사람을 차례로 내가 근무하던 '국가차원연구소(DON Project)'의 연구조교로 채용했는데 모든 연구를 한국 국방력 강화, 국제사회에서의 지위 향상이라는 두 가지 영역에 집중하고 책상머리에 '항재전장(恒在戰場)'이라 써 붙이고 공부했다. 미국인 조교들이 이들의 연구 태도에 감탄했었다. 귀국 후 최창윤 대위는 교관을 거쳐 국보위 위원, 국회의원 등을 거쳐 청와대 비서관으로 근무하면서 준장으로 전역하여 1986년 문공부 차관, 1990년 공보처 장관, 1993년 총무처 장관으로 봉사했다. 최창윤 박사는 어떤 직책을 맡아도 '제 규정 준수'를 고집하던 군인이었다.

박용옥 박사는 귀국 후 육군사관학교, 국방대학원 교관을 거쳐 국방부 정책실장, 주미 국방무관 등 중요한 직책을 맡아 헌신하였으며 중장으로 예편한 후 국방차관으로 일했다. 박 장군은 평생을 '위국헌신'의 길을 걸어온 참군인이었다. 나는 박 장군의 흔들림 없는 애국충정에 감복했다.

심재룡 교수는 서울대학교 철학과를 졸업한 후 경향신문 기자를 거쳐 하와이대학교 철학과에 유학왔었다. 심 교수는 서울대 철학과 수석입학생으로 학과장을 맡고 있던 박종홍(朴鐘鴻) 교수가 "서양철학을 철저히 공부하고 그 틀에 '한국사상'을 담아 세계에 알려라"라고 당부하는 말을 듣고 평생 그 길을 걸었다. 심 교수는 하와이대학교에서 '지눌(知訥) 선사'의 사상을 주제로 박사학위를 받은 후 캐나다와 미국에서 강의를 하다가 서울대학교 철학과로 옮겨 왔다. 심 교수는 한국 불교를 바깥세상에 알리는 큰일을 해냈다. 영어로 저서와 논문들을 써서 국제사회에 널리 알리는 데 주력했다. 해외에서 한국 불교를 공부하기 위해 심 교수를 찾아오는 학생들도 많았다.

심재룡 교수는 내게 한국 불교를 가르쳐준 스승이다. 하와이에서 그리고 귀국 후 만날 때마다 불교 사상을 내게 쉽게 해설해주었다. 그의 가르침으로 나는 불교 사상에 눈을 뜰 수 있었다. 불행히도 심 교수가 너무 일찍 세상을 떠나 내가 더 '배움'을 얻을 수 없게 되어 섭섭하다.

유학 중에 내가 미국 대학에서 만난 한국 학생들은 모두 남보다 더 많이 배울 기회를 얻은 것을 고맙게 여기며 배운 것으로 한국사회 발전에 기여하겠다는 위국헌신의 마음가짐을 가지고 있었다. 나는 유학생들의 이런 마음가짐에 감동을 받았으며 나의 마음가짐을 더 굳히게 되었다.

2. 대학교수로 일하면서 얻은 배움

나는 대학교수를 천직으로 생각하고 최선을 다하여 '좋은 교수'가 되려고 노력했다. 맡은 과목도 성실히 준비하여 가르쳤다. 학생들에게도 좋은 길잡이가 되려고 애썼다. 교수는 학생을 가르치고 연구하고, 그리고 전문 영역의 지식으로 공공정책 수립에 자문하는 세 가지 직무를 수행하는 직업인이다. 전문 연구소의 연구원과 달리 연구보다 교육에 충실해야 하는 '가르치는 일'이 본분이다.

나는 경희대학교에서 3년, 서강대학교에서 27년 교수로 일했다. 그리고 교수 정년을 맞은 65세에 한림대학교 총장이라는 교육행정직을 맡아 6년을 대학에서 더 일했다.

30년의 교수직을 수행하면서 학계의 여러 원로 선배들을 만나 그들로부터 많은 가르침을 받았다. 그리고 그분들이 만든 학술 단체에 참여하면서 만남의 폭을 넓힐 수 있었다. '만남'의 기회를 넓히기 위해 내 스스로 연구소를 만들어 전문가들과의 '만남의 광장'을 만들었다. 연구 경력이 쌓여 가면서 내 연구 영역인 국방, 외교, 통일 문제를 다루는 정부 기구의 자문위원으로도 일했다.

교육, 연구, 자문의 일을 하면서 만난 분들과 그들로부터 얻은 배움을 몇 가지 소개한다.

1) 김준엽 선생이 이끌어준 만남들

김준엽(金俊燁) 선생은 내가 직접 배운 스승은 아니지만 내게 귀한 사람들을 만나게 주선해준 소중한 지도자였다. 김준엽 선생을 만난 것은 내게 큰 축복이었다. 내게 배움을 얻을 수 있는 귀중한 만남들을 만들어주셔서 내가 나를 다듬는 데 큰 도움을 얻었다.

1971년 미국에서 내가 박사학위를 받고 하와이대학교 교수로 근무를 시작할 때 김 선생이 내게 편지를 주셨다. 고려대학교 아세아문제연구소로 와서 함께 일하자고 제안하셨다. 고려대 아세아문제연구소(亞硏)는 그때 이미 세계 각국의 아시아 문제 연구 학자들에게는 잘 알려진 한국의 대표적 학술 기관이었다. 외국 학자들은 '고대 부속 아연이 아니라 아연 부설 고려대'라고 농담할 정도로 고려대보다 아연이 더 잘 알려져 있었다.

1973년 귀국하여 김준엽 선생을 찾아뵈었더니 아연에 연구실을 만들어 놓았으니 활용하라고 하셨다. 이미 경희대학교 교수로 가기로 하고 귀국했던 터라 연구실을 몇 달 쓰고는 비워 드렸다. 그 대신 아연이 주최하는 각종 학술 모임에는 모두 참석했다. 김준엽 선생은 게이오(慶應)대학교 재학 중 학병으로 징집되어 중국 전선에 배치되자 탈영하여 중경(重庆)의 임시정부로 가서 광복군에 입대하여 이범석 장군의 부관으로 일했던 독립투사였다. 김준엽 선생은 해방 후 중국에 남아 중국 국립중앙대학교에서 학업을 계속하다가 남경(南京)이 중국 공산군에 점령당하자 대만 국립대만대학교로 옮겨 학업을 마치고 귀국했다. 김준엽 선생은 중국 연구학자로 세계적 명성을 누리고 있었다. 귀국 후 고려대학교 사학과 교수로 있으면서 1957년부터 1982년까지 아연 소장을 맡아 연구소를 세계적 명성을 가진 공산주의 연구, 중국 연구 연구소로 만들었다.

김준엽 선생은 미국 캘리포니아대학교 동아연구소와 협력하여 합동 세미나를 해마다 열었으며 대만 학계와도 합동 연구를 진행하고 있었다.

1980년에는 한국의 여러 대학의 지역 연구소를 회원으로 하는 한국공산권연구협의회(共研)를 창설하여 연구의 폭을 넓혀 나갔다. 나도 공연 창설 작업에 참가하여 창설 때는 김준엽 회장, 이홍구(李洪九) 부회장을 도와 총무이사를 맡았다. 나는 이홍구 회장 뒤를 이어 1984년 제3대 회장을 맡아 도와드렸다.

김준엽 선생과 함께 회의를 기획하면서 미국 캘리포니아대학의 동아연구소(East Asian Research Center)의 로비드 스칼라피노(Robert Scalapino) 교수와 자주 만나면서 평생의 우의를 다졌다. 그리고 대만 총통고문으로 있던 항리우(杭立武) 선생을 소개받아 대만 학자들과의 만남의 길을 열 수 있었다.

김준엽 선생은 일본국제교류재단 야마모토 다다시(山本正) 이사장과 함께 '한일 지성인 대화'를 시작하였다. 긴 안목으로 한국과 일본의 관계를 개선하려면 앞으로 나라를 움직일 양국의 젊은 지식인들이 서로 만나 친해지게 하는 것이 바람직하다고 두 사람이 합의하여 시작한 행사였다. 양측에서 각 12명을 선발하여 하코네(箱根)의 한 작은 호텔에 투숙시키고 일주일 동안 간담회도 하고 함께 산책도 하면서 지내게 하였다. 선발 기준은 '상대 국가를 특별히 미워하거나 각별히 선호하거나 하지 않는 새 세대에 속하는 학자일 것'이었다. 한국의 경우 일본어를 못하는 세대로 기준을 잡아 김준엽 선생이 선정하셨다고 했다. 김세진(金世珍), 이홍구(李洪九), 서상철(徐相喆) 등과 내가 포함되었었다. 그때 만나 사귀게 된 사토 세이자부로(佐藤誠三郎) 동경대 교수 등은 이 만남 이후 나와 평생 친우로 허물없이 지냈다.

김준엽 선생은 대만의 중화민국 정부와도 똑같은 목적으로 젊은이들 간의 만남을 만들어주셨다. 김 선생은 총통고문이던 항리우(杭立武) 선생과 합의하여 1978년 12월 나와 이영호(李永鎬) 이화여대 교수를 타이페이로 보냈다. 항리우 선생은 우리 또래의 대만 젊은이들을 소개해주셨다. 웨이융(魏鏞), 첸푸(錢復), 린비자오(林碧炤), 장징위(張京育), 샤오위밍(邵玉明), 마잉주(馬英九) 등이 그들인데 이중 마잉주는 후에 총통이 되었고 첸푸는 외무장관, 장징위는 정치대학 총장을 역임하였다. 이때의 인연으로 나는 1983년 가을 정치대학 부설 국제관계연구중심(國際關係研究中心)의 교환교수로 지냈고 린비자오가 회장을 맡고 있던 원경기금회(遠景基金會)와 내가 만든 신아시아연구소 간의 정책협의회를 매년 열 수 있었다.

노태우 대통령은 취임 후 조각을 하면서 김준엽 선생을 총리로 모시려 했다. 그러나 김준엽 선생이 사양했다. 김준엽 선생은 나를 불러 사양한 이유를 다섯 가지로 압축하여 일러 주셨다. 한마디로 '일할 수 있는 여건'이 안 될 때 자리만 탐내서 취하는 것은 도리가 아니라는 말씀이셨다. 내겐 큰 배움이 되었다. 김영삼 대통령과 이명박 대통령, 박근혜 대통령 때 나도 여러 직책을 맡아달라는 요청을 받았으나 나도 완강히 사양하였다. 내가 할 수 없는 일은 맡지 않는 것이 나의 결심이었다.

2) 학계 선배들과의 만남

어느 학문 분야도 마찬가지이지만 1960년대까지만 해도 정치학계에도 박사학위를 가진 교수 요원이 드물었다. 내가 다니던 서울대학교 법과대학의 21명 교수 중에 최종 학력이 학사가 아닌 분은 유기천(劉基天) 교수뿐이었다. 모두 대학원에 다닌 적이 없는 분이었다. 교육입국(敎育立國)을 내세우고 초등학교 6년 의무교육제를 도입한 이승만 대통령은 경성제국대학이라는 대학교 하나만 있던 한국에 도(道)마다 하나씩 국립대학교를 세우고 전문학교들을 모두 대학으로 승격시켰었다. 문제는 '가르칠 사람' 확보였다. 미국 정부가 나서서 돕기 시작했다. 미네소타대학교를 선정하여 서울대학교의 공과대학, 농과대학, 및 법과대학에 교수들을 파견하여 교육 과정을 정비시키고 교수들을 데려다 1년씩 연수시켜 돌려보냈다. 그리고 풀브라이트(Fulbright) 프로그램, 이스트웨스트 센터(East West Center) 프로그램을 만들어 한국의 젊은이들을 미국에 데려다 대학원 과정을 이수하게 하였다.

6·25전쟁 말기와 전후에 미국으로 유학갔던 학생들 중 박사학위를 마친 사람들이 1950년대 말기에서 1960년대 초에 귀국하였다. 이분들이 '제1세대 정치학 교수'들이다. 이 소장학자들로 한국의 학계가 활기를 띠기 시작하였다.

정치학 분야에서 유학생 제1세대로 약 10명의 박사들이 각 대학에 자리 잡기 시작하였다. 이홍구(李洪九), 한배호(韓培浩), 김경원(金瓊元) 등이 제1세대의 선두주자였다. 이홍구 교수는 서울대학교 정치학과 교수로, 한배호 교수는 고려대학교 정치학 교수로 학계를 선도하였으며 두 분 모두 한국정치학회 회장을 역임하였다. 이홍구 교수는 통일부총리, 주영대사, 주미대사, 국무총리로 봉직하였다. 한배호 교수는 정치학 교과서를 여러 권 집필하고 세종연구소 소장으로 학계 발전에 크게 기여하였다. 고려대 교수로 있던 김경원 박사는 대통령 비서실장을 거쳐 주미대사로 나갔었다.

제2세대 정치학자들은 한국에서 학부 과정을 마치고 군복무를 한후 미국 대학의 장학금을 얻어 도미하여 대학원 석·박사 과정을 이수하고 온 세대로 100명쯤 된다. 그리고 제1세대가 가르친 학생들이 미국에 가서 대학원 과정을 마치고 들어온 학자들이 제3세대에 속한다. 나는 제2세대에 속한다. 내가 한국국제정치학회에 신입회원으로 가입했을 때는 회원 모두라야 서른 명 정도였다. 1991년 내가 학회장을 맡았을 때는 회원 수가 400명쯤 되었고 2024년에는 약 2,400명쯤 되었다. 한국의 교육혁명 과정을 이 숫자만 보아도 짐작할 수 있다.

나는 귀국 전에 미국 시카고에서 열린 미국아시아학회 총회에서 논문을 발표하였는데 그때 재미 한국인 정치학자들이 발표회에 참석하셔서 서로 인사를 나누었다. 그게 계기가 되어 나는 선배 교수들을 알게 되었다. 그때 만났던 김세진(金世珍) 교수는 귀국 후 외교안보연구원 연구실장으로 있으면서 귀한 자료를 복사하여 필요로 하는 학자들에게 보내주고 학술토론회에 초청하여 참가자들 간에 서로 알게 만들어주는 등 '만남과 배움'의 기회를 만드는 데 앞장섰던 분이다. 나는 김세진 교수의 절친한 친구인 이홍구 교수와도 그때부터 친분을 쌓아 이 교수를 평생의 선생으로 모시고 지냈다.

김세진 박사는 주뉴욕 총영사로 근무하면서 그곳에 있는 Council

on Foreign Relations와 접촉이 많았는데 늘 그런 연구 모임을 한 국에도 만들자고 했었고 그 뜻을 같이하던 이홍구 선생이 나서서 1986년 서울국제포럼(Seoul Forum for International Affairs)을 창설하였다. 창립회원으로는 이홍구, 한승수(韓昇洙), 한승주(韓昇洲), 정종욱(鄭鍾旭) 등 학자 9명과 김진현(金鎭炫), 방상훈(方相勳) 등 언론인 2인, 이헌조(李憲祖), 정몽준(鄭夢準), 허완구(許完九), 이동복(李東馥) 등 경제인 8명, 그리고 법조인으로 김영무(金永珷), 이회창(李會昌) 등 4인을 합쳐 23명이었다. 나도 회원으로 참가하여 창립 때 정관을 만드는 일 등을 거들었다. 총회 추천으로만 신입회원을 영입하는 제도로 운영해온 특이한 제도를 도입하여 지금도 회원 총 수는 몇십 명 밖에 안 된다.

서울국제포럼은 정부 대 정부의 공식 외교(track-1)를 돕는 순수 민간연구기관으로 국민 대 국민 간의 상호 이해를 돕는 외교 통로(track-2)를 개척하는 단체였다. 이 포럼은 미국, 중국, 동남아 제국, 러시아, 유럽 제국 등의 민간연구소와 정기적으로 만나는 국제포럼을 꾸준히 해오면서 '세계 속의 한국'이 국제사회 속에서 튼튼히 자리 잡도록 하는 데 큰 기여를 하였다.

나는 기회가 닿는 대로 서울국제포럼 회의에 참가하면서 국내외의 많은 전문가들을 만나 국제 감각을 넓혀 왔다. 특히 국내의 국제정치, 외교 분야의 선배 지식인들을 만날 기회를 갖게 되어 나의 배움을 넓히는 데 큰 도움을 얻었다. 기억나는 회의로는 1989년 6월에 가졌던 '제1차 서구순회포럼'이다. 한승주, 이동복 등 11명이 프랑스의 IFRI 연구소, 독일 SWP 연구소, 영국 RIIA 연구소 등을 방문하면서 색다른 유럽의 세계정세를 보는 안목을 접했던 기억이 새롭다. 그해 7월

샌프란시스코에서 열린 제3차 한-미 양국회담도 기억에 남아 있다. 제임스 켈리(James Kelly), 랄프 클러프(Ralph Clough), 로버트 스칼피노(Robert A. Scalapino) 등 미국의 아시아 전문가들과 허심탄회하게 한미 문제를 토론하면서 미국의 대한국 정책의 큰 흐름을 깨칠 수 있었다.

소련이 개혁개방하면서 미-소 냉전이 종식되던 1990년에 모스크바에서 가졌던 IMEMO와의 회의도 내겐 많은 배움을 주었다. 한승주, 한승수, 황인정(黃仁政) 등 9명과 함께 러시아의 새 시대 적응 정책을 배웠다. 소련 측에서는 마티노프(V. A. Martinov) 소장을 비롯하여 IMEMO의 간부급 연구원들 13명이 참석했었다. 다음 해에도 같은 모임을 모스크바에서 가졌었다. 서울국제포럼은 일본, 중국, 동남아 제국과도 전문가 포럼을 가졌다. 나는 1995년 마닐라 회의, 1999년 동경에서 가졌던 한일 회의에도 참석했었다.

정부 대표와 민간 학자가 함께 참석하는 1.5 track 회의로 미국과 가진 1988년 Wingspread Conference는 참가자 규모가 커서 미국의 한반도 문제 전문가 거의 모두를 한자리에서 만날 수 있었다.

이런 서울국제포럼 회의에는 이홍구, 김경원, 김진현(金鎭炫), 공로명(孔魯明) 등 선배 학자들도 함께 참석하면서 이분들로부터 많은 배움을 얻을 수 있었다. 서울국제포럼이 기회를 만들어주어 독일(1989), 폴란드(1989), 헝가리(1989)도 방문했었다. 국제정치를 평생의 연구 영역으로 하고 있던 나에게는 서울국제포럼이 만들어준 '바깥세상'과의 접촉 기회는 더 이상 고마울 수 없는 축복이었다. 이홍구 교수 등 선배 학자들이 이끌어준 '만남과 배움'에 대해서 평생 고마움을 안고 살고 있다.

3) 이한빈 교수의 한국미래학회가 열어준 새 길

이한빈(李漢彬) 교수는 좁은 한국 땅에서 나라의 앞길을 모색해오던 '뜻있는 선비'들에게 '미래로 가는 길'이라는 새 길을 열어주셨다. 한국 대학에 처음으로 행정학이 자리 잡도록 만들었던 이한빈 교수는 대학교수뿐 아니라 언론인, 기업인, 군인 등 나라를 이끄는 모든 영역의 지식인들을 한자리에 모아 각 분야에서의 미래 전망을 하나로 묶는 마당으로 '한국미래학회'를 창립하였다. 지나온 80년의 대한민국 발전사를 되돌아보면 이 학회가 뿌린 씨가 얼마나 큰 나무들을 키워냈는지 놀라게 된다.

1968년 7월 이한빈 교수는 권태준(權泰埈) 교수, 김경동(金璟東) 교수, 이헌조(李憲祖) 사장, 전정구(全絰九) 변호사, 최정호(崔禎鎬) 교수 등 다섯 분과 함께 아카데미 하우스에서 '한국 2000년회'라는 학회를 발족시켰다. 창립 당시의 정회원은 35인, 특별회원으로 박종홍 교수 등 세 분을 모셨다. 이 모임은 그해 10월 '한국미래학회'로 명칭을 고치고 매달 한 번씩 '한국의 미래'에 관한 주제를 놓고 토론 모임을 가지기 시작하였다.

한국미래학회는 1970년부터 매년 『미래를 묻는다』라는 논총을 학회지로 출간해오고 있다. 그리고 한국과학기술연구소의 후원을 받아 1971년에는 『*Korea in the Year 2000*』을 발간했다. 그 외에 독일 프리드리히 에버트(Friedrich Ebert) 재단의 도움을 받아 「한국의 국제환경」, 「발전과 갈등」 등 연구보고서도 출간하기 시작하였다.

나는 1973년 미국 유학에서 귀국한 해에 이한빈 교수의 추천을 받아 회원으로 가입했고 그 뒤에는 열심히 모임에 참가하면서 각계 전문가들을 만나고 그들의 발표에서 많은 배움을 얻었다. 2018년 한국미래학회는 창립 50주년 기념사업도 펼치는 등 활발히 활동하고 있다.

한국미래학회의 경험을 바탕으로 나는 좀 더 구체적인 국가발전 계획을 짜는 모임으로 1985년 「조선일보 21세기모임」을 만들었다. 조선일보 창간 65주년 기념으로 보람있는 일을 해보겠다고 뜻을 세운 당시 편집국장 최병렬과 합의하여 이 모임을 만들었다. 오늘보다 나은 내일을 바라는 우리 국민들의 바람을 생각하면서 21세기를 내다보며 우리가 이룩하고자 하는 상태를 이루기 위해서 지금 우리가 무엇을 해야 할까를 짚어보는 일을 해보자는 이 작업은 1987년 3월부터 그해 연말까지 36회에 걸친 조선일보 기획기사로 매듭지었다. 주제를 선정하고 그 주제를 놓고 관계 전문가들이 토론회를 가지고 그 결과를 정리하여 매주 조선일보에 싣는 방법으로 일을 했다. 연구 주제는 이홍구(李洪九) 교수를 위원장으로 하는 10명의 기획위원회에서 선정하였다. 내가 간사를 맡았다. 기획위원으로는 권태완(權泰完: KIST), 권태준(權泰埈: 서울대 환경대학원), 김우창(金禹昌: 고려대 영문학과), 김학준(金學俊: 서울대 정치학과), 서광선(徐洸善: 이화여대 기독교학과), 이인호(李仁浩: 서울대 서양사학과), 정근모(鄭根謨: 아주대 물리학과), 한승수(韓昇洙: 서울대 경제학과) 등 각계 저명 교수들을 모셨다. 매주 한 페이지의 조선일보 기획물로 나가는 보고서의 독자 반응이 좋아 1987년에 단행본 『한국 21세기 : 오늘의 문제와 내일의 과제』라는 책자로 출판했다.

「조선일보 21세기모임」을 국가사업으로 발전시킨 것이 1989년 6월 대통령령 제12720호로 발족한 「대통령자문 21세기위원회」이다. 1988년 새로운 헌법에 따라 직선제로 선출된 노태우 대통령은 장기적인 안목으로 미래를 설계하는 대통령이 되겠다는 의지를 강하게 내세웠고 그 구체적 사업으로 정무수석비서관을 맡고 있던 최병렬 전 조선일보 편집국장의 제안으로 「대통령자문 21세기위원회」가 발족하게 되었다. 모두 52명의 위원으로 구성된 이 위원회는 21세기(2020년 기준)를 내다보면서 ① 국내외 상황 변화 전망 ② 중장기 국가 전략 목표 설정 ③ 발전 전략을 연구하는 것을 사업 과제로 삼고 분야별 전문가의 자문을 청취하여 보고서를 작성하여 대통령에게 제시하는 자문위원회로 1994년까지 5년간 활동하도록 했다(1993년 존속 기간을 1999년까지 연장하기로 결정했었으나 김영삼 정부는 1994년 5월 갑자기 해체 결정을 내렸다).

위원회는 설립 목적에 따라 부문별 주요 쟁점에 관한 위원 및 외부 전문가들의 연구 발표와 토론을 하는 세미나를 71회 가졌으며 지방의 지역 주민 견해를 듣는 지방토론회 10회, '21세기의 세계와 한국'을 주제로 미국, 영국, 독일, 프랑스, 일본에서 현지 전문가들과 의견을 교환하는 국제회의를 가졌고 국내에서 6회에 걸쳐 공개토론회를 가졌다. 그리고 이러한 모임과 연구에서 정리된 내용을 20회에 걸쳐 대통령에게 보고했으며 44편의 주제별 연구를 실시하여 대통령실에 제출하였다. 또 일반인들에게 보급할 출판물로 단행본 3편을 발간하고 계간지 〈21세기 논단〉을 11호 발간했다. 종합보고서의 기초가 될 내부 보고서도 주제별로 50편을 작성했다. 연구 과정에서 참고 의견을 듣기 위해 300여 명의 내외 전문가와 접촉하여 의견을 모았다.

위원장직을 맡아 이 방대한 작업을 지휘하면서 나는 이 작업이 우리 민족 전체를 위한 것이어서 정부의 견해, 특정 정치집단의 이해에 매이지 않도록 하는 데 주력했다. 그리고 기록을 위하여 제1기 사업이 끝난 1994년에 1,252페이지의 종합보고서 「21세기의 한국 : 2020년을 바라본 장기 정책과 전략」을 출판하였다. 보고서 내용을 ① 세계 속의 한국 : 전망과 선택 ② 새 삶을 열어가는 과학기술 ③ 공동체적 시장경제와 건강한 생활공간 ④ 다원사회의 성숙한 문화 ⑤ 민족민주공동체를 위한 정치라는 다섯 가지 영역으로 정리하였다. 그리고 보고서의 종합 주제를 "21세기의 한국의 선택"으로 정했다. 1994년 6월 서울프레스에서 발간된 이 종합보고서는 누구나 구입하여 볼 수 있는 보고서이다. 나는 「대통령자문 21세기위원회」를 구상하고 만들고 운영해 본 경험을 나의 인생에서 가장 큰 과업 중의 하나로 생각한다. 옛것을 토대로 오늘을 보는 '온고이지신(溫故而知新)'이라는 학문 자세에서 미래에서 오늘을 보는 시각을 새로 개발하는 계기가 되었기 때문이다. 예를 들어 한일문화교류기금 이사장직을 맡아 한일 관계 개선의 길을 모색할 때도 나는 "2045년의 한일 관계"라는 주제를 내걸고 전직 국회의장, 총리, 장관 등이 참가하는 한일 양국의 원로 간의 대화를 기획했었다. 해방 100년이 될 때쯤에는 한일 관계가 어떤 모습이 되었으면 좋겠는가? 그리고 그런 관계를 만들려면 지금 무엇을 해야 하겠는가? 라는 주제로 1박 2일 동안 집중토론을 주관했었다.

이한빈 교수의 예지로 발족했던 한국미래학회는 한국사회의 지도급 지식인들의 의식을 고쳐 놓는 데 큰 기여를 했다. 나는 이한빈 교수를 만나 학문의 새로운 방향을 찾는 데 큰 배움을 얻었다.

3. 정책 자문을 하면서 얻은 배움

『한국의 안보환경』, 『대한민국의 생존전략』, 『21세기 민주평화질서』 등 10여 권의 책은 모두 나의 평생의 과업인 평화연구(irenology)와 관련하여 집필한 저서들이다. 인류 문명사에 기록된 최악의 인간 발명품이 전쟁인데 이 전쟁을 억제하고 막지 못하면 그 피해라도 줄여야 하지 않겠는가라는 생각에서 나는 나의 평생의 과업을 전쟁과 평화를 연구하고 내가 배운 것을 후학들에게 전해주는 일로 정했다.

대학 선생의 임무는 학생을 가르치는 일, 연구하는 일, 그리고 공익을 위해 그 지식을 바탕으로 의견을 내어놓는 정책 자문 등 세 가지라고 한다. 특히 6·25전쟁을 겪은 우리 국민들은 또다시 6·25와 같은 전쟁이 있어서는 안 되겠다는 생각에서 전쟁과 안보에 깊은 관심을 가지고 있다. 그리고 이와 관련하여 북한에 대한 관심, 통일 문제, 국제환경 등에 관심을 가지고 있다. 나의 전공과 우리 국민들의 관심을 연결하면서 정부의 외교·통일 정책과 국방 정책과 관련하여 자문 요청이 있을 때 적극 응해야 한다고 나는 생각했다. 그래서 국방부 정책자문위원, 공군정책발전자문위원장, 국방선진화추진위원장, 국가안보총괄점검회의 의장, 외교정책자문위원장, 통일정책자문위원, 통일교육위원 중앙협의회 의장, 남북적십자회담 자문위원 등 여러 가지 자문역을 맡았었다. 그리고 국방부에서 발주한 '장기전략', '무기체계', '장차전 양상' 등과 관련된 연구 용역도 맡았었다.

정책 자문 과정에서 나는 많은 실무자들을 만났고 그들과 함께 과제를 다루면서 많은 배움을 얻었다.

평화란 "한 공동체 내에서 같은 격(格)을 가진 존재들이 자발적으로 공존(共存)을 합의한 상태"를 말한다. 그리고 상대와의 동격(同格)을 인정하지 않고 폭력으로 상대를 제압하려는 자가 있을 때 평화질서를 회복하려면 내가 강해야 한다는 "평화를 원하거든 전쟁에서 이길 수 있도록 준비해야 한다(Si vis pacem, para bellum)"는 전략가들의 충고를 받아들인다면 오늘날의 국제질서에서는 전쟁억지능력(deterrence capability)을 갖추는 것만이 가장 확실한 평화질서 유지 방법이 된다. 이 두 가지 생각을 기초로 나는 국방, 외교, 통일 정책 자문을 했다.

한국의 경우 안보 정책, 외교 정책, 통일 정책은 모두 서로 연계되어 있다. 이념을 달리하는 중국과 러시아라는 강대국과 이웃하고 있는 지리적 특수성 때문에 이들과의 외교적 대응이 1차적 생존 조건을 결정한다. 상대적 군사 열세에 놓인 한국은 이념을 같이 하는 미국, 일본과의 관계를 유지하면서 이들의 도움을 받아야 중·러를 견제할 수 있어 결국 한국 외교의 핵심은 미국, 일본과의 협력체제 유지 과업으로 귀착된다. 미국과의 동맹은 우리의 결정만으로 이루어지지 않는다. 미국이 한국을 동맹으로 삼을 필요를 느끼도록 만들어야 가능하다. 미국의 동맹 선택 기준은 이념의 상응성(ideological compatibility), 전략적 중요성(strategic importance), 경제적 이익(economic interest), 자존 능력(viability)의 네 가지이다. 우리가 이 기준을 맞추어 나가야 한미 동맹은 가능하다. 우리가 군사적 자위 능력과 경제자립 능력을 갖추고 자유민주주의 정체성을 유지해야 동맹을 유지할 수 있다. 강한 국방 전력을 갖추어야 가능하기 때문에 외교 정책과 군사안보 정책은 서로 연계되어 있다. 한국의 안전을 위협하는 1차적 '가상적(假想敵)'

은 북한이다. 북한은 '언젠가는 우리의 일부로 만들어야 하는 통일의 대상이나 현재는 1차적 위협 주체인 적'이다. 북한과의 관계, 나아가서 우리의 통일 정책은 외교 환경과 우리의 군사적 자위력과 직결되어 있다. 한국의 생존전략은 외교, 국방, 통일 전략을 함께 아울러야 짤 수 있는 통합 전략이 될 수밖에 없다.

외교, 국방, 통일부의 정책 자문 조직에 참여하면 1차적으로 그 부처가 다루는 '현재 상황'을 알게 된다. 그리고 이런 부처의 정책 자문을 하게 되면 관련되는 상대국 기관과의 접촉 기회가 생긴다. 그런 기회에 자문에 필요한 '만남과 배움'이 이루어진다. 그리고 그 배움이 나의 전공 영역의 학문 연구에 크게 보탬이 된다.

1985년 8월에 나는 남북적십자회담의 한국측 대표단의 한 사람으로 평양을 다녀왔다. 북한정치를 강의하던 내게는 큰 도움이 되었다. 통일정책자문위원이었기에 얻어진 기회였다. 1987년 9월에는 미국 국방성의 초청으로 아시아 지역 주둔 미군기지를 시찰하는 기회를 가졌다. 하와이 진주만에 있는 미군 태평양지역사령부, 일본에 있는 미국의 해공군기지, 한국의 미군기지, 필리핀의 수빅(Subic)만 해군기지와 클라크(Clark) 공군기지 등을 보름 동안 시찰했다. 내게는 많은 배움을 준 기회였다. 1991년 4월에 외무부 외교정책자문위원장이 되었다. 그해 9월 대한민국이 국제연합 회원국이 되어 그해 제46차 총회에 처음으로 회원국으로 참여할 때 그 자격으로 그 역사적 행사에 참석할 수 있었다. 내게는 큰 배움의 기회였다.

그 밖에 정부 관련 부처의 정책자문위원 자격으로 많은 국제회의

여러 군 관계 자문 기구에서 일했다. 1997년 공군 제10전투비행단 101대대에서 F-5 후방석에 탑승하고 요격훈련에 참가했다.

에 참석했다. 한국은 몽골과 1990년 봄에 국교를 수립하고 그해 7월 울란바타르호텔 201호실에 대사관을 설치했다. 그해 9월 동아시아의 평화를 논하는 관련 8개국 회의가 울란바타르에서 열렸는데 최호중 (崔浩中) 장관이 사정이 있어서 갈 수 없게 되어 내가 대신 참석하였다. 1주일 머무는 동안 회의에 참석했던 러시아, 미국, 일본, 중국, 캐나다 등 대표들과 함께 숙식하면서 많은 것을 배웠다. 러시아 대표로 참석했던 스탈리아로프(Stalyarov) 대사와는 고르바초프(Gorbachev) 대통령의 일본 방문 계획과 한국 방문 계획을 깊이 있게 논의하였다. 몽골과 수교 후 처음으로 가진 몽골정부 인사들과의 협의로 한몽 학술회의를 가지기로 했으며 이를 계기로 내가 책임 맡고 있던 신아시아연구소와 몽골 21세기포럼 간에 18년 동안 스무 번 이상의 한몽 연례회의를 가지게 되었다.

국방과학연구소(ADD)도 자주 방문했다. 나는 2011년부터 2017년까지 ADD 이사로 일했다. 연구소 방문 기념 사진.

　　나와 국방부와의 관계는 오래되었다. 1973년 미국에서 귀국 후 국방부 정책자문위원이 된 인연으로 1970년대에 3건의 용역 연구를 수행했다. 「무기체계」, 「장기전략」, 「장차전 양상 예측」 등 연구를 몇 년 동안 수행하면서 나는 많은 공부를 하였다. 그리고 그 연구들의 후속으로 노태우 정부 때 만들었던 「818계획」 수립에 참여했고 김대중 대통령 때 「국방개혁위원회」에 참여했고 이명박 대통령 때는 「국방선진화추진위원회」의 위원장, 「국가안보총괄점검회의」 의장을 맡았다. 내가 1961년부터 4년간 공군 장교로 근무했던 인연으로 「공군정책발전자문위원회」 위원장도 12년간 했었다.

　　해군과도 오랜 인연을 맺었다. 해군 작전사령관의 요청으로 「함상토론회」라는 민군 합동전략회의를 기획하여 1993년 5월 제1차 회의를 919호 함상에서 가졌다. 함상토론회는 매년 실시했는데 8회까지는 나도 참석했다. 이런 인연으로 1993년 9월 해군이 러시아 해군과의 우호 증진을 위해 블라디보스톡(Vladivostok)로 기지 방문(port call)을 할 때 전남함을 타고 나도 함께 다녀왔다. 러시아 해군과 함께 지낸 1주일은 내게는 귀한 경험이었다.

1991년 7월에는 독일통일 과정의 자료 수집차 2주간 독일을 방문하였다. 「대통령자문 21세기위원회」가 기획한 연구탐사 여행이었다. 프랑크프루트-하이델베르크-본-쾰른-베를린-파리-런던을 돌면서 독일정부, 프랑스와 영국의 관계 인사들을 만나 우리가 통일정책 수립에 참고 될 자료들을 수집했다. 신동원(申東原) 주독대사, 현희강(玄熙剛) 베를린총영사, 이홍구(李洪九) 주영대사 등의 도움으로 많은 자료를 모을 수 있었다.

1992년 여름(6.26~7.9)에는 외무부 외교정책자문위원회와 대통령자문 21세기위원회의 공동 기획으로 냉전 종식 이후의 동유럽 시찰 여행을 했다. 모스크바-프라하(체코)-라이프치히(동독)-베를린-본(서독)-프랑크프루트를 거친 보름에 걸친 현지조사 여행이었다. 동유럽에 대한 인식을 새롭게 하는 여행이었다.

1992년 8월 대한민국 정부는 건국했을 때 최초로 국가승인을 해준 대만에 있는 중화민국과 단교하고 중화인민공화국과 수교하였다. 우리 정부로서는 국제정세 흐름을 염두에 두고 용단을 내린 결정이었겠지만 개인 간의 관계와 마찬가지로 국가 간 관계에도 의리를 존중해야 하는게 아닌가 생각했다.

그해 1월 한국-대만 정기학술회의에 참석하러 타이페이에 갔었다. 그때 예정에 없던 일이 벌어졌다. 리덩후이(李登輝) 총통이 불러 총통실에 갔다. 첸푸(錢復) 외교부장, 장샤오옌(章孝嚴) 부부장이 배석했다. 한국정부가 곧 중국 정부와 수교할 모양인데 사전에 단교 후의 한국과 대만 간의 관계를 미리 충분히 협의하는 것이 좋을 것이라는 구두 메시지를 우리 정부에 전하라고 나에게 부탁했다. 나는 공직자가 아닌데 왜 나에게 이런 부탁을 하느냐고 했지만 더 이상 거절할 수 없었다. 귀국 후 공항에서 총리공관에 전화를 드리고 정원식(鄭元植) 총리를 만나 구두 메시지를 전했다.

단교 후의 양국 관계 수습을 논하기 위해 대만 정부의 요청으로 나는 그해 11월 15일 타이페이로 가서 장샤오옌 차관, 까오잉마오(高英茂) 총통고문, 진수지(金樹基) 전 주한대사를 만나 업무 협의를 했다. 12월에는 대통령 후보이던 김영삼(金泳三) 의원의 부탁으로 다시 타이페이에 가서 김 의원의 서한을 리덩후이 총통께 전달하고 회신을 받아왔다. 모두 외무부 외교정책자문위원이라는 직을 맡았었기 때문에 있었던 일이고 그런 만남 속에서 많은 것을 배웠다.

4. 신아시아연구소와 한일문화교류기금

직업인 대학교수를 하면서 사회와 학계의 선배들로부터 많은 배움을 얻었다. 그리고 내가 하는 공부와 연관된 외교, 안보, 통일 관련 정부 기관에 자문위원으로 참가하면서 새로운 만남과 배움을 얻었다. 이렇게 만남과 배움의 기회를 넓혀 나가다가 '주어지는 기회'를 기다리기만 하지 말고 내가 나서서 적극적으로 기회를 만들기로 마음먹었다. 그래서 친지들의 도움을 얻어 1993년에 공익법인으로 만든 것이 「신아시아연구소」이다. 아시아 지역으로 범위를 좁혀 한국의 외교안보환경을 이루는 이웃 나라와의 관계를 집중적으로 연구하는 연구소로 키워 보려고 만든 것이 이 연구소이다.

내가 이끌어 온 또 하나의 기구는 재단법인 「한일문화교류기금」이다. 이 기금은 1982년 일본 나카소네(中曽根康弘) 수상이 방한했을 때 전두환(全斗煥) 대통령과 합의하여 민간 차원에서 양국민 간의 관계를 개선하는 일을 체계적으로 지원하는 기금을 한국과 일본에 만들자고 합의하여 발족한 재단법인이다. 한일 간에 '교과서 왜곡문제'가 심각해져서 탄생하게 된 법인이다. 초대 회장은 구자경(具滋暻) LG그룹 회장이었고 이사장은 이한기(李漢基) 교수였다. 나는 상임이사(常任理事)로 참여하게 되었다. 그 후 이 교수가 별세하여 내가 1995년 이사장직을 승계하였다. 구자경 회장 후임으로 2019년 이홍구(李洪九) 전 총리가 회장직을 맡았다. 그리고 2021년에 내가 회장직을 맡았다.

신아시아연구소(新亞硏)는 거쳐 간 회원이 약 600명(현 회원 193명)이 되는 민간 연구 기구이다. 매달 회원들이 모여 한국의 외교·안보·통일과 관련된 주제로 토론회를 가지고 봄, 가을에 주요 주제를 여러 전문가가 논하는 세미나를 연다. 그리고 계간지 〈新亞細亞〉를 발간하여 국내외 주요 대학 도서관과 기관에 보낸다.

신아연은 한국과 밀접한 관계를 가지고 있는 주변국 전문연구기관과 정기적인 모임을 갖는 데 주력해왔다. 신아연은 민간 차원에서 정부 간 공식 외교인 track-1 접촉을 보완하는 track-2로서의 민간외교를 하는 기구이다. 그리고 경우에 따라서는 track-2의 변형인 track-1.5의 회의도 해왔다. track-1.5 형태는 양국의 민간 연구소 간의 회담이지만 양국 정부를 대변할 수 있는 참가자를 1~2명 포함시키는 회의를 말한다.

신아연은 지난 30년 동안 약 200회의 국제회의를 해왔다. 대만 정치대학 국제관계연구소 및 원경기금회(遠景基金會)와 매년 한 번씩 20년 동안 회의를 했다. 일본 오카자기연구소(岡崎研究所)와 양자회의 13회, 미국 CSIS Pacific Forum과 14회, 한·미·일 3자안보회의(NOP: NARI-OKAZAKI-PACIFIC FORUM)를 3회 가졌으며 일본과는 K-J Shuttle이라 부르는 양측 전문학자 간의 주말 모임을 일본과 한국에서 10여 년 가졌다. 그밖에 소장지도자 회의도 여러 번 가졌다.

중국공산당 대외연락부 산하 중국국제교류협회(CAFIU)와 2002년부터 2006년까지 양국 회의를 3회 가졌고 중국 중앙당교 개혁개방포럼과 전략대화를 가졌다. 대만과는 대만의 원경기금회와 2007년부터 2013년까지 7차례 전략대화를 가졌다.

몽골과는 1996년부터 2005년까지 매년 울란바타르에서 한몽포럼을 가졌으며 한몽 정부 간 합의에 의해 2010년부터 2012년까지 세

차례 전략대화를 가졌다. 그밖에 신아연 독자적 계획으로 한일 안보 협력 영역을 찾는 육·해·공군 시뮬레이션 게임을 했다. 동해에서 해군 간의 협력 불가피성을 확인하기 위한 게임을 진해에서 가졌고 제3국에 파견된 양국 지상군 간의 협력 영역을 찾는 지상군 게임을 대전과 일본 육상자위대 후지(富士) 캠프에서 가졌다. 그리고 공군 간의 협력 영역을 찾는 게임을 오키나와에서 가졌었다.

이런 많은 전략대화는 양국 간의 상호 이해를 돕는 한편 서로 간에 협력해야 할 사항을 찾는 데 도움을 줄 뿐만 아니라 참여하는 학자, 전문가들 간의 유대를 강화하는 눈에 보이지 않는 수확이 컸다. 나는 대학교육의 연장으로 외교안보 영역의 전문가를 양성한다는 생각으로 신아연을 이끌어왔다.

한일문화교류기금은 일본의 일한문화교류기금과 협의하여 '교과서 문제'를 해결하기 위해 선사시대부터 현대에 이르기까지 한일 관계사를 시대별로 나누어 양국 학자들이 참여하여 토론하는 비공개 학술회의를 20년 진행하였다. 여기서 산출된 논문들을 엮어 한일 관계사 시리즈로 출판하여 한일 양국 대학 도서관에 보냈다.

한일문화교류기금이 발족하던 1980년대까지 한국 사람들의 일본 방문이 쉽지 않아 민간 교류가 거의 없었다. 한국의 새 세대는 일본을 모르는 세대가 되어가고 있었다. 그래서 '일본을 이해하기 위한 지식인들의 방문 교육'으로 일본문화시찰단을 해마다 1회씩 일본에 보냈다. 'old Japan'을 대표하는 교토(京都), 나라(奈良) 지역과 'new Japan'을 대표하는 동경(東京), 그리고 지방 1곳 등을 1주 내지 10일 간 돌아보면서 일본의 전문가들과 만나는 기회도 갖도록 기획했었다.

일본 방문 시찰단은 내가 인솔했다. 이 프로그램으로 연인원 300명 정도의 지식인, 문화인들이 일본을 다녀왔다.

학생교류 계획도 세워 한일 학생회 등 3개 '양국 대학의 학생 간 공동행사'를 매년 지원했고 서울에서 매년 6회 정도 '일본문화강좌'도 개최하였다. 그밖에 역사 교사들의 일본 방문도 지원했다.

가장 의미있는 행사로는 '2045년 한일 관계: 한일 원로회의'를 꼽을 수 있다. 전직 총리, 국회의장, 학계 원로, 언론계 원로를 모시고 1박 2일 동안 자유토론을 하는 모임이었다. 2045년에는 한일 관계가 어떠해야 하는가를 논하고 그렇게 되려면 지금 무엇을 해야 하는가를 논하는 모임이었는데 참가자 모두가 좋은 모임이라고 평해주어 고마웠다. 첫 모임에는 이홍구 전 총리, 김재순(金在淳) 전 국회의장, 최병렬 전 한나라당 대표, 공로명 전 외무장관 등이 참가했다. 이 회의를 계속하면서 나는 고노(河野洋平) 전 중의원 의장, 후나바시(船橋洋一), 와까미야(若宮啓文) 등의 언론인과 모리모토(森本敏) 교수, 야마모토(山本正) 이사장 등 일본의 각계 원로들과도 가까이 지내게 되었다.

신아연과 한일문화교류기금 두 조직을 운영하면서 나는 많은 사람을 만났다. 그리고 그들과의 대화에서 한국의 국제사회에서의 위치에 대하여 많은 것을 배웠다. 역시 '만남'이 '배움'의 지름길이라는 것을 터득했다.

5. 친구는 평생 스승

살면서 가장 큰 배움을 주는 사람은 가까운 친지들이다. 함께 같은 시대, 같은 환경 속에서 살아온 친지들은 관심을 공유하는 스승이어서 이들로부터 얻는 배움은 아주 현실적이다. 친지는 평생의 스승이다.

중학교 동창 중에는 38선을 넘어 월남한 친구가 많다. 서울중학교는 해방 후 신설된 학교로, 쏟아져 내려오는 북한 월남민 자제들을 대폭 수용해서 나의 동기생 중 89%가 북한에서 내려온 월남 피난민이었다. 함께 겪은 고생으로 세상 보는 눈도 비슷하다. 평생 서로 격려하며 살아왔다. 대학에 진학하면서는 전공들이 달라 여러 학교로 헤어졌지만 서로 다른 경험을 하면서 '간접 경험'의 폭을 넓힐 수 있었다. 대학에서 새로 만난 친구들은 자라난 지역이 달라 우리 사회를 고르게 접할 수 있는 기회를 가질 수 있었다.

어려운 일을 당할 때 제일 먼저 달려와 격려해주는 사람도 친지들이고 어렵게 성취한 일들을 자기 일들처럼 반기고 함께 축하해주는 사람도 친지들이다. 군대 동기생도 80세 노인들이 될 때까지 매달 모여 소주잔을 나눈다. 대학생 때 함께 산에 다니던 등산반 선후배는 지금도 한솥밥 먹는 형제처럼 지낸다. 내가 속한 서울대 법대산악반 출신들의 모임인 '한오름' 회원들은 모두 한 가족 같다.

친지들과 같이 지내면서 얻는 가장 큰 '배움'은 모난 내 생각을 다듬는 지혜를 얻는 것이다. 윤집기중(允執其中), 한쪽으로 치우치지 말고 가운데를 잡으라는 논어(論語)의 가르침을 동창들과 어울리면서 삶 속에서 터득하게 된다. 되돌아보면 20대까지도 나는 모난 생각을 많이 했던 것 같다. 내가 가는 길은 항상 옳다고 생각하고 길을 막는 바위를 깨려고만 달려들었던 것 같다. 가까운 친구들이 오만하다고 핀잔을 주며 돌아가기를 권해주었었다. 그들이 말려 내가 바른길을 찾게 된 경우가 많다.

살다 보면 앞길이 안 보여 절망할 때가 가끔 온다. 그때 친지들의 격려가 큰 힘이 된다. 그 경험을 살려 나는 대학 선생을 하면서 학생들에게 "너라면 할 수 있어!"라는 격려를 자주 해주었다. 학위 공부가 어려워 중도에 포기하려는 졸업생을 격려해주어 다시 제 길로 돌아온 제자들을 보면 내 마음이 흐뭇해진다.

친지들 중에는 동년배 말고도 선배, 후학, 후배, 내게서 배운 제자들도 있다. 이들과의 교류로 내가 익숙하지 않았던 영역의 지식을 접하기도 하고 세대 간의 '현실 인식 차이'를 실감나게 깨닫는다. 우리 세대의 굳어진 시대 의식을 고치는 좋은 기회라 생각해서 되도록 많은 젊은이들과 교류하려고 애쓴다. 내가 봉직했던 서강대학교 정치외교학과 졸업생들의 친목 모임인 반산회(盤山會)는 내가 가장 소중하게 여기는 모임이다. 이들과의 정기적 모임에서 나는 현실을 좀 더 입체적으로 이해할 수 있게 된다. 그래서 나는 이들의 주장과 권고를 고맙게 생각한다.

대학 동창들 중에는 이신작칙(以身作則)으로 삶을 이끌어가는 모습을 내게 보여주어 내가 많은 배움을 얻게 해준 친구도 많다. 예로 검찰총장을 지낸 정구영(鄭銶永)을 들 수 있다. 정 총장은 공직자는 어떤 몸가짐을 가져야 하는지를 내게 보여주었다. 정다산(丁若鏞: 茶山) 선생이 공직자의 몸가짐으로 강조했던 공렴근검(公廉勤儉)을 정구영 총장은 삶으로 직접 보여주었다. 정 총장은 총장직에서 물러난 후 변호사 사무실은 열었으나 사건은 일체 맡지 않았다. 후배들이 심리적 부담을 가지지 않도록 하려는 배려였다. 정 총장은 초년 검사 때부터 평생 양복을 맞추어 입지 않고 기성복만 입었다. 총장 취임식 때 처음으로 맞춤 양복을 입었다. 철저한 청빈 공무원의 모습을 지켰다. 바쁜 업무 중에도 일어(日語)를 독학하여 일본 법학전문잡지를 구독하였으며 고교 동창들과의 모임은 독서 모임으로 만들어 이끌었다. 매달 책을 골라 모두 읽고 지정된 사람이 발표하면 참가자 모두가 토론하고 소주 한잔하고 헤어지는 모임을 평생 이끌었다. 나는 공직자가 어떤 몸가짐을 가져야 하는가를 정 총장의 행실에서 직접 배웠다. 정 총장은 공직에서 물러난 후에 내가 소장으로 이끌어 온 신아시아연구소의 이사장직을 맡아 후배들과 계속 학술 모임을 가져왔다.

선배와의 만남에서 큰 배움의 기회를 얻은 예로 행촌 이동준(杏邨 李東俊) 교수와의 만남을 빼놓을 수 없다. 1978년 대한민국 건국 30주년을 기념하여 조선일보사는 기획기사로 '우리는 어디에 서 있는가'라는 특집을 실었다. 그 기사의 하나로 내 글 "선비정신: 뜻은 드물고 이름은 무성하다"라는 글이 실렸다. 젊었을 때의 혈기로 "선비는... 초시대적 안목을 키워 나가면서 당당한 소리를 지를 수 있어야 한다"라고 썼다. 그 글을 읽고 '참선비'인 행촌 선생이 내게 전화를 주셨다. 글을 쓴 내 심정을 이해한다고 하면서 만나기를 청했다. 행촌 선생은 인사가 없었지만 나의 서울고등학교 1년 선배였다. 그렇게 첫 만남을 가졌고 그 인연으로 평생의 '스승'이 되어 주었다.

행촌 선생은 역학(易學) 연구의 최고 권위자로 정역(正易)을 정리, 제시한 석학이신 학산 이정호(鶴山 李正浩) 교수의 아드님으로 성균관대학교 유학대학장, 한국철학연구소장을 지내신 한국철학사상 연구의 1인자로 「16세기 한국 성리학파의 철학사상과 역사의식」이라는 박사 논문을 위시하여 한국 전통사상의 흐름을 정리해 놓은 이 분야 최고의 석학으로 많은 제자를 키워 한국 전통사상의 맥을 다시 이어가고 있다.

행촌 선생은 내게 수시로 관련 논문과 서책을 보내주면서 한국 전통사상에 대한 나의 눈을 뜨게 해주었다. 인연이 깊어져 2003년 내가 한림대학교 총장으로 취임한 후 첫 사업으로 대학부설 '태동고전연구소(泰東古典研究所)'를 활성화하는 작업을 시작할 때 나는 행촌 선생을 한림대학교 특임교수로 모시고 연구소 소장직을 맡겼다. 지난 40년 동안 행촌 선생은 중국 유학사와 한국 전통사상의 큰 줄기를 이루는 퇴계, 율곡 등 큰 선비들의 사상을 내게 체계적으로 가르쳐준 '개인 가정교사'가 되어 주었다. 행촌 선생과의 만남은 내게 큰 배움을 주었다.

내가 근무했던 한국일보와 조선일보의 동료들 중에도 내게 큰 가르침을 준 분들이 많다. 기자직을 단순한 뉴스 전달자라고 생각하지 않고 우리 국민들의 의식 교육을 담당하는 일을 하는 '나라 건설의 선각자'라는 강한 의식을 가진 지사(志士)적인 기자들이 많았다. 이때 사귄 동료들은 나의 평생의 스승이 되었다. 장정호(張禎鎬), 남재희(南載熙), 안병훈(安秉勳), 김학준(金學俊), 김동익(金東益) 등은 내게 많은 가르침을 준 스승들이었다.

전통 한국정신문화라 하면 유교, 불교와 토속신앙이 된 무속이 큰 줄기를 이룬다. 그런데 이런 큰 정신문화 줄기에 대해서는 학교에서 가르치지 않는다. 대학에 들어가서도 우리의 정신문화 전통에 대해서는 피상적인 지식만 가지고 있었을 뿐이었다. 그래서 친구 중에 귀한 스승을 찾아 학습의 기회를 가지려 노력했다.

첫 번째 만남은 고교 동기생인 진재훈(陳載勳)이었고 두 번째 만남은 미국 유학 중에 같은 대학에 다니게 된 심재룡(沈在龍) 교수였다. 심 교수는 나의 고등학교 후배였다. 진재훈은 서울대 문리대 사학과생이었고 심재룡은 같은 학교 철학과 졸업생이었다.

나와 가까이 지내던 진재훈은 대학 1학년 겨울방학 때부터 방학마다 매일 우리 집에 와서 서너 시간씩 서양철학사를 강의해주었다. 플라톤, 소크라테스부터 중세를 거쳐 칸트, 헤겔, 베이컨 등 근대 철학자까지 줄거리를 정리해주었다. 그러나 정작 큰 배움은 불교 경전들에 관한 것이다. 진재훈의 부친이 고왕경(高王經)의 전문가로 알려진 불교학자였다. 진재훈은 우파니사드부터 원시불교, 주요 경전을 차례로 내게 해설해주었다. 그때 배운 「마하반야바라밀다심경」에 담긴 불교사상은 나중에 내가 대학 강의할 때도 많이 활용할 수 있었다.

깊이 있는 불교철학에 대해서는 심재룡 교수에게서 배웠다. 심재룡 교수는 하와이대학에서 지눌(知訥)선사의 사상을 주제로 논문을 써서 박사학위를 받았다. 귀국하여 서울대 철학과 교수로 있으면서 한국 불교에 대하여 많은 저술을 남겨 국제사회에 '한국 불교'를 널리 알린 분이다.

심 교수는 유교, 불교의 사상체계를 틈틈이 내게 전수해준 '가정교사'였다. 원효, 설총, 지눌로 이어 내려오는 한국 불교의 발전 과정에 대한 강의는 내게 큰 도움을 주었다.

이동준, 진재훈, 심재룡이라는 최고의 '가정교사'들과의 만남은 내가 전공으로 하는 국제정치, 국제법 연구에 새로운 시각을 보태주는 큰 배움을 주었다. 이 배움은 내가 대학원생 시절 지도교수였던 럼멜(R. J. Rummel) 교수와 함께 개발하던 국가 간 갈등 예측에 적용할 사회장 이론(social field theory) 구상에 많은 도움을 주었다.

너무 빨리 세상을 떠서 나와 함께 지낸 세월이 짧지만 김재익(金在益)과의 교우에서 나는 많은 것을 배웠고 그때 얻은 배움은 나의 삶의 설계에 큰 영향을 주었다. 김재익은 나와 동갑이고 대학부터 학교를 같이 다녔다. 나는 서울대 법대, 재익이는 같은 대학 문리대 정치학과에 다녔고 대학원 때는 국제법 과목을 같이 들었다. 미국 국무성 장학 프로그램의 혜택을 받아 우리 둘은 하와이대학에서 석사 과정을 마쳤다. 재익이는 그 후 스탠포드대학으로 옮겨 그곳에서 경제학 박사를 받아 귀국했고 나는 하와이대학에서 박사학위를 받고 연구교수로 남아 있다가 귀국했다. 공부하는 과정에서 나도 스탠포드대학에 가서 재익이가 조교로 교수를 돕던 수리경제학 과목을 이수했다. 귀국 후 약속대로 매주 한 번씩 만나 나라 걱정, 경제발전 문제, 정치 문제 등 모든 주제를 놓고 '2인 세미나'를 가졌었다.

김재익이 아웅산 사건으로 세상을 떠난 1983년까지 한집에서 사는 것처럼 가까이 지내면서 나는 재익이로부터 '세상 사는 법'을 많이 배웠다. 1979년 12·12사건 후 혁명정부에서 '국가보위비상대책위원회'를 출범시킬 때 재익이는 '경제과학분과 위원장'에 추천되었고 나도 외교통일분과의 임명직 위원으로 제안을 받았었다. 나는 개인 사정을 앞세우고 취임하지 않았다. 김재익은 많은 생각 끝에 직을 수락했다. 김재익은 당장의 자기 개인의 이해득실과 평판 등을 고려해서 거절하고 싶었지만 더 큰 생각, 즉 혁명군의 통치를 빨리 종식 시키기 위하여 참여를 결정했다. 김재익은 민주정치 회복을 빨리 이루기 위해서는 혁명군이 손을 댈 수 없는 경제체제를 구축해야 한다고 생각해서 그 제안을 수락했다. 김재익은 철저한 자유민주주의 신봉자였다. 그래서 민정 회복이라는 큰 과제를 생각하면서 자기 거취를 정했다. 쉽지 않은 결심이었다. 내가 미처 생각하지 못했던 큰 뜻이었음을 나는 나중에 알았다.

김재익은 공직에 있는 동안 외부에서 기업인 등을 만나지 않았다. 점심도 도시락을 싸 가지고 다녔다. 막강한 영향력을 가진 경제수석비서관직을 맡고 있으면서도 봉급 이외의 돈에는 손을 대지 않았다. 그의 공인(公人)으로서의 공직수행 자세에서 나는 큰 배움을 얻었다. 김재익이 세상을 떠난 후 그의 전기가 출판될 때 나는 거기에 "재익이는 학처럼, 연꽃처럼" 살았다고 글을 썼다. 주위에 흙탕이 넘쳐도 전혀 물들지 않고 자기의 상(像)을 지키는 꿋꿋한 기상에 감복했음을 밝혔다. 김재익이 세상을 떠난 지 40년이 되는 지금까지도 나는 직장에서 일하면서 항상 재익의 맑은 공직자 자세를 생각하면서 일한다. 김재익과의 만남은 나에게 바르게 사는 법이라는 배움을 주었다.

6. 외국 지도자들과의 만남과 배움

국제회의는 한국을 밖에서 보는 시각이 어떤지를 내게 일깨워주는 좋은 기회였다. 내가 속했던 연구단체, 내가 책임 맡았던 정책자문기구, 그리고 내가 만든 한일문화교류기금과 신아시아연구소 등이 마련한 국제회의에 200번 이상 참가하면서 나는 수많은 외국 전문가들과 국내의 전문 관료 및 학자들을 만났다. 그 만남에서 나는 '세계 속의 한국'을 보는 눈을 떴고 한국이 풀어나가야 할 과제가 무엇인지 깨닫게 되었다. 특히 크고 작은 나라를 이끌어가는 지도자들과의 만남에서 지도자의 안목과 처신, 그리고 사람을 다루는 자세 등을 배웠다.

몇몇 정치 지도자들과의 만남에서 얻은 배움을 소개한다.

1) 일본의 정치 지도자들과의 만남

한일 관계가 교과서 문제로 어렵게 흘러갈 때 1983년 일본 나카소네 야스히로(中曾根康弘) 수상이 내한하여 전두환 대통령과 정상회담을 가진 자리에서 양국 지식인 간의 대화를 정례화하여 양국 국민 간의 상호 이해를 높이면 두 나라 국민들 간에 쌓인 오해가 해소되어 외교 관계도 나아질 것이라는 데 뜻을 같이해서 한국에는 「한일문화교류기금」을, 일본에는 「일한문화교류기금」을 만들기로 두 정상이 합의했다. 그렇게 1984년에 발족한 한일문화교류기금의 초대 이사장으로 이한기(李漢基) 교수가 취임하고 내가 상임이사직을 맡아 이 교수님을 돕게 되었다. 10년 뒤 이한기 교수가 별세한 후 내가 이사장을 맡아

2021년까지 기금을 30년간 이끌어왔다. 40년간의 한일문화교류기금을 이끄는 동안 '한일 관계사 세미나', '일본을 이해하는 문화강좌', '문화인 일본 방문단 파견 사업', '청소년 교류 사업' 등을 주관하면서 나는 일본에 100번 이상 다녀왔고 수백 명의 관계 인사들을 만났다. 그 과정에서 일본에 대한 이해가 깊어졌다.

가장 기억에 남는 분은 나카소네 야스히로 수상이다. 2010년 하코네에서 '한일 원로간담회'를 열었을 때 이 소식을 들은 나카소네 수상은 본인도 참가하고 싶다고 내게 연락해왔다. 나는 당황했었다. 92세 고령의 나카소네 수상을 회의에 모시는 것이 부담스러웠다. 그래서 회의에 모시는 대신 회의 준비를 함께하던 공로명(孔魯明) 장관과 함께 미리 나카소네 사무실로 찾아갔다. 그 사무실에서 좋은 이야기를 많이 들었다. 그것이 계기가 되어 그 후 한국에 나오셨을 때도 만났다.

나카소네 수상은 "보수주의란 내 몸을 관통하여 흐르는 우주의 에너지 같은 것... 나는 지칠 줄 모르는 이 에너지를 몸속에서 느낀다... 이것이 보수주의의 본질이다"라고 말하면서 자기는 주어진 연(緣)을 존중하고(尊緣) 한 번 맺은 연은 깨지 않는다고 했다. 정치인이라기보다 도인(道人)을 만난 것 같은 느낌을 받았다. 나카소네 수상은 만물(萬物)과 공생(共生)하면서 지구를 아끼고 인류의 평화와 민족사회의 문화를 존중하는 것을 지키려 하는데 이런 마음을 보수주의로 이해한다고 했다. 나카소네 수상은 수상 재직 중에도 매주 일요일 저녁에는 가까운 절에 가서 1시간씩 좌선을 했다고 했다. 나는 정치 지도자이기 전에 성실하게 삶을 관리하는 성인(聖人)을 만난 느낌을 받았다.

또 기억나는 한 사람은 하토야마 유키오(鳩山由紀夫)이다. 나보다 거

1997 한일 지도자회의를 마치고 안병훈 사장, 정구영 총장과 함께.

의 10년 연하의 젊은 정치인이다. 2009년부터 다음 해까지 1년밖에 총리대신 자리에 있지 않았으나 그의 할아버지 하토야마 이치로(鳩山 一郎) 수상의 '우애민주주의(友愛民主主義)'를 승계하려는 참신한 '일본 사회 새 세대'의 이념을 실천하려던 노력에 나는 감동을 받았다. '우애민주주의'는 프랑스혁명 때 내걸었던 3가지 구호인 자유(自由), 민주(民主), 박애(博愛) 중에서 '박애'를 기본 가치로 민주주의를 내세웠던 쿠덴호프-칼레르기(Nikolaus von Coudenhove-Kalergi) 백작의 주장으로 하토야마 이치로 수상이 50년 전에 일어로 번역했던 유명한 주장이다. 내가 우애민주주의에 관심을 표했더니 하토야마 유키오 수상이 E-mail로 자기 소신을 내게 보내주었다. 자유를 앞세운 민주주의가 자유민주주의, 그리고 평등을 앞세운 것이 민주-사회주의 또는 공산주의였다면 우애민주주의는 '나만-이즘' 아닌 '너도-이즘'의 마음가짐을 갖도록 국민 의식을 개조해 가면서 공생의 정치질서를 만들자는 주장이었다. 하토야마 유키오 수상은 이런 정신으로 한국과의 관계 개선, 중국과의 관계 정상화에도 관심을 가지고 노력을 폈으나 1년 만에 수상직에서 물러나 별 효과를 내지 못했다.

1987년 이한기 한일문화교류기금 이사장을 수행하여 동경회의에 갔을 때 나는 다케시타 노보루(竹下 登) 수상을 집무실에서 만났다. 좋은 이야기도 많이 들었지만 그보다도 그의 검소함과 맑은 마음가짐에 감동을 받았다. 해진 소파가 놓인 작은 집무실은 도저히 일본의 총리 대신 사무실이라 보기 어려웠다. 그의 사무실 벽에는 천황 부부 사진과 진금부도(眞金不鍍)라고 쓴 액자 하나가 걸려 있었다. 내가 그 액자를 왜 중히 여기는지 물었더니 자기 좌우명이라 했다. 바른 마음을 가지면 굳이 이를 미화(美化)시킬 필요가 있겠는가라고 했다. 소탈하고 정직해 보이는 그의 모습에서 훌륭한 정치 지도자의 참모습을 보았다.

2) 대만의 정치 지도자들과 중국의 지도자들

김준엽 교수가 대만의 원로 정치인 항리우(杭立武) 선생과 협의하여 '다음 세대 지도자들 간의 우의'를 깊게 하여 긴 안목에서 한국과 '중화민국' 간의 관계를 돈독히 만들자고 '젊은이끼리의 만남'을 추진하였는데 내가 그 프로그램에 선발되어 대만의 정치-학계 지도자들과 50년간 가까이 지냈다. 그리고 내가 만든 연구소와 대만 국립정치대학 국제관계연구소 간의 연례 학술세미나와 대만 원경기금회(遠景基金會)와의 전략대화 등을 꾸준히 해오면서 많은 대만 친지들을 갖게 되었다. 웨이융(魏鏞), 첸푸(錢復), 린비자오(林碧炤), 장샤오옌(章孝嚴), 장징위(張京育), 샤오위밍(邵玉明), 마잉주(馬英九) 등과는 오랜 우정을 쌓았다.

연례회의로 타이페이를 방문할 때 중국 정부 주선으로 외교부장, 총통 예방도 자주 있었다. 리덩후이(李登輝), 천수이볜(陳水扁), 마잉주 총통도 그래서 몇 번 만났다. 2007년에는 천(陳) 총통이 나와 공로명(孔魯明) 전 외무장관, 최병렬(崔秉烈) 전 한나라당 대표, 이재춘(李在春) 전 주러대사를 초청하여 금문도 방문, 국방부 방문의 기회를 주었다.

이들 지도자들의 공통점은 철저한 애국심과 공렴근검(公廉勤儉)의 공직자 정신이었다. 그리고 대만이 처해 있는 어려운 환경을 의식한 철저한 현실주의 정책 추구 의지였다. 허세를 부리는 공직자도 없었고 부패한 공직자도 없었다. 오직 먼 앞날을 내다보면서 최선을 다하여 중화민국의 정체성을 지키려 애썼다. 나는 우리나라의 젊은 정치인들과 비교되어 부끄러움을 느꼈다. 그리고 그들의 처신에서 많은 배움을 얻었다.

중국과는 한국국제교류협회가 마련한 '한중 미래포럼'에 참여하면서 중국 정부의 주요 인사들을 많이 만났다. 1994년 조어대(釣魚臺)에서 시작한 한중 미래포럼에는 주룽지(朱鎔基) 등 한중 양국의 비중있는 지도급 인사가 많이 참가했다. 한중 미래포럼은 한중 관계 발전에 가장 큰 기여를 한 공공외교였다. 북경에서 회의했던 때는 탕자쉬안(唐家璇) 외교부장, 리루이환(李瑞環) 정치협상회의 주석 등이 오찬, 만찬을 주최했다. 나는 2002년 제9차까지 계속 참석했다. 그리고 내가 책임 맡고 있는 신아시아연구소(이하 신아연)와 중국공산당 중앙당교의 개혁개방포럼과의 전략대화, 신아연과 상해국제문제연구원과의 전략대화

몽골과 수교한 후 19년간 스무 번 이상 몽골을 방문했다. 홉스골 호수를 방문했을 때의 사진이다.
김재순 의장도 참석했다.

를 통해서도 주요 지도자들을 많이 만났었다.

기억에 남는 만남은 1998년 서울에서 후진타오(胡錦濤) 부주석을
만난 것과 2001년 10월 중국국제교류협회의 초청으로 북경을 방문
하여 중난하이(中南海)에서 첸치천(钱其琛) 부주석을 만나고 중련부장(中
聯部長) 다이빙궈(戴秉国)와 만나 허심탄회하게 한중 관계를 논의했던
때였다. 중국 정부에서는 직위가 높을수록 솔직한 토론이 가능했다.
2000년에는 쩡칭훙(曾慶紅)을 서울의 외무장관 공관에서, 그리고 주룽
지 총리를 청와대 만찬에서 만났다.

중국과의 많은 만남에서 중국 지도자들의 '고민'을 느낄 수 있었으
나 속 시원히 문제를 인정하고 토론하는 일은 없어서 배울 것은 별로
없었다.

3) 헬무트 슈미트와 나차긴 바가반디

나는 현인택(玄仁澤) 통일부 장관이 2011년 독일 정부에 부탁하여 독일통일 경험을 전수받기로 하여 만든 한독통일자문위원회에 참가하면서 10년 동안 독일통일 과정에서 겪었던 어려운 문제 등에 대하여 많은 배움을 얻었으나 가장 기억에 남는 배움은 헬무트 슈미트(Helmut Schmidt) 전 독일 총리와의 만남에서 얻었다.

1993년 봄 신현확(申鉉碻) 총리가 마련한 파리에서 열린 '전직국가원수회의(InterAction Council)'에서 가진 독일통일과정 평가회의에 신 총리의 부탁을 받고 참석하여 사흘 동안 독일통일 과정 재분석 논의를 방청할 때 나는 많은 것을 배웠다. 신 총리와 함께 공동의장을 맡았던 슈미트 총리는 회의가 끝난 후 따로 만난 자리에서 내게 "통일을

(재)한일문화교류기금이 일본 하코네에서 가졌던 2010년 '한일 원로간담회' 때 사진. 이 회의에 한국측에서는 김재순 전 국회의장, 이홍구 전 국무총리, 최병렬 한나라당 대표, 공로명 전 외무부 장관, 김대중 조선일보 주필, 김수웅 기금 상임이사 등이 참가했다. 회의는 내가 주관했다.

몽골과 수교한 후 19년 동안 24회 몽골을 방문했다.
몽골 바가반디 대통령은 내게 우의훈장을 주었다.

하려면 미국과 일본과의 협력 관계를 확실히 하라"고 일렀다. 한일 관계를 잘 알고 있는 슈미트 총리는 과거사는 역사학자들에게 논의하게 하고 현실 정책 수립에서는 현재의 일본을 놓고 생각하라고 했다. 이념 동질성, 미국과의 관계, 경제적 유대 관계 등을 놓고 보면 한국은 통일에 필요한 외교적·경제적 도움을 일본에게 구해야 한다고 했다. 슈미트 총리는 그 뒤 한국에 두 번 와서도 나를 만나 이러한 '현실적 정책 마음가짐'을 강조했었다. 고마웠다.

한국은 1990년 몽골과 국교를 수립했다. 그해 9월 울란바타르에서 8개국 협력회의가 열렸는데 최호중(崔浩中) 외무장관이 사정이 있어 갈 수 없게 되어 외무부 정책자문위원장직을 맡고 있던 내가 대신 참가하였다. 그 방문에서 몽골 정부의 간곡한 부탁을 받고 서강대학교 동아연구소와 몽골사회과학원이 연례 학술회의를 하기로 합의하였다. 그 뒤에 내가 책임 맡고 있던 신아연과 '몽골 21세기 포럼'과의 연례회의로 바꾸어 10년간 계속했다. 이 과정에서 몽골의 나차긴 바가반디(Natsagiin Bagabandi) 대통령과 가까워져 그의 부탁을 받고 몽골이 민주화한 이후 15년의 역사를 신아연에서 『새 몽골이 온다』라는 책으로 발간하였다. 신아연은 약 200여 명의 '관심을 가진 한국 분'이 몽골을 답사할 수 있는 기회를 만들어 주었다.

바가반디 대통령은 몽골의 뒤처진 경제체제를 개선하기 위해 많은 노력을 기울였으며 신아연도 그 노력을 도왔다. 그 과정에서 바가반디 대통령과는 무슨 문제든 솔직히 상의하는 관계가 되었다. 그의 애국심에 감복하여 나는 최선을 다하여 그를 도왔다. 바가반디 대통령은 내게 2005년 나이람달(Nairamdal) 훈장(우의훈장)을 수여했다.

국제화된 새로운 세계질서 속에서 한국이 살아가려면 국제사회에서 정부 간의 외교 못지않게 민간 차원의 협력 관계를 넓고 깊게 구축해 나가야 한다. 특히 민주주의 국가에서는 국민이 주권자이므로 국

바가반디 대통령의 부탁을 받아 신아연(新亞硏)은 몽골의 새로운 역사를 정리한 『새몽골이 온다』(기파랑. 2006)라는 책을 발간하였다. 필자들인 신아연 회원들과 칭기즈칸 고향인 헨티 허흐노르를 찾았다.

민과 국민 간의 상호 신뢰가 형성되어야 국가 간 관계도 튼튼히 맺어질 수 있다.

일하면서 배우는 30년 동안 기회가 있을 때마다 바깥세상에 나아가 많은 사람을 만나고 배워 한국사회가 국제사회에서 고립되지 않도록 해야 한다. 밖에서 들여다보아야 한국사회의 문제가 입체적으로 이해된다.

7. 한림대 총장직이 넓혀준 안목

조직 속에서 내 자리를 지키며 살아가는 것과 그 조직을 내 책임 아래 두고 이끌어가는 삶은 같지 않다. 조직 운영의 책임을 맡으면 생각의 틀이 바뀐다. 나의 삶을 넘어 '조직의 삶'이 생각을 지배하게 되고 구성원 모두의 삶이 나의 관심 대상이 된다. 그래서 마음가짐 자체가 달라진다. 나는 평생에 수천 명으로 이루어진 조직을 관리하고 이끄는 경험을 해보지 않았었는데 한림대학교가 그 귀한 기회를 내게 마련해주었다. 그렇게 고마울 수가 없었다. 전공이 다른 수백 명의 교수들과 조직을 움직이는 수백 명의 직원들, 그리고 수천 명의 젊은이들을 학생으로 받아 가르치는 대학교를 운영한다는 것은 내게는 귀한 경험이 되었다. 많은 사람을 만나 많은 배움을 얻을 수 있는 기회였다.

나는 서강대 교수직을 마감하고 2003년 한림(翰林)대학교 제5대 총장이 되었다. 한림대의 윤대원(尹大原) 이사장, 현승종(玄勝鍾) 전 총장, 정범모(鄭範謨) 전 총장 등의 배려로 내가 꿈꾸던 한림대 총장을 맡게 되었다. 내게는 분에 넘치는 영광이었다. 대학총장직은 내가 해보고 싶었던 일이었다.

미래는 사람이 만드는 작품이다. 오늘과 내일을 연결하는 것은 교육이다. 바라는 미래를 만들려면 내일을 이끌 사람을 오늘 길러야 한다. 국민 모두가 고르게 풍요를 누리고 인간 존엄성이 보장되는 자유를 누리는 건강한 민주공화국 대한민국을 만들려면 이런 나라를 만들 새 세대의 지도자들을 길러야 한다. 바른 생각과 폭넓은 지식을 갖춘

취임식에서 윤대원 이사장의 환영 인사.

인재들을 양성하는 요람을 만들어보자는 꿈은 대학교수를 천직으로 삼고 살아온 사람들이라면 모두가 간직해왔던 필생의 과업이 아니겠는가? 내게 이런 기회를 준 한림대에 나는 깊은 감사를 드린다.

나는 한림을 글자 그대로 '뛰어난 학자들의 숲'으로 만들고 싶었다. 우리나라에 대학은 많다. 그 중의 하나로 '있어도 좋고 없어도 좋은 대학'으로 남아서는 의미가 없다고 생각했다. 한(翰)은 모든 것을 갖춘 뛰어난 선비를 뜻한다. 참선비의 덕목과 폭넓은 지식을 갖춘 선비가 '한'이다. 모든 뭇새보다 높이 나는 상상의 새에 비유한 말이다. 더 높은 곳에서 날아야 더 멀리, 더 넓게 볼 수 있다. 림(林)은 이런 선비들의 모임이다. 그래서 옛부터 중국에서 최고 선비들의 모임을 한림(翰林)이라 했다. '한림원', '한림학사'가 모두 이런 뜻의 한림이다.

작지만 '최고 지성의 요람'이 될 학교, 참선비의 덕목과 최고의 교양을 갖춘 지도자를 키우는 대학을 만들고 싶었다. 한림에서 참선비

학생들과 어울리는 기회를 자주 가졌다.

의 덕목과 교양을 갖춘 후 좋은 대학의 대학원으로 진학할 수 있는 '교양 중심 대학'을 머릿속에 그려 보았다. 마침 한림대학교는 "시류에 휩쓸리지 않고 떳떳하게 시대를 앞서가는 선도자를 키우는 것"을 건학 목표로 설립자인 윤덕선(尹德善) 초대 이사장이 세운 대학이어서 "높은 하늘에 떠서 멀리 그리고 넓게 세상을 굽어보는 한비(翰飛)의 안목으로 역사의 흐름을 주도할 소수정예의 인재를 기르는 대학"의 창학 정신이 나의 꿈과 일치하여 나는 그 창학 정신인 한비정신(翰飛精神)을 펼쳐 보자고 결심했다.

한림은 개교 20년의 짧은 역사를 가진 젊은 학교였지만 현승종(玄勝鍾), 고병익(高柄翊), 정범모(鄭範謨), 이기백(李基白), 노명식(盧明植), 양호민(梁好民) 등 한국 학계의 정상에 오른 원로학자들이 이미 길을 닦아 놓아 명문 대열에 올라서 있었고 윤대원(尹大原) 이사장이 열성을 다하여 학교 발전에 헌신하고 있어 나는 앞선 총장들이 열심히 닦아 놓은 길을 넓혀 가면 되리라 생각했다.

나는 우선 한림이 키우고자 하는 한림인(翰林人)이 갖추어야 할 덕목으로 한림 5덕(翰林五德)을 정하였다. 자존(自尊), 수기(修己), 위공(爲公), 순리(順理), 박애(博愛)를 한림인이 갖추어야 할 덕목으로 선정했다. 그리고 기초 교육대학을 신설하여 입학생 전원을 1년간 교양교육 중심으로 훈련시키기로 했다. 교양대학의 강의는 전국에서 각 분야의 최고로 알려진 원로교수를 특임교수로 초빙하여 담당하도록 했다. 한영우(韓永愚), 정진홍(鄭鎭弘), 진덕규(陳德奎), 이동준(李東俊), 공로명(孔魯明), 이재춘(李在春), 김용구(金容九) 등을 포함하여 8명의 특임교수를 우선 초빙하였다. 그리고 학생들에게 한민족의 정신문화를 계승시키는 데 필요할 것이라 여겨 태동고전연구소(泰東古典研究所)를 활성화시키고 새로 율곡연구소(栗谷研究所)를 만들었다. 이 일을 앞장서서 지휘해 준 이동준 교수에게 나는 큰 빚을 졌다.

온 세계가 하나의 공동체로 묶이는 초연결 시대에 들어서는 데 대응하여 학부의 지역학과를 확충하고 서울에 '한림국제대학원대학교'를 새로 설립하였다. 외교, 안보 영역에서 종사하는 고급 공무원의 전문성을 높이는 특수 과정을 운영하기 위해서였다. 세계가 하나의 삶의 공간이 된다는 생각에서 학생들의 안목을 넓히려고 추진했던 계획이었다.

한림국제대학원대학교는 외교실무자 훈련 기관으로 발전시킬 계획이어서 그 분야 전문가들을 교수로 초빙하였다. 박용옥(朴庸玉) 전 국방부 차관, 구본학(具本學)과 김태호(金泰虎) 전 한국국방연구원 연구위원 등을 교수로 영입하고 외교안보연구원 교수 몇 분을 시간강사로 초빙하였다.

한림대학교 법인 이사들도 이사장과 협의하여 몇 분 새로 모셨다. 이홍구(李洪九) 전 국무총리, 정구영(鄭銶永) 전 검찰총장, 안병훈(安秉勳) 전 조선일보 부사장, 김학준(金學俊) 전 동아일보 사장 등 각계의 대표적 인사를 이사로 모셨다.

마침 동양철학 전문가를 양성하는 태동고전연구소(泰東古典硏究所)가 한림대학교 기구로 되어 있어 이 연구소를 활성화하여 한림대를 한국 전통사상 연구 중심 대학으로 발전시키기로 마음먹고 성균관대학교 유학대학장과 한국철학연구소장을 역임한 이동준(李東俊) 교수를 소장으로 모시고 확장 계획을 세워 연구소를 '특수대학원'으로 만들기로 했다. 여기에 힘을 보태기 위해 율곡연구소(栗谷硏究所)와 율곡학회도 만들었다. 퇴계학은 도산서원, 영남대 퇴계연구소 등의 활동으로 자리 잡혀가고 있었으나 율곡학은 소외되고 있어 이를 한림대학교가 이끌어 나가게 하려 했다.

한림대학교 총장으로 보낸 6년은 나에게는 귀한 시간이었다. 많은 석학들을 동료로 모시고 직접 배움을 얻을 수 있는 기회였기 때문이었다. 특임교수로 계시던 양호민(梁好民) 교수에게서는 조선공산당 운동의 역사와 북한체제에 대하여 많은 가르침을 얻었고 정범모(鄭範謨) 교수로부터는 '행동과학'(behavioral science)에 대한 가르침을 받았다. 이동준 교수는 한국철학사상의 역사에 대하여 내가 기초를 다듬는 기회를 가지도록 해주셨다.

2004년에 만든 한림국제대학원대학교는 원래 한림대학교의 특수대학원으로 만들어 서울에서 운영하려고 했었다. 그러나 정부에서 지

한림대 정문. '한림 5덕'을 상징하는 다섯 기둥을 세운 문을 내가 설계했다.

방 대학교의 서울 분교를 허용하지 않아 독립된 법인으로 창설할 수밖에 없었다. 설립 목적이 국제화 시대에 국제관계 업무를 담당할 외교관 등 전문 요원들을 양성하는 고등훈련기구로 만드는 것이었는데 제약이 많아 설립 목적대로 운영할 수 없었다. 그래서 2009년 10월에 발족한 이명박 정부의 「외교경쟁력강화위원회」의 위원장을 내가 맡아 외교관 충원 방안을 새로 만들 때 기존의 외교안보연구원을 국립 특수대학원으로 만들어 외교관을 양성하는 방안을 만들기로 하였다.

한림국제대학원대학교가 생각대로 자리 잡지 못했으나 대학교 설립 준비 과정에서 외교부, 교육부, 청와대의 관련 인사들과 자주 접촉하면서 '정부의 의사결정 과정'에 대한 많은 지식을 얻을 수 있었다. 정부 정책도 국가 전체의 이익보다 관련 부처의 이익이 앞서기 때문에 바른 선택이 어렵다는 것도 그때 배웠다.

한림대에서 보낸 6년의 세월은 나의 일생에서 가장 소중한 시간이 었다. 열심히 일했다. 그러나 주어진 현실적 제약이 많아 '최고의 교양전문의 명문대'를 만들어보겠다던 나의 꿈의 일부밖에 펼치지 못해 아쉬웠다. 그래도 언젠가는 누가 나와 같은 꿈을 이어가리라 믿으면서 2009년 한림을 떠났다.

2003년에 시작된 한림대학교 총장직은 2007년에 마쳤고 2004년에 설립하면서 맡았던 한림국제대학원대학교 총장직은 2008년에 마쳤다. 6년에 걸친 한림대 생활은 내게는 소중한 '공부의 기회'를 주었다. 귀한 만남과 얻기 어려운 배움을 얻은 축복의 시간들이있다.

8. 화이불류의 정신으로

1) 겸손한 위공(爲公) 정신 가져야

나는 누구인가? 의식과 육체를 갖춘 생명체라고 보는 견해가 있다. 내 몸 밖에 있는 모든 존재와 현상은 내가 갖추고 있는 감각기관인 눈, 귀, 코, 혀, 몸, 마음(目, 耳, 鼻, 舌, 身, 意)으로 감지한다. 색, 소리, 냄새, 맛, 촉감, 느낌으로 사물과 현상을 알아낸다. 이것이 우주 환경의 구성체 모두일까? 모른다. 다른 감각기관이 감지할 수 있는 것이 있을지 모른다. 우리가 감지하는 공간은 3차원 공간이다. 여기에 시간을 보태면 4차원의 장(場)이 된다. 이것이 우리 삶의 환경의 전체 모습일까? 아닐 것이다. 우리가 가진 제한된 정보 획득 기관이 감지한 것이 전체일 수 없다. 알지 못할 뿐이다.

사람은 사회적 동물이다. 혼자 살 수 없다. 모여서 삶에 필요한 일을 나누어 하면서 사는 분업체계를 갖춘 집단생활을 하는 존재들이다. 더구나 혼자 살 능력이 없는 어린 생명으로 태어나 부모의 도움으로 어른이 될 때까지 산다. 부모 자식 관계, 형제 관계, 이웃과의 공존 관계 등으로 '조직 속의 존재'로 살아간다. 그래서 사람은 '사회적 동물'로 분류된다.

삶의 환경을 이루는 조직은 가족-친족-씨족-부족-나라로 확장된다. 나는 이런 조직 속의 하나의 구성원으로 살아간다. 나의 사회적 존재는 다른 구성원과의 관계의 합이다. 인식론을 다루는 철학자 중에는 나의 주체성을 속성(attribute)의 장(field) 속에서의 위치, 즉 속성 벡터들의 집합점으로 인식하여야 한다는 사회장 이론(social field theory)을 주장하는 학자들도 있다. 쉽게 설명하면 내가 맺는 다른 사람과의 관계의 총합이 곧 나의 정체성이라는 주장이다. 가족, 친지뿐만 아니라 사회 활동을 하면서 맺어지는 사람들과의 '관계'의 총화가 '나'라는 사람의 정체성으로 인식된다는 이야기이다. 그런 뜻에서 내가 만나는 사람과의 관계에서 나의 '사회적 정체성'이 결정되고 그 관계에서 배움을 얻어가면서 나의 사회적 위치가 결정되며 그 관계를 바탕으로 내가 배움을 얻을 뿐만 아니라 상대에게 내가 영향을 주면서 살아간다고 할 수 있다.

인생 제2기인 '일하면서 배우는 30년'은 나의 사회적 책임을 다하는 기간이다. 남을 돕고 내가 속한 사회를 '좋은 세상'으로 만드는 데 기여하는 삶을 사는 기간이다. 일하면서 배움을 얻기도 하지만 내가 갖춘 지식과 기예를 써서 남을 돕고 내가 속한 '우리 사회'를 발전시키는 데 기여하는 삶을 사는 기간이다.

사회적 책임을 다하는 봉사의 삶을 살아가려면 남을 위한 마음가짐을 굳혀야 한다. 남을 돕는다는 것은 나의 사사로운 이해를 넘어서 모두가 잘사는 사회를 만드는 데 나의 시간과 노력을 바친다는 위공(爲公)의 마음을 가져야 할 수 있는 일이다. 나의 편의, 나의 풍요의 일부를 희생하여 남을 돕는다는 것은 상대의 행복이 나의 기쁨으로 느껴지는 마음가짐을 가져야 가능한 일이다.

인간은 우주의 구성 요소 중 하나이다. 우주를 지배하는 원리가 있어 모든 사람은 그 원리를 따라야 한다. 남을 돕고 내가 속한 사회의 평안을 돕기 위해서는 우주를 지배하는 가치관, 규범을 터득하고 이에 맞추어 나가야 하는 순리(順理)의 마음가짐을 가져야 한다. 나만의 가치관을 강요하는 일은 피해야 하며 상대를 괴롭히는 일을 삼가야 한다. 그러기 위해서는 나를 다듬어 내 삶이 우주의 질서, 자연의 가치 기준에 맞도록 만들어야 한다. 남을 돕는 것은 그 상대를 아끼고 사랑하는 마음이 있을 때 가능하다. 끊임없이 나를 다듬는 노력이 있어야 남을 도울 수 있다. 그래야 제2기 인생, 남을 돕는 30년 동안은 끊임없이 배우면서 일하는 30년이 된다.

한 사람이 공을 들여 쌓아온 지식과 지혜를 열 사람에게 전하여 그들을 사회를 이끄는 일꾼으로 키운다면, 그리고 그들이 또 나서서 열 사람을 감화시킨다면 그 사회는 서로 도우며 살아가는 '모든 구성원이 행복한 삶을 누리는 세상'이 되지 않겠는가? 우리가 모두 위공(爲公)의 마음가짐을 가지고 헌신한다면 제2기 인생 30년 동안 우리가 함께 사는 공동체를 '모두가 행복한 삶의 터전'으로 만드는 일에 공헌한다는 자부심을 가지고 살게 될 것이다.

봉사하는 마음의 가장 중요한 요소는 성(誠)이다. 남보다 조금 앞서는 지식과 지혜를 가졌다고 가볍게 봉사한다면 잘못이다. 최선을 다하는 마음가짐을 가져야 한다. 나의 지식, 나의 능력을 모두 쏟을 때 맡은 일이 바르게 이루어진다. 가르치는 교육자라면 배우는 사람이 얻는 바가 더 커지고 만드는 일을 하는 경우라면 만들어낸 제품의 질이 더 좋아진다. 정성을 다하는 마음가짐을 가져야 맡은 일이 바르게 이루어진다. 정성을 다하는 가르침이어야 배우는 사람을 감동시켜 바르게 가르침을 받아들이게 한다. 성의껏 만드는 노력이 제품의 하자를 피하게 한다.

제2기 인생인 봉사하는 30년은 일하면서 배우는 시기이다. 일하면서 만남이 이루어지고 그 만남에서 내가 배움을 얻는다. 맡은 일을 성실히 하면 배움도 커진다. 일하면서 배우는 제2기 인생 30년에 사람은 커진다. 30년의 봉사를 어떻게 마쳤는가에 따라 우리의 삶의 보람이 결정된다. 제1기 인생에서 그려 보던 자기의 상(像)이 완성되는 과정이 제2기 인생이고 이 과정이 마무리될 때 자기가 미리 그려 보던 자기의 '바람직한 모습'이 완성된다.

2) 성(誠)과 경(敬)의 마음가짐

인생의 두 번째 30년은 사회구성원의 하나인 내가 속한 공동체의 원활한 작동을 위해 헌신하는 시기이다. 첫 30년에 갈고닦은 지식과 능력으로 공동체의 원활한 작동에 도움을 주는 시기이다. 쌓아온 지식과 능력으로 헌신하면서 협동해서 얻어지는 배움을 쌓아가는 시기이다. 어떤 마음가짐으로 이 시기를 살아나가야 할까?

두 번째 30년이라는 시기는 '사람은 우주 대자연의 한 구성원으로 자연을 지배하는 질서를 존중하여야 한다'는 것을 깨달은 시기이다. 그래서 이 시기에 사회 봉사하는 마음 자세는 대자연의 질서, 하늘의 질서를 존중하는 마음가짐이 삶의 기본 틀이 된다.

자연, 즉 하늘의 질서가 사람의 마음속에 자리 잡으면 성(性)이라 한다. 이 성에 따라 살겠다는 마음가짐이 도(道)이다. 이 도로 남을 대하는 마음가짐이 성(誠)이다. 그리고 성에 바탕으로 두고 다른 사람, 상대를 존중하는 마음가짐이 경(敬)이다. 성과 경을 갖춘 행위가 일하며 봉사하고 배우는 제2기 인생의 행위 지침이 된다.

공자(孔子), 맹자(孟子)를 위시한 유교철학 전통에서는 이상적인 사회 질서를 예악질서(禮樂秩序)로 보았다. 자연질서 속에서 정해진 서열을 존중하고 서로 화합하는 상호존중의 관계로 이루어지는 질서를 이상 적 질서로 보았다(禮者天地之序, 樂者天地之和. 禮以地制, 樂由天作). 예악질서 가 자리 잡히면 모든 공동체 구성원 간의 평화가 이루어진다고 했다.

첫 30년에 쌓아온 성(誠)과 경(敬)으로 사회봉사를 하면 그 봉사 과 정에서 새로운 배움을 얻게 된다. 상대하는 사람들의 성경(誠敬)의 마 음가짐에서 내가 미처 깨닫지 못했던 것을 배우게 되고 나와 다른 환 경에서 자란 사람과의 만남에서 새로운 '남을 대하는 마음가짐'을 배 울 수 있게 된다.

3) 나를 지키면서 배워야

겸손이 지나치면 나를 잃게 된다. 상대를 존중하되 나를 잃으면 안 된다. 나보다 공부가 더 많이 쌓인 사람, 경험이 많은 사람과의 만남 에서 상대의 앞선 지식을 배워 얻고 상대의 큰 틀의 일처리 방법을 접 하면서 배우게 되면 자칫 나를 잃게 된다. 자신을 가져야 한다. 나는 어디까지나 나다. 남의 논리와 주장에 예속되어서는 안 된다. 남의 것 을 배워 내 것을 더 충실하게 하는 것이 '배움'이지 나를 버리고 남을 추종하여서는 안 된다.

옛 성인들도 화이불류(和而不流)를 강조했다. 남의 주장에 부딪혀 남 의 것을 무시하라는 것이 아니다. 남의 것에서 얻은 배움을 내 것에 보태어 더 깊고 크게 하라는 것이다. 배우는 마음 자세가 오만해서는 안 되나 내 것을 버려서는 안 된다. 다만 나만 옳다고 고집하지 말자는 것이다.

　인류의 역사는 국가 중심의 세계질서에서 '하나의 지구촌'으로 삶의 터전이 하나로 통합되는 과정을 밟고 있다. 그러나 삶의 양식 자체가 균일화한다는 것이 아니다. 각각 자기 문화와 삶의 양식을 지키면서 협동하는 '세계화'가 진행되고 있다. 이런 흐름 속에서 자칫 자기의 정체성을 잃는 경우가 생겨난다. 이럴 때일수록 자기 것을 지키면서 남의 것을 존중하고 배우는 화이불류(和而不流)의 자세가 중요해진다. 내 것을 버리고 남의 것을 얻어 오는 것이 아니라 내 깃을 지키면서 남의 것을 배워 보태는 것이 바른 자세이다. 나라 안에서도 마찬가지이다. 자란 배경이 다르고 배움의 환경이 다르면 지식과 지혜가 사람마다 다를 수 있다. 이럴 때일수록 화이불류의 마음가짐이 중요해진다. 내 것에 다른 사람의 것을 보태야 내 것이 커지고 나의 사회봉사 능력이 커진다.

4) 법고창신(法古創新) - 끊임없는 자세 보완 있어야

　제1기 30년의 '배우는 인생'에서 쌓아온 지식과 지혜로 제2기 '일하면서 배우는 30년'에 공동체 봉사의 삶을 산다고 새로운 배움을 경시하여서는 안 된다. 공동체 자체가 흐르는 시간 속에서 계속 변하고 이에 따라 공동체가 요구하는 봉사도 계속 달라진다. 당연히 사회봉사의 영역, 내용, 방식도 계속 변한다. 이러한 변화에 적응하려면 봉사의 내용과 방식도 변하여야 한다.

공동체는 생명체 같아서 필요로 하는 봉사도 끊임없이 변하므로 이에 맞추어 나가려면 봉사에 나선 사회 구성원의 활동도 계속 새로워져야 한다. 공동체 조직, 질서의 틀을 유지하면서 작동 방식을 개선해 나가는 법고창신(法古創新)의 노력이 있어야 한다.

역사 흐름이 완만하던 19세기까지는 100년이 안 되는 인간의 삶 동안 큰 변화가 없어 한 사람의 당대에 봉사의 내용과 방식이 크게 변하지 않아도 되었으나 모든 삶의 방식이 급변하는 21세기적 환경에서는 사정이 다르다. 제1기 배움의 30년에 쌓은 지식과 지혜로는 공동체가 요구하는 봉사를 감당할 수 없게 되었다. 끊임없는 배움이 필요해진다.

21세기의 사회 공동체의 구성도 과거와 많이 달라지고 있다. 한국 사회의 예를 든다면 '산업화 세대', '전후 세대', 'MZ 세대', ' 알파 세대' 등 연령층 별로 다른 생각, 다른 요구를 가진 세대들이 공존하고 있어 앞선 세대 사회 구성원들은 다음 세대의 요구를 이해하지 못하여 어려움을 겪게 된다. 세대 간 생각의 차이를 이해하고 이에 맞춘 사회봉사를 하려면 쉼 없는 '자기 생각'의 재조정이 불가피해진다. 이미 한국 사회에서는 세대 간 가치관의 차이가 공동체의 안정을 위협하는 수준까지 이르렀다. 사회 안정을 위해서는 사회 중추 세력을 이루는 '제2기 30년의 사회봉사기'에 들어선 세대와 다음 세대 간의 '만남과 배움'이 제도적으로 확장되어야 한다.

칭기즈칸은 모든 몽골인들의 '자부심'이다. 새 몽골이 자리 잡히면서 세계에서 제일 큰 징기스칸 동상을 세우고 그 속에 기념관을 설치하였다. 큰 뜻을 세워야 큰 성과를 이룬다.

제3장

'제3기 인생의 나'를 완성하는
마음가짐 다지기

'제3기 인생의 나'를 완성하는 마음가짐 다지기

일하면서 배움을 얻는 제2기 인생에서는 일을 앞세우다 보니 행위 선택이나 사태 판단의 기준이 일 중심으로 이루어진다. 맡은 직책에 충실하기 위하여 직 수행에 도움이 되는 방향으로 행위 선택을 하거나 사태 판단을 하게 된다. 그러나 직에서 은퇴하게 되면 이러한 제약이 없어진다. 매이지 않은 삶에서 자유롭게 자기가 그려 보는 자기상(自己像)에 이르는 길을 찾아 행위도 선택하고 사태 판단도 할 수 있어 자아 완성을 위해 삶을 맞추어 가는 자유로운 시간을 갖게 된다. 그래서 제2기 인생에서 묶여 있던 직에서 풀려난 자유로운 인생 제3막을 열 수가 있게 된다. 직장에서의 은퇴는 인생 여정의 종착역 도착이 아니라 자유로운 인생 제3막의 시작이 된다. '매이지 않는 삶에서 마음 다듬기를 하는 자유로운 시간'의 시작이 된다.

다니던 직장에서 정년퇴직할 때 겪는 허탈감은 가장 경계해야 할 마음가짐이다. 이 세상에서 나는 더이상 '사용 가치가 없는 사람'으로 분류되어 아무도 가까이하지 않을 것이라는 생각을 갖게 되기 쉽다.

출근할 곳도 없고 나를 반기는 곳도 없으니 갈 곳도 없고.... 이런 생각이 그동안 다져왔던 자신감, 자존감을 허물어 버리게 된다. 이런 마음가짐은 자기의 삶을 황폐하게 만든다.

　제3기 인생을 진정한 자아완성의 삶의 시작으로 생각하는 마음가짐이 중요하다. 의식적으로라도 자아완성의 길에 들어서는 문을 열어야 한다. 모든 세상사가 그렇듯 자기의 마음가짐 다지기도 자기 결심에 따라 이루어진다. 일체유심조(一切唯心造)라 하지 않는가!

1. 매이지 않은 마음 다듬기

일하며 배움을 얻던 제2기 인생 때는 나이도 젊었고 쌓인 경륜도 짧아 판단이 미숙하였다고 할 수 있지만 제3기 인생이 시작되는 예순부터는 젊었을 때보다 원숙해진 생각으로 세상살이를 살필 수 있게 된다. 젊었을 때 보지 못했던 넓은 삶의 공간을 살필 수 있게 되고 부담없이 삶의 영역을 넓혀서 생각하는 큰 그림을 그릴 수 있게 된다. 제3기 인생을 살 수 있는 건강을 가진 사람은 축복받은 삶을 하늘로부터 선물 받은 사람이라 할 수 있다. 삶의 시작이라 할 제1기 인생 30년, 그리고 일하며 배우던 제2기 인생의 30년 동안 일상(日常)과 부딪히며 터득한 삶의 지침들을 바탕으로 삶을 시작할 때의 나(我), 일하면서 성장했던 나(我)를 모든 제약을 털어버린 자유로운 상태에서 다시 그려보는 데서부터 자아 완성의 새로운 '마음 다듬기'를 시작해 보게 된다. 자유로운 조건에서 '나'의 그림을 완성해 볼 수 있게 된다.

세속(世俗)에서 해방되면 '넓은 우주 속의 나'를 볼 수 있게 된다. 사람의 존재는 광대한 우주의 조그마한 구성물이다. 사람은 우주 대자연의 질서 속에서 허용된 조건의 틀에 묶인 채 삶을 영위하는 하나의 생명체이다. 인간이 만든 세속의 제약에서 벗어나면 다른 우주 속의 생명체들과 같이 대자연의 흐름 속에서 자유롭게 삶을 영위할 수 있게 된다.

우주는 어디에 존재하는가? 인간이 감지하기 때문에 존재한다. 그런 뜻에서 내 속에 우주가 있다고 생각해도 된다. 그래서 옛 성인들은 인간의 마음은 '탄토육합(呑吐六合)', 즉 온 우주를 마음에 담을 수도 있고 뱉어낼 수도 있다고 했다. 이러한 생각을 품에 안고 내가 삶을 영위해 나가는 데서 지키려는 마음가짐을 다스려야 한다.

맡은 일을 제대로 하기 위해 여러 가지 제약을 받거나 마음속에서 미처 정리하지 못했던 아집(我執)과 욕심에 묶여 자기가 그려 놓은 자기의 이상상(理想像)과 어긋나는 처신을 할 수밖에 없었던 '일하며 배우는 제2기 인생'의 제약에서 해방된 제3기의 자유로운 인생에서는 여유롭게 자기가 그린 '자기의 이상상'을 성취하기 위해 새로운 각오로 '마음 다스리기'를 할 수 있게 된다. 자아 완성(自我完成)의 시기에 들어선다.

공자(孔子)는 자기 스스로가 "일흔 살에는 마음 내키는 대로 행동해도 법도를 넘어서지 않게 된다(七十而從心所欲, 不踰矩)"라고 이러한 자유로운 마음 다스리기가 가능한 환경임을 밝혔다. 열심히 살아온 요즘 사람들도 공자와 같은 심정으로 제3기 인생을 맞게 된다.

태어나서 어른이 될 때까지 어른들의 가르침을 받아 나를 다듬던 제1기 인생, 그리고 일에 묶여 자유롭게 자기 마음을 다스리기 어려웠던 제2기 인생 시기를 지나 자유로운 환경에서 자기가 바랐던 자기의 모습을 다듬어 내는 제3기 인생은 그런 뜻에서는 일생 중 가장 의미있는 삶이라 할 수 있다.

나도 60년의 세월 속에서 만남과 배움을 타의(他意)로, 또는 제약 속에서 이루어왔던 경험을 바탕으로 제3기 인생에서는 자유로운 환경에서 새로운 각오로 '자아 완성'의 마음 다스리기를 하고 있다.

자아 완성의 마음가짐 다스리기를 할 때 지침으로 삼아야 할 '가치정향(價値定向)'은 이 책 첫머리에서 제시했던 다섯 가지 마음가짐으로 압축해 볼 수 있을 것 같다. 자존(自尊), 수기(修己), 순리(順理), 위공(爲公), 박애(博愛)를 지침으로 마음속에 간직하고 생각을 넓혀 나가면 자아 완성의 바른길로 들어설 수 있을 것이다.

다음에서 다섯 가지 마음가짐의 지도 이념을 하나씩 검토해 보고자 한다.

2. 다섯 가지 마음가짐

1) 자존(自尊)의 마음가짐

삶의 주체는 '나'다. 내가 나의 삶의 주체가 되어야 한다. 우주 삼라만상을 인식하는 주체가 '나'이므로 내가 죽으면 나에게서 우주 삼라만상도 소멸한다. 적어도 내게는 의미가 없는 존재가 된다.

삶의 주체인 나는 어떤 모습을 갖춘 존재이기를 원하는가? 내가 완성하려는 나의 모습은 어떤 모습이어야 하는가? 그런 '완성된 자아 모습'을 마음에 담고 항상 그 상(像)을 가꾸고 지키려는 자세가 능동적인 삶을 살려고 하는 사람들의 이상이다. 완성되었을 때의 자기상을 사랑하는 마음을 자존심이라 한다. 평생을 살아가면서 가장 공을 들이는 것이 '자기상의 사랑', 즉 이상적인 자기상을 존중하는 마음(自尊心)을 가꾸는 일이다.

자존심을 갖지 않은 사람은 어느 사회에서도 존경받지 못한다. 믿을 수 없기 때문이다. 자존심을 가진 사람은 남이 보거나 말거나 자기상을 지키기 위한 행위 선택을 한다. 자기가 사랑하는 자기상에 흠집을 내는 행위는 절대로 행하지 않는 자제력을 가진다. 군자신독(君子愼獨)의 마음가짐에 이른다.

사람은 자기가 처해진 상황에 따라 절실하게 소망하는 것이 달라질 수 있다. 사람은 생물이기 때문에 안전과 생존에 필요한 물자의 확보라는 원초적인 욕구를 1차적으로 추구하고 이와 관련하여 위험과 궁핍에 노출되지 않는 환경을 확보할 수 있는 자리에 있을 수 있는 조건을 가진 사람이 되어야겠다는 '자기상'을 그려 놓고 그 상을 이룰 수 있는 삶을 그리는 것이 정상이다. 그리고 이와 관련하여 공동체 속에서 그런 지위가 보장받는 사람이 되려고 노력하는 것이 일반적인 성향이다. 그래서 이루고자 하는 자기 모습, 나아가서 자기가 사랑하는 자기 모습, 즉 도달하고자 하는 '이상적인 자기 모습'도 사회 상층에 오른 부유한 자기 모습이 된다.

생명체로서의 인간이 그리게 되는 자아상(自我像)은 삶을 좀 더 크게 보는 지혜가 생기면 달라진다. 공동체 소속원들의 존경을 받는 사람이라던가 자기가 믿는 신의 가르침에 근접한 성인(聖人)이 자기의 이상상(理想像)이 될 수도 있다.

심리학자 매슬로(Abraham Maslow)는 인간은 처해진 삶의 환경에 따라 다섯 단계의 욕구를 가지게 된다고 했다. 기본적인 생리적 욕구(생명의 안전, 삶에 필요한 물자의 안정적 확보 등), 애정-소속 욕구, 존경받는 욕구에 이어 맨 위에 자아실현(自我實現) 욕구가 있다고 했다. 마지막 단계의 자아실현 욕구의 내용이 자유로워진 환경에서 추구하는 '이상적 자기상'의 실현이다. 그리고 이상상(理想像)을 존중하는 마음가짐이 자기상을 완성하려는 제3기 인생에서 다듬어 나가는 자기상이다. 이러한 과정을 거쳐 도달한 자아실현의 마음가짐이 나의 최종적인 자존심(自尊心)의 대상이 된다.

사람들은 누구나 어릴 때는 자기중심적이다. 주위의 모든 사람이 자기를 돌보아주는 때여서 남이 나를 위해 주는 것이 당연한 것처럼 여겨진다. 그러나 차차 철이 들면서 자기를 객관화하여 인식하기 시작한다. 주위 사람들의 기대에 부응하는 일을 해야 칭찬을 받는 존재가 될 수 있다는 것을 차츰 알게 된다. 이때쯤부터 내가 하고 싶은 것과 남의 기대 사이에 충돌이 일어나 당황하기 시작한다.

나를 대하는 사람들의 기대가 일정하지 않고 서로 다를 때 적응에 어려움을 겪기 시작한다. 어느 기대에 맞출까를 고민하게 된다. 결국 나 자신이 선택을 하게 되고 선택 과정에서 내 마음가짐의 방향이 정해진다. 선택의 기준이 곧 원하는 자기상(自己像)의 그림 그리기에 접근 여부가 되고 이런 선택이 쌓여 가다 보면 자기상의 그림이 선명해진다. 그러나 그 그림은 그 당시의 자기 판단 수준을 반영한 것이어서 자기가 무지하면 그 기준도 그 수준에 머물게 된다. 결국 자기가 도달하려고 생각한 자기상은 그 상을 그릴 때의 자기의 가치 판단 수준을 반영하는 것이 된다. 그래서 자기가 자라면서 자기의 이상상(理想像)도 변해 간다.

배우며 생각하고 애써서 자기의 이상상을 가꾸는 사람이 사랑하는 자기상을 보면 그 사람의 됨됨이를 알 수 있다. 그 사람의 생각과 마음가짐의 수준이 나타나기 때문이다. 그래서 사람들은 만나는 사람을 평가할 때 지금 무엇이 되어 있는가보다 앞으로 무엇이 되려고 하는가를 보게 된다. 그 사람의 뜻이 거기에 담겨 있기 때문이다. 그리고 자기의 이상상을 사랑하는 사람, 즉 자존심을 가진 사람을 대할 때는 그 사람의 '지금 모습'보다 '되려는 모습'을 보고 거기에 맞추어 상대한다.

자기가 바라는 자기상을 꾸준히 다듬어가며 그 상에 흠이 가지 않게 노력하는 사람이 진정한 자존심을 가진 사람이다. 그리고 자존심을 가진 사람이라야 자기 행위에 책임을 지는 사람이 된다.

자존심을 가진 사람은 무슨 일을 맡아도 자기 일처럼 성의를 다하여 일을 처리한다. '내가 한 일'에는 일한 사람인 내가 따라다니는데 그 '나'에 때를 묻힐 수 없다고 생각하기 때문이다. 누가 보든지 안 보든지 상관없이 나의 명예가 걸려 있다고 생각하면 나의 명예를 지켜야 한다는 마음가짐을 가지게 되기 때문이다. 그래서 자존심을 가진 사람은 맡은 일에 대해서 '내가 주인이라는 의식'을 가지고 일한다. 그리고 자존심을 가진 사람은 자기가 한 일에 책임진다. 자기가 한 일에 대해서는 자기의 이름을 더럽히지 않기 위해서 그 결과에 대하여 책임진다. 수처작주(隨處作主)라는 임제(臨濟) 선사의 말씀도 자기를 존중하는 자존심 가진 사람이라야 타당한 이야기이다.

마음가짐을 다듬는 출발은 자기를 존중하는 자존심 갖기부터 시작해야 한다.

나는 자존심을 지키려 애쓰고 살아왔다. 내가 내 삶의 주인이기 때문이다. 자존심은 나에 대한 사랑이다.

2) 나를 다듬는 마음(修己)

삶의 환경은 계속 바뀐다. 그리고 나 자신도 계속 자란다. 변하는 환경 속에서 내가 바라는 나의 이상상을 지켜나가려면 끊임없이 나를 다듬어 나가야 한다. 수기(修己)는 사는 동안 그침 없이 해나가야 하는 일상(日常)이 되어야 한다. 주체적 삶이란 하루하루가 자기 수련으로 이어지는 수기의 연속이다. 땅 위에 조그마한 싹으로 솟아나 쉬지 않고 자라나 잎사귀를 펼치고 꽃을 피워내는 식물처럼 사람도 조그마한 핏덩이로 태어나 조금씩 자라서 어른이 되고 그 속에 담긴 정신이 유아의 어린 모습에서 숙성된 어른의 정신으로 커간다. 그것이 주체적 인간의 성장 모습이다. 남의 지배를 받아 시키는 대로 피동적인 삶을 사는 사람에게는 꿈을 물을 수 없다. 그러나 자기 판단으로 행위 선택을 할 수 있는 자유인의 경우에는 하루가 다르게 자라는 모습을 볼 수 있다. 그 변화가 목표 지향적인 의지적 노력의 결과일 때 우리는 그들을 자존심 가진 선비로 존경한다.

마음가짐을 다듬는 작업은 끝없는 작업이다. 배우며 익히고, 고치기도 하면서 앞으로 나아가는 일이다. 배움은 어디서나 가능하다. 누구에게서도 배울 수 있다. 앞서가는 사람이 걸어온 길을 잘 살피면 내가 가야 할 길을 찾을 수 있다. 앞서가는 사람이 잘하는 일을 모방하면 되고 남이 잘못하는 것을 보면 피하고 교훈을 얻으면 된다.

다산(茶山) 선생은 공직자도 노력의 반으로 일하고 나머지 반으로는 자기를 다듬어야 한다고 했다. 끊임없이 자기를 다듬어 나가야 공직 수행을 제대로 할 수 있다고 했다(君子之學 修身爲半 其半牧民). 자기를 다듬는 일은 평생 쉬지 않고 해나가야 하는 일상(日常)이어야 한다는 말은 그래서 나온 것이다.

배우고 나를 다듬는 일에서 제일 중요한 것은 다듬으려는 마음이다. 아무리 좋은 환경에서라도 배울 마음이 없으면 아무것도 얻지 못한다. 나를, 나의 마음가짐을 다듬으려는 마음만 가지면 조그마한 기회에서도 배움을 얻고 그 배움으로 나를 다듬어 나갈 수 있다.

내가 사회 초년병으로 조선일보 편집부에서 일할 때였다. 조간신문 편집을 시작하기 전 준비하는 시간인 초저녁은 좀 한가한 시간으로 일을 끝낸 석간팀과 일하기 시작할 조간팀이 한데 어울려 저녁을 하면서 환담을 즐기는 시간이다. 그때 주필이시던 최석채(崔錫采) 선생이 자주 편집국에 내려오셔서 우리들을 데리고 나가 생맥주를 사주면서 좋은 말씀을 해주셨다. 가장 생각나는 이야기는 쉬지 말고 공부하라는 이야기였다. 계속 공부하는 사람과 공부를 멈춘 사람은 10년쯤 지나면 딴 세상 사람이 된다고 했다. 조선일보의 수준은 여러분의 지적 수준(知的水準)에 따라 정해지는데 여러분이 공부하지 않으면 조선일보 장래가 어떻게 되겠느냐고 하셨다. 신문기자의 바쁜 일정에서 어떻게 한가롭게 자기계발을 위해 공부할 시간을 가질 수 있겠느냐고 한 기자가 대꾸하자 최 주필은 "하루에 30분만 틈을 내면 일 년이면 180시간, 책 한 권 읽는데 세 시간 걸린다면 책 60권 읽는 시간을 짜낼 수 있고 이것을 다시 10년 쌓으면 600권 책을 읽게 된다. 10년 뒤에는 읽은 사람과 안 읽은 사람은 '책 600권 지식'만큼 차이가 난다. 그래도 시간 타령하겠는가?"라고 야단치셨다. 그때 그 자리에 있었던 젊은 기자 4명은 나중에 모두 해외 유학을 거쳐 우리 사회의 지도급 지식인들이 되었다.

나는 대학교수로 정년퇴직한 제자들에게 지금이 '마음 다스리기 공부'를 시작할 때라고 일러 주었다. 일에서 해방된 자유의 몸으로 자기계발, 자기의 생각과 마음가짐을 다듬을 수 있는 좋은 때가 되었음을 일깨워 주었다. 나도 정년퇴임 후 미뤄 놓았던 교과서를 10권 썼다고 했다.

자아 완성(自我完成)의 마음 다듬기, 필요한 지식 쌓기에 가장 좋은 때가 직장에서 퇴직한 후 시작되는 '제3기 인생'이라고 했다. 직에서 자유스러워진 제3기 인생이므로 이제 수신(修身)에 전념할 수 있기 때문이다. 자기를 다듬어 나가는 일 자체가 후학의 모범이 되면 수신도 남을 가르치는 일이 된다. 이신작칙(以身作則)의 교육이 된다.

3) 순리(順理)의 깨달음

나를 다듬는 일의 길잡이가 되는 기준은 어디서 구할까? 우주질서라는 대자연의 가르침에서 구해야 한다. 사람은 자연의 일부이므로 당연히 자연질서에서 삶의 도리를 찾아야 한다.

노자(老子)는 도덕경(道德經)에서 사람은 사람이 만든 사회질서를 따라야 하고 사회질서는 하늘의 질서를, 그리고 하늘의 질서는 하늘의 근본규범(道, Grundnorm)을 따라야 하고 그 근본규범은 자연질서를 반영한 것임을 알아야 한다고 했다(人法地, 地法天, 天法道, 道法自然). 옳은 말이라 생각한다.

젊었을 때는 눈에 보이는 사회질서(禮), 곧 인간이 만든 질서가 사회생활을 하는 사람이 따라야 할 질서라고 간단히 생각한다. 그러다 점차 대자연의 질서를 감지(感知)하기 시작하면서 '하늘 뜻'을, 그리고 우주 대자연이 품고 있는 근본 질서가 있음을 알고, 존중해야 한다는 당위(當爲)를 느끼기 시작한다. 물은 지형을 따라 방향을 바꾸어 가며 흐르지만 어떤 경우에도 높은 곳에서 낮은 곳으로 흐르고 결국 바다로 귀일하는 것을 지켜보는 사람들은 깨달음을 얻는다. 사람이 만든 사회질서도 이러한 자연 원리를 따르는 것이 옳지 않겠는가? 상선약수(上善若水)의 가르침을 깨닫는 것이 마음가짐 다듬기의 지침이 된다.

자유민주주의 국가의 헌법은 국민의 뜻을 반영하는 국회에서 다수 결로 법을 제정하도록 규정하고 있다. 다양한 의견을 가진 국민들의 뜻을 정확히 반영하여 법을 제정하여야 주권재민의 정신이 지켜지기 때문이다. 국회에서의 다수표와 소수표는 타협안을 만들 때 반영하여야 할 국민 의사의 다양성 분포를 확인하기 위한 것으로 타협안을 만드는 기초 자료라는 의미일 뿐이다. 다수가 옳고 소수가 그르다고 우기고 다수표만을 반영하여 입법한다면 '다수 독재'가 되어 버린다. 국회법의 상위인 헌법의 정신을 무시한 것이 되기 때문이다. 헌법을 포함한 모든 실정법 위에는 자연질서의 법이라는 '근본규범'이 있다는 사실을 깨닫지 않으면 민주정치가 '입법 독재'로 전락한다. 지금 한국 정치가 이 함정에 빠져 있다. 야당의 입법 독재로 어렵게 이루어 놓은 민주주의가 허물어지고 있다.

눈앞에 놓인 인쇄된 법규만 진리로 아는 무지한 법의식을 넘어서는 자연질서의 깨달음은 원숙한 경지에 다가가는 제3기 인생 시기에라야 얻어진다. 공자도 일흔에야 도달했다는 깨달음이다.

마음 가다듬기의 기준은 하늘의 뜻, 하늘의 이치를 따르는 순리(順理)의 마음가짐이어야 한다. 순리의 마음가짐을 가져야 겸손해진다. 그리고 겸손해져야 넓은 세상의 이치를 접할 수 있게 된다. 한 조각 지식과 지혜를 가졌다고 해서 자기가 미처 접해 보지 않은 진리의 세계에 눈을 감으면 독선(獨善)의 함정에 스스로 빠지게 된다. 겸손은 넓은 세상의 참모습을 접할 수 있는 길잡이가 된다. 순리(順理)는 우주 대자연의 질서를 따르는 일이다. 그 길로 들어서는 문이 겸손이다.

4) 공동체를 앞세우는 위공(爲公)의 마음가짐

이제 이 세상에 로빈슨 크루소는 없다. 온 세계가 하나의 삶의 공간으로 통합되어 가고 있다. 그리고 혼자서 살 수도 없게 되었다. 분업체제 속에서는 누구도 혼자서 살 수 없다. 모여야만 살 수 있도록 사회의 분업체계가 형성되어 있다. 여럿이 공동체를 만들어 함께 삶을 꾸려 가야 살 수 있게 되었다.

삶의 단위로서의 공동체는 가족, 씨족, 부족, 국가, 세계로 커가고 있다. 21세기에 들어선 지금은 이 중에서 국가가 삶의 기본 단위인 공동체로 되어가고 있다. 생산도, 소비도, 규범체계도 모두 국가 단위로 이루어지며 작동하고 있다.

사람이 혼자가 아니고 남과 더불어 공동체를 이루고 살게 되면 공동체의 규범을 따르고 공동체의 이익을 개인 이익에 앞세워야 할 때가 많다. 각각 다른 생각을 가진 개인들이 각자의 이익을 주장하면 공동체는 기능할 수 없게 된다. 개인 생각, 개인 이익의 일부를 양보하고 공동체 전체의 규범과 이익을 존중하는 타협이 이루어져야 개인도 살아갈 수 있게 된다. 공동체는 나만을 위한 것일 수 없기 때문이다.

내게는 나의 생각이 존중되고 나의 이익이 극대화되는 것이 가장 바람직하지만 다른 사람과 더불어 살려면 타협이 불가피하다. 안병욱(安秉煜) 교수가 적절히 표현한 것처럼 '나만이즘'을 벗어나 '너도이즘'의 마음가짐을 가진 사람들끼리 모여야 공동체는 정상 가동할 수 있게 된다.

개인의 이익보다 공동체의 이익을 앞세우는 마음가짐을 '위공(爲公)

마음가짐'이라 한다. 크고 작은 공동체 모두가 구성원의 위공 정신이 뒷받침하여야 제기능을 한다.

오늘날 인류사회는 국가라고 하는 정치공동체를 구성원으로 하는 '세계공동체'로 되어가고 있다. 국가는 크고 작은 국내의 공동체 모두를 통제하는 중앙집권적 공동체로 되어 있다. 그리고 국제사회에도 다른 국가들과 동등한 행위자로 참여하고 있다. 그런 뜻에서 국가는 모든 공동체를 넘어서는 최고의 권리를 행사하는 대표적 공동체로 존중받고 있다. 국가는 구성원 개인의 최고의 충성 대상이 되는 공동체가 되어 있고 그런 의미에서 개인의 위공 정신은 국가공동체의 이익을 구성원 개인의 이익보다 앞세우는 정신으로 이해하고 있다.

주권재민의 민주헌정질서를 가진 국가에서 국민들은 무조건 국가이익을 앞세워 개인의 이익을 포기시킬 수는 없다. 국가공동체가 작동할 수 있도록 자원을 확보하고 국가 단위의 규범 질서를 유지하는 데 필요한 만큼 구성원이 개개인의 이익과 권리를 양보하기를 요구할 뿐이다.

국민들의 위공 정신을 기대할 수 있는 국가들은 국내외에서 국가가 자유롭게 기능할 수 있어 국민들의 복리와 권리 증진도 가능해진다. 반대로 국민들의 위공 정신이 빈약한 나라에서는 국가 자체의 존립이 위협받는다.

일에 묶였던 제2기 인생을 마감하고 자유로워진 제3기 인생을 시작하는 원로들은 의무에 묶이지 않은 몸으로 위공의 마음가짐을 다져 국가 운영에 도움을 주어야 한다. 위공(爲公)의 마음은 갖추기 쉽지 않다. 사람은 이기적 동물(利己的 動物)로 진화해온 존재이기 때문에 공동체의 이익보다 개인 이익을 앞세우는 마음은 타고난 본성이다. 이기심을 극복하고 공동체의 이익을 앞세우는 마음을 가지고 공동체의 질서를 존중하는 마음을 가지려면 자기의 이기적 본능을 이겨내는 깊은 수양이 있어야 한다. 극기복례(克己復禮)를 옛 선비들이 강조했던 것도 위공 정신을 갖추는 것이 그만큼 어려웠기 때문이다. 안중근(安重根) 의사(義士)를 모두 칭송하는 것도 그의 위국헌신(爲國獻身)의 결단에 이른 수양의 어려움을 알기 때문이다.

5) 사랑이 공존질서의 바탕

나의 이익보다 상대의 이익을 더 생각하는 마음, 내 것을 희생해서 상대의 행복을 더 키워주려는 마음을 사랑이라 한다. 그리고 서로 대등한 격(格)을 가진 사람들이 자발적으로 공존합의를 하게 되면 그 상태를 평화(平和)라 한다. 평화질서는 모든 사람이 함께 살아가기 위하여 추구하는 최종의 질서다.

모든 인간은 이 세상에서 살 권리를 가지고 태어난다. 모든 생명체도 마찬가지이다. 모두 살 권리를 보장받아야 한다. 다 같이 살아야 한다면 모두 서로의 살 권리를 존중해주어야 한다. 그러나 살기 위해서는 다른 생명체를 희생시켜야만 자기의 생명을 유지할 수 있는 경우도 많다. 육식동물은 다른 동물을 먹어야 살 수 있도록 창조되었다. 식물을 먹어야 자기 생명을 유지할 수 있는 동물도 있다. 그런 뜻에서 모든 생명체의 생존권을 절대적으로 존중할 수는 없게 되었다. 그러나 모든 생명체의 살아갈 권리를 최대한 존중하려는 마음가짐은 가져야 한다.

인류의 역사는 공존의 역사가 아니라 착취의 역사로 이어져 왔다. 인류 역사는 전쟁의 역사였다. 무력으로 다른 부족, 다른 민족, 다른 국가를 굴복시켜 그 구성원들을 착취하여 자기들의 삶을 풍족하게 만들어왔다. 그러한 전쟁 역사가 이제 인류 멸절의 위기까지 이어지고 있다. 무기의 고도화로 인류 모두를 사멸시킬 수 있는 수단들을 이미 여러 나라가 가지고 있기 때문이다. 국가 간의 전쟁을 막기 위해 각 나라의 지도자들은 많은 노력을 펴고 있다. 국가 간 공존의 합의를 이끌어 내려고 많은 노력을 하고 있다. 공존합의를 제도화한 평화질서의 구축은 이미 제도화의 모든 합의는 이루어져 있으나 공존의 진정한 마음가짐, 즉 사랑이 아직까지 깔려있지 않아 제도의 정착을 이끌어 내지 못하고 있다.

다른 생명체와의 공존에 대해서는 아직 큰 성과를 이루지 못하고 있다. 인간의 탐욕으로 수많은 동물들이 멸종했고 지금도 멸종되어가고 있다. 식물도 마찬가지다. 지금과 같은 무분별한 살생이 지속되면 결국 인류사회 자체도 소멸되리라 본다. 생명체 간의 균형이 깨지면 살아남을 수 있는 생명체가 없기 때문이다.

공존질서의 바탕은 구성원의 공존하려는 마음이다. 곧 사랑이다. 사람들의 마음속에서 다른 사람, 다른 생명체에 대한 사랑이라는 마음가짐을 키워내지 못하면 지구상의 모든 생명체는 멸절하리라 예상된다.

사랑하는 마음은 어려서부터 자라면서 생성된다. 사람은 사랑을 받아보아야 남을 사랑할 수 있게 된다. 그래서 사랑하는 마음을 가진 사람을 키워내려면 그 사람을 사랑하면서 키워야 한다. 우리 집사람(黃永玉)은 자기 나름대로 사랑 공식을 만들어 자녀 교육에 적용했다. "자기가 받은 사랑만큼 남을 사랑할 수 있다"가 황영옥의 '사랑 공식'이다[남을 사랑할 수 있는 마음 = f(자기가 받은 사랑)]. 그래서 우리 아이들이 자라서 남을 사랑하고 살 수 있도록 우리가 키우는 동안 최대한으로 사랑해주자고 했다. 나도 동의했다.

마음가짐 다듬기에서 가장 어려운 것이 사랑의 마음을 갖추는 일이다. 자존심, 자기 수양, 우주 이치의 수용, 공동체를 위한 나의 희생 정신 등 모든 마음가짐의 바탕에는 사랑이 존재한다. 나를 사랑하는 마음에서 자존심이 형성되고 남을 사랑하는 마음에서 위공(爲公)의 정신이 생겨난다. 사랑은 대표적인 이타심(利他心)에 바탕을 둔 마음가짐이므로 이기적 본성을 가진 사람들은 많은 수양을 거쳐야 참사랑의 마음가짐을 가질 수 있다. 모든 종교가 가르치는 공통의 주제가 사랑이다. 이웃을 사랑하고 모든 생명체를 사랑하는 박애(博愛)의 가르침이 모든 종교 교리(敎理)의 바탕이 된다.

사랑의 마음가짐, 모든 생명체를 사랑하는 마음가짐을 다지는 일이 제3기 인생에서 우리들이 행하여야 할 가장 큰 과업이 아닐까 생각한다.

제1기, 제2기 인생을 성공적으로 마무리 짓고 제3기 인생에 들어선 분들이 사랑이라는 마음가짐 다듬기가 자리 잡기를 간절히 바란다.

3. 마음을 열어야 보인다

마음가짐 다듬기의 시작은 마음 열기이다. 마음이 닫혀 있으면 배움이 들어설 수가 없다. 마음은 언제 닫히는가? 자기 생각이 옳다고 고집부릴 때는 아무리 바른 이야기라도 마음에 들어설 수 없다. 자기의 이익만을 앞세우고 자기 개인 이익에 도움이 되지 않는 이야기나 지식을 회피하려는 마음을 가져도 옳은 이야기가 마음에 들어설 수 없다. 마음 열기가 참된 생각, 지식을 받아들이는 마음가짐을 가질 수 있는 첫 관문이 된다.

공자(孔子)는 자기 생각이 꼭 옳다고 주장하는 고집도 없었고 절대로 해야 한다고 주장하는 마음도 피했고 자기 개인만 생각하는 것도 피했다(子絶四: 毋意, 毋必, 毋固, 毋我). 특히 천하의 일에 대하여 논할 때는 군자는 '꼭 그래야 한다'는 것도 없어야 하고, 절대로 안 된다고 하는 것도 피해야 하고 오직 의로움만을 기준으로 삼아야 한다(君子之於天下也, 無適也, 無莫也, 義之與比)고 했다. 한마디로 마음을 열어 다 듣고 자기가 생각하는 의로움이라는 기준에 맞추어 옳고 그름을 판단하라는 가르침이다.

인간의 인지 능력에는 한계가 있다. 빛을 보는 눈은 가시광선(可視光線)만 감지할 수 있다. 적외선보다 긴 파장의 빛, 자외선보다 짧은 파장의 빛은 눈앞에 있어도 보지 못한다. 소리도 마찬가지다. 약 16 사이클 이하의 소리와 2만 5천 사이클 이상의 소리는 듣지 못한다. 냄새도 개의 몇십분의 일도 맡지 못하고 촉각으로는 손에 닿는 것만 존재를 알게 된다. 이렇게 제한된 인지 능력으로 우주의 삼라만상을 모두 감지할 수는 없다. 감지한 것을 토대로 추리할 수 있는 능력이 있다고 하나 그것도 극히 제한적이다. 현실적으로 사람들은 보고 듣고 만져서 알게 된 것만을 바탕으로 자기가 갈 길을 찾아 나서는 셈이다. 이런 한계를 자인(自認)한다면 다른 사람의 주장을 듣지도 않고 배척한다든가 자기주장을 고집스럽게 내세운다는 것은 우둔한 일임을 알게 된다.

마음을 열면 큰 우주를 보게 되고 나는 그 속의 티끌만한 존재라는 것을 깨닫게 된다. 내가 아는 것이 얼마나 초라한 것인지 알게 된다. 그래서 겸손한 마음을 가지게 된다. 내가 진리라고 믿는 것도 틀린 것일 수 있고 내가 모두 안다고 했던 일도 다른 측면이 있음을 짐작하게 된다. 이런 깨달음이 내게 겸손의 마음가짐 갖기를 일깨운다.

겸손한 마음은 내게 배움의 큰 문을 열어준다. 내가 미처 생각하지 못했던 것을 깨닫게 해준다. 반대로 마음의 문을 닫고 있으면 나는 세상의 바른 이치를 접할 수 없게 된다. 아집(我執)은 고립을 자초하는 길이다. 마음가짐 다듬기는 열린 마음 갖기부터 시작되어야 한다.

마음을 활짝 열고 내 생각, 내 지식과 다른 이야기도 모두 받아들이고 난 후 모든 생각과 지식을 바탕으로 새로운 배움을 찾아내야 한다. 들어보지도 않고 남의 이야기를 거부한다거나 한계가 있는 자기 지식을 무조건 앞세우는 것은 우둔한 짓이다. 배움 자체를 포기하는 짓이다.

제1기, 제2기 인생에서는 그때그때 당장 결정을 해야 할 처지에 놓일 때 판단을 하지 않을 수 없어 아쉬운 대로 얻어진 정보만으로 불완전한 판단을 할 수밖에 없겠으나 일에서 자유로워진 제3기 인생에서는 공자와 같은 여유있는 마음가짐을 가지고 폭넓게 정보를 수용하고 의(義)로운가만 기준으로 삼아 자기가 추구하는 자기의 이상상에 어울리는 마음가짐을 가지도록 노력해야 한다.

마음을 비우라고 해서 마음가짐 노력을 그만두라는 것이 아니다. 잘못된 인식 틀을 앞세워 받아들여 굳어진 자기 생각을 버리고 자기의 게으름으로 못 배워 모르는 것을 '없는 것'으로 여기는 자기의 무지를 인정하지 않으려는 굳어진 자기 고집을 버리라는 이야기이다. 잘못된 생각이 차 있는 마음에는 새로운 지식, 바른 지혜가 들어갈 틈이 없어지는 것을 경계하는 말이다. 이런 잘못된 지식과 인식, 그리고 믿음을 털어내야 바른 마음가짐이 들어설 자리가 생긴다는 이치를 알라는 이야기이다. 비워 놓은 자리에 놓을 바른 마음을 다듬는 노력은 생을 마감할 때까지 계속해야 한다. 우리가 선현(先賢)들의 가르침에 귀를 기울이는 것은 그분들도 젊었을 때 자기의 잘못된 생각을 고집하면서 억지 주장을 했다가 '제3기' 인생에 접어들면서 큰 깨우침을 겪고 마음을 비우고 새로운 지혜를 얻었음을 밝히고 있기 때문이다. 우리도 제3기 인생을 시작하는 때가 되었으니 마음 비우기와 빈 마음에 더 값진 지혜를 채우는 삶을 시작하자는 이야기이다.

제3기 인생의 매이지 않은 마음가짐 다듬기로 우리는 자아완성(自我完成)의 마음가짐을 가질 수 있게 된다. 그런 뜻에서 제3기 인생이 우리 인간에게는 가장 소중한 '삶이 토막'이라고 할 수 있다.

정년퇴직을 하는 환갑 때의 나이는 의미있는 제3기 인생을 시작하는 나이다. 의미있는 인생이 여러분들을 기다리고 있다는 것을 잊지 말라고 나는 우리 후학들에게 강조했다. 뜻있는 새 인생을 시작하라고 일렀다.

마음을 여는 일은 쉬운 일이 아니다. 나를 버리고 남을 따르는 것이 아니라 나를 지키면서 내가 미처 알지 못했던 지식과 생각을 받아들여 나를 '더 큰 나', '더 다듬어진 나'로 만드는 일이기 때문이다. 뿐만 아니라 지금까지 가꾸어 온 나를 지키면서 더 다듬어진 나로 승화시키는 일이어서 '나'를 아끼는 마음, '나' 자신을 믿는 믿음이 굳건히 서 있어야 흔들림 없이 남의 생각이나 새 지식을 받아들일 수 있는 아량(雅量)이 생기기 때문이다.

새로운 생각, 모르던 새로운 지식, 내 생각과 다른 의견들을 접하게 되면 우선 조용히 다 들어보고 그 속에서 내가 받아들일 것이 있으면 수용하고 그렇지 않으면 거부하면 된다. 듣기도 전에 거부한다거나 자세히 알아보지도 않고 새로운 지식을 외면하지 않아야 한다.

나는 후학들을 가르칠 때는 그들이 묻거나 자기 주장을 펴거나 할 때 성실히 들어주었다. 그리고 내 생각과 지식에 비추어 옳고 그른 것을 가려 주었다. 그러나 내가 가르쳐야 할 상대가 아닐 때는 성실히 들어주고 상대가 물으면 내 생각을 전해주었다.

새 지식, 새 생각을 접하게 되면 나는 내가 설정한 '인식 틀'에 비추어 보면서 필요한 것을 추려 간직했다. 근거 없는 거짓 주장은 걸러내고 나와 다른 가치관을 바탕으로 주장하는 '당위(當爲)'는 흘려보냈다. 그러나 내가 미처 생각하지 못했던 것, 내가 잘못 알고 있었던 것에 대해서는 감사한 마음으로 모두 수용해왔다. 그리고 나와 세상 보는 눈이 전혀 다른 사람들의 주장에 대해서는 내가 비켜섰다. 불필요한 다툼은 아무에게도 도움이 되지 않기 때문이다. 예를 들어 그 주장이 내가 속한 공동체의 구성원들의 삶에 도움을 주는 위공(爲公)의 주장인가, 대자연의 질서에 부합하는 순리(順理)의 주장인가를 검토하고 사회 구성원 모두의 공생공존에 도움이 되는가를 따져 본 후 수용 여부를 결정해왔다. 굳이 다투지 않았다.

　마음가짐 다듬기를 잘 하기 위해서는 되도록 많은 사람을 만나고 새로 발굴되는 많은 지식을 마음의 문을 활짝 열고 받아들여야 한다. 그러나 그 과정에서 자존(自尊), 순리(順理)의 지침에 어긋나는 배움을 얻어서는 안 된다. 마음가짐 다듬기는 나를 지키려는 노력이어야지 나를 버리는 일이어서는 안 된다.

4. 상선약수(上善若水)의 성숙한 마음가짐

사람은 138억 년의 우주 역사에서 찰라라고 할 100년도 안 되는 시간을 생명체로 살다 가는 존재이다. 이 세상에 존재하지 않던 '나'라는 존재가 어머니의 자손으로 하나의 생명체로 태어나 다른 사람들을 만나고 서로 배우고 가르치면서 살다가 때가 되면 다시 귀천(歸天)한다. 두 번 다시 태어난다는 보장도 없는 삶이다 보니 살아 있는 동안 잘살아 보자고 애를 쓴다. 자기가 더 편하게 더 좋은 환경에서 삶을 이어가려고 다른 사람과 경쟁하면서 살아간다. 서로 좋은 조건을 차지하기 위해서 다투고 싸우면서 살기도 히고 남과 힘을 합쳐 모두 편하게 살아보려고도 애쓴다. 이러한 경쟁과 협동 속에서 인간은 짧은 한평생을 보낸다.

정해진 재화나 기회, 직장, 직위 등을 놓고 다투는 환경에서는 더 나은 기회와 위치, 그리고 풍요를 위해 남을 제치고 자기 몫을 키우려는 것이 인간의 본능인데 배우고 다듬는 과정을 거치면서 사람들은 공동체가 정한 규범과 질서를 존중하면서 잘못된 욕심은 내려놓고 주어진 의무를 다하려 애쓴다. 배움의 인생 첫 30년, 공동체 성원으로 지켜야 할 규범의 틀 속에서 도리를 지키면서 공동체를 위한 봉사를 하는 두 번째 30년까지는 자유로운 정신으로 삶을 설계하기 어렵다. 그러나 가정과 공동체 소속원으로서의 봉사 같은 제약에서 해방된 세 번째 30년에서는 자유로운 정신으로 바른 삶의 길을 찾아 사는 '옳은 길'을 찾을 수 있는 여유를 가질 수 있게 된다.

사욕(私慾)에서 해방된 어른의 눈으로 사람의 도리를 살피기 시작하면 그동안 미처 보지 못했던 길이 보이기 시작한다. 자연의 일부로 삶을 배당받은 '나'의 존재적 가치는 무엇일까? 어떤 길을 걸어야 나의 떳떳한 모습을 지켜나갈 수 있을까? 자유로운 환경에서 자기 삶의 길을 찬찬히 찾아볼 수 있게 된다.

우선 나의 존재에 대하여 겸손한 생각을 가져야 한다. 사람은 자연의 일부이다. 거대한 우주 속의 한 조각 구성체라는 것을 잊지 말아야 한다. 우주 속의 삼라만상을 지배하는 원리의 지배를 받는 티끌 같은 존재로서 우주의 작동 원리에서 벗어날 수 없음을 깨달아야 한다. 앞에서 소개했던 바와 같이 노자(老子)는 "사람은 땅의 법칙을 따르고 땅은 하늘의 법칙을 따르고 하늘은 도(道)의 법칙을 따르고 도는 자연의 법칙을 따른다(人法地, 地法天, 天法道, 道法自然)"고 했다. 자연의 일부인 사람은 자연의 흐름을 존중하고 따를 때 바른 삶의 길을 걷게 된다고 했다. 노자는 자연의 모습을 보여주는 가시적인 예로 물(水)을 예로 들었다. 물은 높은 곳에서 낮은 곳으로 흐른다. 막히면 머문다. 절벽에 이르면 폭포로 떨어진다. 낮은 골에서 강을 이루고 제일 낮은 곳인 바다에 이른다. 물처럼 자연법칙에 순응하는 것이 바른 삶의 길이라 했다(上善若水).

사람은 다 똑같은 피조물(被造物)이다. 모두가 동등(同等)한 존재이다. 누구의 생각이 다른 사람의 생각보다 소중하다고 할 수 없다. 그리고 내게 모자라는 것을 타인(他人)의 주장으로 보충하려는 마음, 곧 화(和)의 정신을 가져야 한다. 공동체의 다른 구성원의 자유를 존중하고 그 존재를 배려하는 마음가짐을 모두가 가질 때 공화(共和)의 공동체 질서가 형성될 수 있다.

일상의 의무에 매이지 않는 제3기 인생에서는 이러한 겸손한 마음가짐을 가지고 삶의 바른길을 찾아 후학들에게 참고할 수 있도록 해야 한다. 마음속에 욕심이 없을 때 세상을 보는 눈이 열린다. '상선약수'의 마음가짐을 가지고 앞선 사람들이 남긴 가르침을 잘 새기면서 이 시대에 맞는 삶의 길을 찾아 다음 세대에게 전해주는 것이 제3기

세 번째 30년은 해야 할 일에 매이지 않아 자유로운 시간을 가질 수 있었다. 평생 가까이 지낸 친지들과 여행을 하면서 안목을 넓혔다.

◀ 70세 기념으로 이집트를 방문했을 때의 사진. 이태원, 안병훈과 함께.

우루무치에서 열린 한중회의를 마치고 공로명 장관과 관광에 나섰다. ▶

인생에서 공을 들여 해나가야 할 일이다.

아메리카 대륙 원주민들인 이로쿼이(Iroquois)족, 모호크(Mohawk)족 등은 세상의 모든 생명체와 땅, 강 등 자연물은 똑같은 신의 창조물이어서 서로 존중해야 하는 존재들로 공생을 모색해야 한다는 생각을 가지고 공화(共和)의 정치체제를 운영했었다. 미국 헌법의 기안자인 제퍼슨(Thomas Jefferson)은 이들의 생각을 참고하여 공화제의 틀을 구상했다고 한다.

마음을 열면 제3기 인생에서 '바른 삶의 길'을 찾는 일을 해나갈 수 있을 것이다.

5. 다음 세대의 길잡이라는 생각을

　살아온 지난날들을 되돌아보면 후회스러운 일들이 많이 떠오른다. 잘못된 판단으로 해서는 안 될 일을 했다거나 짧은 생각에 잘못을 저질렀던 일들이 떠오른다. 그때 생각을 좀 더 깊이 했더라면 피할 수 있었던 일도 있을 것이고 찾아온 기회를 잡았더라면 훨씬 더 의미있는 삶을 살 수 있었을 것이라 생각되는 일도 있을 것이다. 되돌아갈 수 없는 옛날 일이지만 나이가 든 지금이라면 다른 선택을 할 수 있을 것이라고 아쉬워하는 일도 많을 것이다.

　나는 지나온 옛날로 되돌아갈 수 없지만 잘못된 선택에서 얻는 교훈을 다음 세대에 일러줄 수는 있지 않겠는가? 배우면서 나를 만들던 첫 30년, 그리고 일하면서 배우던 두 번째 30년을 되돌아보면서 새로 깨닫게 된 '바른길'을 다음 세대에 일러 줄 수는 있지 않겠는가? 해야 할 일, 지켜야 할 여러 제약에서 해방된 제3기 인생에서는 살아온 경험을 바탕으로 '바람직한 삶의 선택'을 그려 볼 수 있을 텐데 그 그림을 다음 세대에 선물로 남겨 줄 수 있지 않겠는가?

　옛 성현이 남긴 글들을 읽으면서 나를 다듬던 젊은 날을 되돌아보면서 지나온 세월에 겪었던 일들을 바탕으로 다음 세대에 일러줄 이야기를 엮어 봄이 어떻겠는가? 옛부터 모르는 길에 들어설 때는 앞서 간 사람의 발자취를 찾아보라고 했었다. 다음 세대의 길잡이가 되기 위해서 내가 지나온 길을 되돌아보면서 길 안내를 남길 생각을 한다면 제3기 인생이 보람된 세월이 되지 않겠는가?

　나는 이런 생각으로 제3기 인생을 마치는 때에 『살며 지켜본 대한민국 80년사』를 썼다. 다음 세대의 길잡이가 되어야 한다는 사명감으로 지난 세월 속에서 내가 보고 느낀 것을 정직하게 정리하여 내놓았다. 대학교수직에서 정년퇴직하고 제3기 인생을 시작하는 여러분들도 다음 세대가 참고할 길잡이가 될 글을 남기기를 권해 본다.

바른 마음 다지기의 바른 자세

한영우(韓永愚) 교수는 한국 전통문화의 핵심을 '선비 문화'라 했다. 사회구성원 모두가 '선비 정신'을 갖게 되면 이상적인 사회가 된다고 했다. 그리고 선비 정신의 출발은 '생명 사랑'이고 모든 생명을 사랑하는 마음을 갖도록 하는 홍익인간(弘益人間) 정신을 사회구성원 모두가 갖게 되면 이상적인 나라가 된다고 했다. 참선비란 성현의 가르침을 배우고 자기 마음을 다듬어 홍익인간의 '공동체 정신'을 갖춘 사람을 말한다고 했다. 불순한 생각을 털어버린 순수한 마음인 정(精)을 갖추기 위해 최선을 다하는 성(誠)을 쏟는 사람이 곧 참선비라 했다.

율곡(栗谷 李珥) 선생도 평생을 "뜻을 세우며(立志) 법도(法道)를 배우고, 성(誠)을 다하고 사(邪)를 버리고 바른 마음가짐(正義之心)을 가지려고 노력하는 사람을 참선비"라 했고 그러한 참선비가 되는 것을 삶의 목표로 삼으라고 했다. 그리고 이 과정에서 제일 중요한 것은 참선비가 되려는 뜻 세우기(立志)라 했다.

율곡 선생의 가르침은 삶의 환경이 크게 바뀐 20세기 환경에서도 그대로 수용할만하다. 어떤 삶을 살까를 정하는 인생의 첫 30년 동안의 마음 다듬기가 바로 이루어져야 일하며 배움을 얻는 두 번째 30년을 의미있게 보낼 수 있고 살아온 삶을 되새기며 후학들에게 줄 가르침을 정리하는 세 번째 30년의 삶에서도 율곡 선생의 참선비 정신은 그대로 수용할만하다.

이 세상에 태어나서 삶을 펼쳐 나가다가 세상을 버리고 떠날 때까지의 짧은 삶을 의미있게 보내려면 어떤 삶을 살지를 정하는 마음 먹기, 즉 입지(立志)가 제일 중요하다. 그리고 배우려는 마음가짐을 굳히고 겸손한 마음으로 정성을 다하여 배워 나가면 의미있는 인생을 누릴 수 있다. 그런 뜻에서 '마음 다듬기'가 인생의 전부라는 생각을 가져야 한다.

'마음 다듬기'는 무(無)에서 이루어지지 않는다. 연(緣)을 바탕으로 나의 의지가 보태져서 이루어진다. 그 '연'에 대하여 심리학자 카를 융(Carl Gustav Jung)은 인류의 역사와 문화를 통하여 공유하게 된 집단 무의식으로 인간의 심층 심리에 잠재하게 된 '마음가짐'이라 했다. 나보다 앞서 살았던 조선(祖先)들이 축적해놓은 경험에서 쌓인 정보가 우리의 DNA 속에 잠재해 있고 이 정보가 한 사람의 두뇌에서 촉발되어 연(緣)이라는 힘으로 그 사람의 '내재적 도덕률(內在的 道德律)'로 자리 잡으면서 그 사람의 의식을 지배한다고 했다. 그래서 나카소네(中曽根 康弘) 일본 수상은 주어진 사회 속에서 살게 된 개인의 마음가짐을 이끌어 오는 나침반은 전통 의식과 역사 의식이고 자기는 이 나침반에 따라 평생을 조정해왔다고 했다.

모든 생명체는 본능적으로 안전하고 편하고 즐겁고 풍요로운 삶을 추구한다. 사람도 공동체의 구성원으로 해야 할 일, 참아야 할 일을 해야 한다는 의무를 생각하면서도 당장에는 편함과 풍요 등 이기적 선택을 하려는 마음을 가지기 쉽다. 이러한 유혹에 흔들리면 만남과 배움이 방향을 잃게 된다. 이런 유혹을 이겨내기 위한 '바른 마음 다지기'가 인생을 바른길로 이끄는 기초가 된다.

배우면서 나를 만드는 첫 30년, 일하면서 배우는 30년, 그리고 나를 완성하는 제3기 인생 30년을 관통하는 마음 다지기의 바른길을 네 가지로 정리해본다.

첫째로 인류 역사라는 시간과 전체 인류 사회라는 공간 안에서 내가 어디에 놓여 있는지를 살펴야 한다. 그리고 이 시공간 속에서 형성된 질서를 이해하고 이 질서의 규범, 즉 대자연의 법칙을 따른다는 마음을 가져야 한다. 노자(老子)가 도덕경(道德經) 제25장에서 "사람은 땅의 법칙을 따르고 땅은 하늘의 법칙을 따르고 하늘은 도(道)의 법칙을 따르고 도(道)는 자연의 법칙을 따라야 한다(人法地, 地法天, 天法道, 道法自然)"고 하면서 우주 대자연의 질서와 그 질서에서 파생한 행위 준칙을 따라야 한다고 했던 주장을 되새겨 볼 필요가 있다. 이것이 자연의 일부인 인간이 존중해야 할 마음 다지기의 '주어진 연(緣)'이다. 내가 속한 나라의 역사라는 시간과 '세계 속의 내 나라'라는 공간적 제약을 전제로 마음 다듬기를 해나가야 한다.

사람의 시간과 공간 인식 능력은 극히 제한적이다. 앞에서도 말했지만 사람은 가시광선 밖의 광선, 예를 들어 적외선이나 자외선은 감지하지 못한다. 눈에 보이는 것이 '세상의 모든 것'처럼 잘못 알고 있는 사람들이 많다. 나아가서 3차원 공간이 '세상의 모습'이라 생각하는 사람이 많지만 인간의 인지 능력을 넘어 n차원의 공간이 존재한다는 것을 모르는 경우가 많다. 시간 인식도 마찬가지이다. 과거에서 현재를 거쳐 미래로 연계된 1차원 시간만이 시간의 모든 모습인줄 알고 있다. 시간도 다차원의 흐름일 수 있다.

대자연을 지배하는 법칙, 그리고 그 법칙에 따라 형성되는 질서를 모르면서 사람들은 3차원 공간과 1차원 시간 속에서 나타나는 현상을 지배하는 법칙을 절대적이라고 착각하고 대자연의 질서를 아는 것처럼 행세한다. 우주 대자연 질서의 한 부분인 인간 사회의 법질서를 '완전한 것'으로 보는 좁은 생각은 넘어서야 한다.

인간은 우주의 시공간을 지배하는 법칙을 알지 못하면서 사람이 인지하고 있는 시공간을 토대로 하는 질서만 고집하면 세상을 잘못 알게 된다. 우주의 시공간 속의 한구석에 놓여 있음을 자각하고 순리(順理)의 마음가짐을 갖도록 노력해야 한다.

인간은 지구상의 모든 동식물과 뿌리를 같이 하고 있다. 수십 억 년 전에 물질대사 과정에서 나타난 단세포 생명체가 성장, 번식, 대사의 과정을 거쳐 다양한 동식물로 진화하기 시작하여 5억 4천만 년 전까지 지속된 시생대(始生代)를 거쳐 고생대(古生代), 중생대(中生代)를 지나 6천6백만 년 전 동식물이 다양해지기 시작한 신생대(新生代)가 열렸다. 이때부터 오늘날 우리가 볼 수 있는 동식물의 원조가 나타나기 시작했다. 이 흐름에서 700만 년 전에 나타난 호미닌(Hominin) 유인원이 200만 년 전에 호모 사피엔스(Homo sapiens)로 진화하여 오늘의 인간 집단이 형성되었다. 이런 진화과정이 맞다면 오늘날의 모든 동물들은 우리 인간과 연계된 하나의 족보를 가진 생명체로 보아야 한다. 이들 생명체들은 모두 우리와 함께 이 지구에서 살 '권리'를 가지고 있다. 우리는 이들의 생명을 존중하는 마음을 가져야 한다.

나의 인생의 그림을 완성하기 위해서는 우리가 큰 우주 질서의 지배를 받는 한 생명체이며 따라서 현재 지구상에서 살고 있는 모든 생명체의 삶을 존중해야 한다는 마음가짐을 가져야 한다. 바른 마음 다듬기를 하면서 생각해야 할 일들이다.

둘째로 마음 다듬기는 즉흥적으로 편의에 따라 행하여서는 안 된다. 일하면서 배우는 두 번째 30년에 강조했던 정(精)과 성(誠)을 마음 다듬기를 시작하는 첫 30년, 그리고 제3기 인생의 '나'를 완성하는 시기에도 다하여야 한다. 정(精)이란 잡(雜)을 제거한 마음을 말한다. 성(誠)은 정(精)을 찾는 마음가짐을 말한다. 편의상 그때그때의 욕심에 따라 마음을 한 방향으로 다듬어 나가서는 안 된다. 정성을 다하여 다듬어야 바른 마음이 자리 잡는다.

사람의 마음은 당장의 편의, 눈앞에 보이는 이익 등에 쉽게 이끌린다. 이루려고 마음먹었던 뜻(立志)도 잠깐 미루어 놓고 눈앞의 이익, 편의를 따르려는 것이 보통 사람의 마음가짐이다. 이러한 유혹을 이기고 순수한 마음을 지키려고 애써야 바른 배움을 얻을 수 있다.

성(誠)이란 내가 할 수 있는 모든 노력을 쏟는다는 마음가짐이다. 가야 할 길을 알면서도 게을러 머뭇거리지 말고 어려움을 이겨내면서 바른길을 가는 마음이 성이다. 정(精)을 다하는 성(誠)이 바른 마음 다듬기의 가장 소중한 접근이다.

율곡(栗谷 李珥) 선생은 참선비의 길을 닦는데 명심해야 할 사항을 자경문(自警文)에 담아 남겼다. 입지(立志), 치언(治言), 정심(定心), 근독(謹獨), 공부(工夫), 진성(盡誠), 정의(正義) 등이 이 글에 담겨 있다. 율곡 선생은 앞에서 소개한대로 이 중에서도 입지, 즉 뜻을 세우는데 제일 역점을 두었다. 율곡 선생은 "먼저 뜻을 크게 가져야 한다. 성인을 본보기로 삼아서 털끝만큼이라도 성인에 미치지 못하면 나의 일은 끝난 것이 아니다(先須大其志 以聖人爲準則 一毫不及聖人則 吾事未了)"라고 했다. 맞는 말이다. 삶의 첫 30년 동안 자기가 가지고자 하는 모습, 즉 자기상(像)을 바로 세우지 못하면 나중에 아무리 배움을 넓혀 가도 자기가 원하는 삶의 그림을 완성할 수 없게 된다. 율곡 선생은 스무 살 때 평생의 좌표로 삼고자 하는 자경문(自警文)을 쓰고 그 자경문의 첫 구절로 입지(立志)를 밝혔다.

뜻을 세우고 이 뜻을 굳게 지켜나가는 것이 마음 다지기의 핵심이 된다. 그래서 인생의 첫 30년, 자기상을 세우는 때의 마음 다듬기가 중요하다.

셋째로 겸손하여야 한다. 나만 옳다는 오만한 마음가짐을 가지게 되면 '바른 마음가짐'이 들어설 수 없다. 내 생각과 다른 생각을 살펴 내 생각의 틀린 점을 바로 잡을 수 있는 길을 스스로 막지 말아야 한다. 내 생각과 다른 남의 생각을 성의를 가지고 접하게 되면 내 생각의 옳고 그름을 선명하게 찾아낼 수 있게 된다. 겸손은 '배움의 길 열기'의 첫 관문이다.

만남이 배움으로 이어지려면 만난 사람이 내게 마음을 열어야 한다. 내가 상대를 존중하지 않으면 상대가 내게 마음을 열겠는가? 배움을 얻고자 하는 상대에게 내 마음을 열어야 배움이 이루어진다. 집안 어른과 학교 선생으로부터 배움을 얻어 나의 꿈(自我)을 찾아 세우는 인생의 첫 30년보다 일하면서 배움을 얻는 제2기 30년에는 특히 이런 마음가짐이 중요하다. 일한다는 것은 남과 더불어 일을 맡는 것인데 이런 만남에서는 내가 내 마음을 열고 상대를 존중하여야 상대로부터 배움을 얻을 수 있다. 내 생각만 앞세워 상대방을 무안하게 만들면 배움의 길은 닫힌다. 남과 더불어 일할 때는 겸손해야 한다.

넷째로 바른 마음을 가지려는 강한 의지를 가져야 한다. 인생은 짧다. 마음 다듬기가 귀찮다고 미루다 보면 마음 다듬기를 완성할 수 없다. 나의 삶의 '올바른 마음 가지기'에 나의 힘을 다 쏟는다는 의지를 굳혀야 마음 다듬기를 원하는 수준까지 끌어올릴 수 있다. 자기가 바라는 '완성된 자기 모습'을 그려가는 인생의 첫 30년, 그리고 일하면서 배우는 두 번째 30년에는 '해야 할 일'에 매어 자유롭게 마음 다듬기를 해나가기 어려울 때가 있겠지만 남에게 매이지 않는 세 번째 30년에는 모든 정성을 나의 '바른 마음 다듬기'에 쏟을 수 있지 않겠는가?

인생 90을 맞이하게 된 20세기 삶의 환경 속에서 바른 마음 다지기를 정성을 다하여 이루어 참선비가 되기 위해서는 위와 같은 마음을 가져야 한다.

盤山과의 만남: 후학들의 회고

    여기 싣는 글은 李相禹 선생 제자들의 모임인 盤山會 회원들이 선생의 글을 읽고 소감을 쓴 글들입니다. 西江大 정외과에서 공부한 학생들로 74학번부터 95학번까지의 제자들입니다.

盤山會 幹事 朴廣熙

사진 왼쪽부터 강인성, 이정진, 박홍식, 이한우, 김영수, 이성희, 강근형, 박홍도, 이상우, 유재의, 최용환, 김광린, 서정문, 이민자, 양성철, 전성흥, 노중일, 오정은, 부성옥, 정우탁, 조성원, 김규륜
2008년 6월 20일 제2차 반산회 경기도 양평 Hill House

盤山의 "修己"를 본받아

朴廣熙[*]

한번은 盤山이 어린 시절 추억을 되살려 이런 이야기를 들려주셨다. 간밤에 눈이 몹시 내려 삽작문이 잘 열리지도 않을 지경이었다. 어린 소년은 옆 동네에 볼일 있어 길을 나서는 어머니를 따라나섰다. 눈 오는 날 개들이 좋아라 날뛴다는 오해가 있지만, 아이도 발목까지 푹푹 빠지는 눈길을 천둥벌거숭이마냥 이리저리 걷고 뛰었다. 이를 본 어머님이 다정하지만 따끔하게 한마디 일러 주셨단다.

"상우야, 흰 눈밭이 신기하다고 이리저리 헤집듯 발자국을 남겨서는 안 된다. 뒤에 오는 행인들이 우리 발자국을 보면 헷갈릴 것 아니겠니? 그러니 엄마가 밟은 발자국을 따라 곧바로 발자국을 남기거라."

소년은 이 말을 당시에는 깊이 생각하지 않고, 어른의 지시로만 여기고 어머니가 남기는 발자국을 포개 밟으며 길을 따라갔다. 나중에 글을 통해 그 깊은 뜻을 되새길 수 있었단다.

"踏雪野中去 不須胡亂行
눈 덮인 들판 밟을 때 어지러이 걸어가서는 안 되니

---

* 강남대학교 교수

今日我行跡 遂作後人程

　내가 걸은 흔적이 뒷사람에게는 이정표가 되리라"

　조선시대 시인 李亮淵이 지은 이 한시를 어머님이 알고 말씀하셨던 것은 아닐지 모르겠으나, 옛 어른들의 남에 대한 배려가 어린 소년에게 지혜로 표현된 것만은 분명하다.

　이런 경험담은 盤山의 어린 시절 자기 수양에 밑거름이 되었으리라. 읽을거리가 변변치 않던 시절에 집안 어른의 예삿말 한 구절은 아이의 생각을 깨쳐주는 좋은 방편이 되곤 했다.

　어머님의 한 마디를 가슴에 새겨 자신의 인격을 수양하는 자양분의 하나로 삼아왔기에 盤山은 세수 80을 넘겨서도 부지런히 남을 배려하도록 자신의 인격을 도야하고 있다.

　"바닷물이 마르면 그 바닥을 들여다볼 수 있으나, 사람은 죽고 나서도 그 속마음을 알 수 없다."(海枯終見底이나 人死不知心이라)고 하지만, 대학 시절부터 스승과 제자의 연을 맺어 이제 까지 거의 40여 년을 뵈어온 바로 盤山은 始終如一, 一以貫之 그 자체시다.

　쉬운 예로 하루 일과 중 출근과 퇴근이 항상 일정하시다. 현직일 때나 퇴직 후 이거나, 젊어서나 연로하셔서나, 심지어는 건강이 염려되는 때마저도 盤山은 아침 8시에 출타하시어 저녁 6시에는 귀가하신다. 이게 필자가 봐온 지난 40여 년 세월이다.

　어떤 때는 워커홀릭 아니신가 하는 생각이 들기도 했었다. 그러니 정년 퇴임 후에도 꾸준히 독서 하시고, 신간을 세상에 내놓으실 수 있으셨겠다.

해가 뜨면 바깥에 나가 먹잇감을 사냥하는 동물의 세계는 속성에 충실할 따름이다. 그러나 盤山의 활동에는 철저한 자기 수양이 배어 있다.

오뉴월 염천에 가만히 있어도 비지땀을 흘리게 되는 판에 선비는 의관을 정제하고 정좌하여 책을 읽어야 했다. 유생에게 가장 힘든 것은 남이 자신을 바라보고 있을 때가 아니라 모두 잠든 삼경 때라 했다. 그 시각이면 보는 이 아무도 없을 터이니 의관을 벗어 던지고 알상투로 책을 읽건, 잠을 자건 자유로울 텐데, 진정한 선비는 그 시간에도 낮과 마찬가지로 꼿꼿이 독서 삼매경에 빠져든다 했다.

盤山이 바로 그런 분이다. 이것이 일종의 愼獨이 아니겠는가. 그래서 필자는 지금도 스승 盤山의 그림자도 밟지 않으려 조심하게 되는 모양이다.

盤山이 5德의 하나로 꼽으신 "修己"의 내원은 "修己治人"일 것이고, 그 전고는 『논어』 「憲問」편에 나오는 "修己以安人"과 "修己以安百姓"이겠다. 子路가 스승 孔子에게 '君子'에 대해 물었을 때의 답변이 바로 이것이었다. 그 뜻을 풀이한다면 "자신을 수양함으로써 타인을 편안케 하고, 나아가 백성을 편안케 한다"는 의미다.

"자기를 닦는다"는 修己는 사람의 도덕적 완성을 지향하는 것이다. 도덕적으로 완성된 인간이 된다는 것은 매우 어려운 일임에 틀림이 없다. 그러나 유가들은 난세를 극복할 이상적 화평성세는 사회 구성원들의 인격이 다듬어져야 가능하다고 여겼기에 사람들에게 인간으로서 갖춰야 하는 "도덕"을 완성시키라는 요구를 끊임없이 강조했다.

이렇듯 "修己"란 것이 자신의 내적 몸가짐을 닦되 "완성된 도덕"에 이르러야 한다면 거의 불가능에 가까우리라. 또한 다분히 주관적일 수 있다. 그러니 "修己"를 사람들이 부단한 인격 수양을 통해 달성할 수 있는 경지로 옮겨올 필요가 있다.

그 구체적 해답은 우선 공자가 군자에 대해 언술한 "文質彬彬"에서 찾을 수 있겠다. 문질빈빈이란 한 사람이 겉으로 드러나는 모습과 그 사람의 본질이 조화롭게 빛을 발하는 것이 아니겠는가. 그렇다면 내적 수양을 통해 문질빈빈을 이루면 "修己"가 된 것이고, 그가 바로 군자요 선비라 할 것이다.

"修己"한 연후에 외연을 늘려 사람과 백성과 국가를 안정적이고 평화롭게 가꾸어 나가야 한다는 게 유가들의 도리다. 이는 공자의 평소 교육 태도에도 부응한다. 공자가 제자들에게 지도한 것이 결국은 평생 인격 수양과 공부를 병행하다가 국가의 부름을 받으면 조정에 나아가 국사를 논하고, 세상이 어지러워지면 물러나 공부하고 인격을 수양하라는 것이다.

이처럼 修己治人하는 것이야말로 인격 수양에 심취한 유가의 군자가 사회 현실에 참여하는 올바른 길이었다. 우리나라도 유학의 영향을 많이 받았던 탓에, 사회 지도자가 되고자 한다면 "자신의 인격을 도야하고[修身] 집안을 가지런히 단속할 수 있게 되면[齊家] 나라를 다스리는 데 일조하여[治國] 세상을 평안케[平天下] 해야 한다"는 말을 쉽게 입에 올린다. 그러므로 "수신 제가 치국 평천하"의 첫 단계인 修己를 중시함은 당연하고 마땅한 일이다. 李珥도 "성현의 학문은 修己治人에 불과하다"고 단언했다.

문질빈빈으로 "修己"의 가장 중요한 요소를 갖춘 이는 안팎으로 두 개의 관문을 넘어서야 한다. 그중 하나는 "中和"의 인격을 갖춰나가는 것이다. 中庸의 도를 구체적으로 체현한 것이 中和다. 중용의 도란 양극단을 멀리하고 공정하고 객관적으로 어느 한 편의 입장에 서지 않은 채로 문제를 바라보고 처리하는 자세다.

다른 하나는 독립된 인격을 갖추는 것이다. 孔子는 "三軍을 지휘하는 將帥는 사로잡을 수 있어도, 평범한 匹夫의 의지는 꺾을 수 없다"고 했다. 초강력 수단이 되는 무기나 작전을 제대로 수행하면 상대편 3개 군을 총괄하는 사령관을 포로로 삼을 수 있을 것이다. 그러나 일개 민초라도 의지를 굳게 다지면 무슨 수를 써도 탈취할 수 없다는 말이다. 그만큼 한 인격체의 독립된 의지는 힘이 있다는 주장이다.

이러고 보면 한 사람이 겉과 속이 같아 조화로이 빛을 발하고, 불편부당하지 않게 공명정대한 해결책을 모색하며, 누구의 압박에도 굴하지 않는 독립 의지를 갖추는 것이 "修己"의 요체다.

그렇다면 盤山은 "修己"의 요체를 다 갖추셨는가? 文質彬彬으로 안과 밖이 한결같아 조화로운 빛을 발하시는 것과, 불요불굴의 독립된 개인 의지는 두말할 필요 없이 온전히 갖추신 선비시다.

마지막 한 가지 요체인 中和에 대해서는 설명이 필요하다. 盤山은 정치 지형을 논하시면서 "어느 한 편에 깃대를 꽂지 않고" 객관적 자세로 문제를 파악하고 해결하는 부분만큼은 예외이시다. 정치학자로서 자신의 이데올로기 정체성을 표명하지 않고, "두루뭉술하게" 넘어가는 것은 어찌 보면 열정이 없어 보인다. 조선 시대 황희 정승의 일화처럼 "그도 옳고 너도 옳다"는 식의 兩是論은 지나치게 타협적이란 비판에서 자유롭지 못하다.

그렇기에 盤山은 자유민주주의를 고수함에 있어서는 누구 못지않게 결연하시다. 그래서 한때는 "極保守"의 대표로도 거명되셨다.

그러나 본인의 결점을 고치시는 데 전혀 거리낌이 없으신 분이 이런 "타이틀"을 거부하지 않으신다는 점에서 이 또한 盤山의 독립적 개인 의지가 철저히 관철되고 있는 것이라 하겠다.

이런 盤山께 나도 修己하는 마음가짐을 따라 배우고자 노력했다. 고백하자면 인간적 노력 면에서 나는 상대가 되지 못한다. 그나마 종교적 배경이 다르기에 하나님께 나의 부족한 修己에 긍휼을 바랄 수 있을 뿐이다.

그럼에도 한 가지 꼽지 않을 수 없는 것은 修己의 한 결과물로서의 飮水思源하는 자세다. 나보다 앞서 목마름을 겪었던 이가 뒷사람을 위해 파놓은 우물물을 내가 두레박질해 기갈을 면했다면 나는 반드시 우물을 판 이의 고마움을 잊지 않으리라 마음판에 새겨두었다. 이것만은 반드시 지키고자 노력하고 있다.

남에게 받은 배려에 감사하고, 나 또한 누군가를 위한 배려에 마음을 써두리라. 내가 남긴 행위의 결과로 남이 자그마한 행복을 맛본다면 나의 삶은 성공한 것 아니겠는가?

솔직히 巨木을 스승으로 둔 제자들은 때로는 버겁다. 後生可畏요 靑出於藍이란 말을 꺼내기가 어렵기 때문이다. 그러나 모든 제자가 항상 스승을 반드시 넘어서야만 하는 것은 아니기에, 松茂栢悅로 스승과 사제 간의 佳緣을 이어 나가고 싶다.

책과 출판으로 이어진 인연

부성옥[*]

이상우 선생님은 우리 제자들에게 태산북두(泰山北斗)처럼 존경받는 큰 스승님이시다. 이러한 선생님과 40여 년의 사제지간 인연을 이어오며, 많은 지도와 가르침을 받을 수 있었음은 내 인생의 큰 복이자 행운이라고 생각한다.

나는 1974년에 서강대 외교학과에 입학하였다(2회 입학). 고등학교 시절에는 원래 신문방송학과를 꿈꿨었는데, 그 당시에는 해외에 나갈 수 있는 길이 거의 없었던 시대였기에 외교학과에 입학하면 마치 미래에 외교관이 되고, 외국에도 나갈 수 있게 되는 양 오해(?) 혹은 착각하고 진로 수정을 감행했던 것이다.

강의·수업을 통해 선생님과의 만남은 군대 복무(1975~78년 8월)를 마친, 1978년 2학기부터였다. 돌이켜보면, 선생님께 가까이 다가갈 수 있었던 것은 그 어려운 국제정치나 국제관계, 그리고 기타의 정치학 이론이나 이슈 등을 우리들이 이해할 수 있도록 쉽고 간결하고 명쾌하게 설명해 주셨고, 그래서 좀 더 선생님 수업을 가까이 하게 된 것으로 기억한다.

1981년 졸업 후 선생님과 인연의 끈을 잇는 계기가 된 것은 나의 첫 직장 선택이었다. 첫 직장은 현대사회연구소 편집실이었다. 원래

---

[*] 도서출판 오름 대표

대학 졸업 학기였던 1980년 가을에 TBC(동양방송) 기자채용 1차 필기시험에 합격하고 2차 면접을 보러 간 날 오전에 '언론 통폐합'이 발표되었다. 이후 잠시만 다니리라 생각했던 첫 직장의 업무가 평생 직업이 된 셈이다. 나는 편집실에서 단행본, 월간지, 계간 학술지 등의 편집·제작 실무를 통해 인쇄·출판의 경험을 쌓게 되었다. 선생님과의 인연을 회상해 보면 주로 책으로 이어지는데 이 글에서는 선생님과 이어진 책들의 내용 소개를 중심으로 말씀드릴까 한다.

책과 관련된 첫 번째 기억은 나의 대학원 시절(1983~85) 교수님의 은사이신 R. J. 럼멜 교수님의 *Understanding Conflict and War*(전 5권)의 압축본인 *In The Minds of Men*의 교정을 보았던 것이다. 아주 오래전의 일이라 기억이 가물가물한데, 당시 몇 사람이 함께 교정을 보면서 나름 최선을 다했지만 한두 가지 실수도 있었던 것 같은데 좀 아찔했었던 기억이다.

이후 신아연이 1993년 출범하던 그해, 나 또한 '오름출판사'를 창업했고 지금까지 출판업을 유지하며 신아연과 깊은 인연의 끈을 이어오고 있다. 더욱이 선생님의 깊은 배려로 선생님의 단독 저술을 포함한 총 7종의 단행본 저작물을 오름출판사가 발간할 수 있었음은 제게는 큰 자랑이며 영광이다.

첫 번째 단행본은 『삶으로 가르치신 큰 스승 ─기당 이한기 박사 추모문집』(이한기 박사 추모문집 간행위원회 편)(1996년 1월 31일)이다. 이 책은 선생님의 은사이신 기당(箕堂) 이한기 총리님을 기리는 추모문집으로 여기에는 선생님을 포함한 42분의 이한기 박사님 제자들의 추모의 글이 실려 있다. 이 책의 글에서 이상우 선생님께서는 이한기 박사님과의 사제 간의 인연을, 1958년 서울법대 2학년생일 때부터 1995년 이한기 박사님이 세상을 떠나실 때까지 34년의 관계를 '平生助教'라는 표현으로 말씀하신다. 이 책에서 인상적인 대목은 "말과 글로는 자기가 할 수 없는 것도 가르칠 수 있으나 삶을 통한 가르침이란 스스로 그렇게 살지 않으면 가르칠 수 없기 때문이다. 箕堂 先生은 바로 이렇게 어려운 삶을 통한 가르침을 몸소 실천하신 보기 드문 스승이시다"라고 이상우 선생님은 이한기 박사님에 대한 깊은 경외와 존경을 표하고 계신다.

두 번째와 세 번째 책은 『21세기 東아시아와 韓國 I: 浮上하는 새 地域秩序』와 『21세기 東아시아와 韓國 II: 諸國의 戰略構想』, 이상우 편저(1998년 5월 20일)이다. 앞의 I권에는 21세기를 조망하는 글들과 동아시아를 역사적 맥락에서 분석하는 글들, 그리고 이러한 거시적인 큰 흐름 속에서 한국이 택해야 할 진로에 관한 글들을 모았다. 총 3부 20장으로 구성된 이 책은 제1부에서는 21세기의 시대적 환경을 동아시아에 맞춰 분석하고 있다. 제2부에서는 동아시아의 어제, 오늘, 내일을 역사적 사회적 사상적 측면에서 분석한다. 제3부에서는 한국의 대외정책과 방향 통일정책을 집중 조망하고 있다.

세 번째 책인 II권에서는 동아시아 질서의 구성국인 미국, 일본, 중국, 러시아와 몽골 등의 새 시대를 대비하는 노력들을 소개하고 있다. 1부에서는 미국과 일본의 동아시아 정책을 소개하며 2부에서는 중심 국가인 중국의 체제개혁을 집중 분석하고 제3부에서는 러시아와 몽골의 대응책을 소개하고 있다. 이 방대하면서도 가치 있는 두 권의 책은 선생님의 60세 생신을 기념하는 제자들의 뜻이 담겨져 있는 값진 결실의 산물이기도 하다.

네 번째 책은 『新亞研 10年史: 1993~2003』(2003년 5월 23일)이다. 이 책에서 1993년 5월 19일에 창설한 신아연이 창립 10주년을 맞이하였음을 축하하며 이상우 선생님은 다음과 같은 인사 말씀을 전하셨다. 즉, " … 지난 10년 동안 新亞研은 한국과 아시아의 장래에 관한 의미 있는 연구 프로젝트를 여럿 해냈습니다. 앞을 내다보면서 6년에 걸쳐 한미동맹 재정립방안을 미국의 Pacific Forum과 공동 연구해 왔고, 일본과의 안보협력을 실질적으로 검토하는 심도 있는 모의실험을 3년에 걸쳐 주관했습니다. 또한 한·미·일의 안보협력을 여러 차원에서 강화하는 연구도 했었으며 한국의 장기 국방정책을 다루는 3개의 프로젝트도 해냈습니다"라는 말씀과 함께 "더 큰 일이 기다리는 두 번째 10년, 세 번째 10년을 향해 힘을 모읍시다. 그리고 앞으로 나아갑시다"라고 하셨는데 정말 세월은 한순간처럼 흘러 이제 세 번째 10년이 과거의 시간으로 자리 매김되는 역사적 순간이 되었다.

다섯 번째의 책은 『21세기의 세계 질서: 변혁시대의 적응 논리』(2003년)이다. 이 책은 이상우 선생님께 봉정하는 퇴임기념논문집으로서 의미부여도 있었지만 2003년 2월부터 한림대학교 총장으로 임명되셨고, 학자로서의 생활이 계속 이어짐으로써 진정한 '축하'의 뜻이 더 많이 담겨진 책이다. 총 4부 26개의 장으로 구성되어 있고 책의 분량만도 789페이지에 이르는 방대한 저술이었다. 이상우 선생님은 "오늘이 어려우면 내일에 거는 꿈이 더 화려해진다. 우리는 21세기라는 급변의 세기를 맞이하면서 기대와 불안 속에서 꿈과 현실의 간격을 좁히려는 노력을 펴고 있다"는 말씀과 더불어 변화는 기회와 도전을 함께 가져오며, 새로 다가오는 도전을 슬기롭게 극복하면 변화가 우리의 꿈을 펼칠 수 있는 기회로 전환될 수 있음을 말씀하신다.

여섯 번째 책은 이상우 선생님의 단독 저술인 『정치학개론』(2013년 8월 16일)이다. 이 책에서 선생님은 정치란 "공동체 질서를 창출하고 유지·관리하며 시대 흐름에 맞추어 개선해나가는 체계적 인간 노력"이라고 정의하고, 이러한 정치체제에 대한 기초지식을 얻는 길잡이가 될 수 있도록 이 책을 썼다고 밝히셨다. 특히 학생들이 정치학 영역의 전문과목을 이수하는 데 필요한 예비지식을 얻도록 하는 것을 목표로 구성되어 있다. 총 3부 14개 장으로 구성되었는데, 1부는 공동체와 정치, 2부는 한국정치, 3부는 국제정치 영역으로 구분하여 서술하고 있다.

일곱 번째 책 역시 이상우 선생님의 단독 저술인 『북한정치 변천: 신정(神政)체제의 진화과정』(2014년 3월 17일)이다. 이상우 선생님은 "역사의 한 시점에서 북한정치의 한 단면(形)을 보여주어서는 북한정치의 참모습을 헤아리기 어렵다고 생각하며 시대 흐름 속에서 북한정치체제가 어떻게 변천해왔는가(勢)에 초점을 맞추어 북한체제를 해설해보았다"며 학생들에게 북한정치를 동태적으로 그리고 입체적으로 이해시키고자 이 책을 구성하였음을 밝히고 있다. 이 책은 총 4부 14개의 장으로 구성되었는데 1부는 북한 신정체제의 진화과정, 2부는 북한 통치체제와 이념, 3부는 기능 영역별 체제와 정책, 4부는 김정은체제의 변화 전망으로 구성되어 있다.

선생님께 지도를 받던 학생 시절에서부터 지금까지 항상 선생님의 따뜻한 배려와 지도는 내 삶의 여정에서 큰 축복이며 행운이었다. 아울러 자랑스러운 신아연의 30년을 뒤로 하고 더 큰 일이 기다리는 네 번째 10년을 기대하며 신아연의 무궁한 발전과 선생님과 사모님의 건강을 기원드린다.

'상식과 울타리'가 되는 선생이 되자

강근형[*]

이상우 교수님께서 제자들과 함께 책을 같이 쓰고 싶다는 얘기를 듣고 무엇을 써야 되나 깊이 생각해봤다. 이상우 교수님과의 인연은 1975년에 서강대학교에 입학하고부터 지금까지 꾸준히 스승으로 모셔오고 있으니 거의 50년 세월이 훌쩍 지났다. 교수님께서 강의실에서 또는 개인적으로 만났을 때의 말씀들이 나의 세계관과 이념적인 신념에 지대한 영향을 미쳤음은 부인할 수 없는 사실이다.

내가 보기에 이상우 교수님은 자유민주주의 이념에 투철하신 분이다. 이점은 나뿐만 아니라 거의 모든 제자들에게 큰 영향을 주었을 것으로 믿어 의심치 않는다. 북한 김일성 전체주의를 전면에서 비판하고 중국 공산당의 권위주의 행태에 우려감을 서슴지 않고 토로하였다. 북한과 대치하고 있는 상황에서 한국의 자유민주주의자들이 보수주의자가 되는 것은 당연하다. 이상우 교수님은 강의와 칼럼은 물론 정부의 자문역할을 하면서 대한민국을 지키는 지킴이 역할을 충실히 하셨다. 이와 같은 기본 철학에 크게 공감하고 나도 그런 사고를 가지려고 노력해왔다. 이런 점 외에도 교수님께서 강조하신 말씀 중에 지금까지 나의 사고를 지배하고 있는 두 가지 점을 정리하려 한다.

하나는 교수님께서 '상식'에 기반해서 상황을 판단하라는 점을 강

---

* 제주대학교 명예교수

조하셨다. 상식이란 오랫동안 축적되어 대다수 사람들이 인정하고, 판단력과 사리 분별의 기준이 되는 지식을 말한다. 어떤 사람이 이상한 일을 했을 때 보통 상식 밖의 행동을 했다고 한다. 이처럼 상식은 우리가 살아가는 데에 옳고 그름을 판단할 수 있는 매우 중요한 기준이 되는 지식이다.

필자는 비교적 이른 나이에 대학 강단에 섰다. 1984년 3월에 제주대학교의 전임강사가 됐으니 당시 풋내기 교수임은 말할 것도 없었다. 지금 생각해보니 이론적으로나 경험적으로나 내공이 약한 초보자나 다름없었다. 80년대 중반이 어떤 때인가? 대학가에서는 매일 군부권위주의 정권 타도 데모가 하루가 멀다 하고 일어나고 있던 시기였다. 교양과목에서 학생들이 던지는, 교수님의 입장은 무엇입니까? 라는 질문에 선뜻 확신을 가지고 답하기 어려웠고 난처한 경우가 종종 있었다. 학생들과 논쟁도 많이 했다. 나는 학생들에게 지금은 미래를 준비할 시기이니 공부에 힘쓰고 군부정권이 오래가지 않을 것이니 너희들의 시대가 됐을 때 민주적인 사회를 만들어가는 데 주역이 되면 되지 않겠느냐는 논리를 폈던 것 같다. 그 당시 학생들이 지금은 국회의원도 되고, 도의원도 하고 있고, 우리 사회 곳곳의 중심적인 자리에서 활약하고 있다.

당시에 나는 이 시대가 요구하는 '상식'은 무엇일까 하는 고민을 많이 했다. 그에 따라 판단하고 학생들을 가르치려 했다. 우리는 분단국이며 북한은 언제나 남한 사회의 혼란한 틈을 노리려 한다. 분단 한국은 미국이나 유럽 국가들과 같은 정도의 자유를 누리기에는 아직 어렵다고 보았다. 아무리 주장이 옳다 하더라도 극도로 사회 혼란을 야기시키는 경우에는 멈추는 자제도 필요하다고 생각했다. 이것이 이 시대가 요구하는 '상식'이 아닌가 하는 나만의 상상을 했던 적이 많았다. 이런 사고는 지금도 비상식이 난무하는 한국 정치를 보면서 우리 정치를 판가름하는 나의 기준이 되고 있다.

다른 하나는 이상우 교수님께서 우리들에게 늘 '울타리'가 되라는 점을 강조하셨다. 울타리란 누구의 외풍을 막아주는 것이다. 친구들, 형제들, 부모님, 후배들 등 우리가 만나는 모든 인간관계에서 솔선수범해서 그들의 울타리가 되려고 노력하라는 당부의 말씀이셨다. 나도 졸업하는 제자들에게 사은회 때 우리 은사님의 말씀이라며 사회에 나가 '울타리'가 되라는 얘기를 하곤 했다. 당시는 학과 설립해서 얼마 되지 않은 때라 졸업생들에게 후배들을 잘 챙기라는 얘기로 했지만 나이가 들수록 그들이 울타리가 되어 줄 상대들은 많을 것이다. 우리가 서로 서로의 울타리가 되어 줄 수만 있다면 우리 사회는 훨씬 살만한 곳이 되지 않을까?

이제 고희를 바라보는 나이가 되어보니 나는 과연 누구의 울타리 노릇을 잘 해왔나 하는 회한이 앞선다. 후배들을 잘 챙긴 것 같지도 않고 제자들을 열심히 가르치려 노력은 했으나 그들이 어떻게 평가했는지는 알 수 없는 노릇이다. 그래도 강 교수는 깐깐하게 가르쳤다는 얘기를 제자들에게서 들을 때가 있어 그것으로 위안 삼을 따름이다.

울타리가 된다는 것은 나와 관련된 사람들에게만 하는 것이 아니라 더 나아가 사회에 봉사하는 마음을 갖고 실천하라는 말과 다름없다. 늦게나마 봉사단체에 들어가 조금이라도 이웃에 봉사하고 그동안 받은 은혜에 보답하려고 노력하고 있다. 이런 사고와 실천하려는 마음이 모두 이상우 교수님께서 필자에게 주신 큰 은혜라고 느끼고 늘 감사드린다. 교수님께서 건강하게 오래오래 우리 곁에 계시어 주시길 간절히 기원하는 바이다.

복된 만남과 배움

이규영[*]

사람의 생애는 출생 이후 귀중한 시간으로 점철되다가 마감하게 된다. 시간의 점철은 생로병사 또는 생애의 봄·여름·가을·겨울로 비유되기도 한다. 한 사람의 생애는 개개인마다 매우 소중하고 특유한 역사로 이어진다. 개개인 삶의 역사는 한편으로 스스로 얼마나 만남의 소중함을 인식하면서 세밀하게 준비했는가, 다른 한편으로 실제 어떤 사람과 만났는가라는 사실에 의하여 삶의 내용과 특성이 완결된다. 그래서 자신의 생애 기간에 누구를 만났는가는 한 사람의 인생이 성공 또는 실패 여부를 좌우하는 중요한 관건이 된다.

필자 역시 어느덧 대학에서 연구와 강의 생활을 하다가 정년 퇴임을 하고 현재 인생 후반전을 계획하고 채워나가고 있다. 자연히 인생 전반전을 돌이켜 보건대 실로 많은 사람들을 만났다. 태어나기 이전부터 인연이 있었지만 태어나서 구체적으로 만난 부모님, 형제자매, 조부모님과 친척들 그리고 성년이 되어 삶의 동반자로 사랑하는 아내와 자녀들이 정말로 소중한 만남이었다.

가족의 울타리를 넘어서 세상을 배우면서 사회 구성원으로 나아가기 위한 교육 기간에도 많은 분들을 만났다. 초·중고·대학 시절은 옳은 방향으로 아낌없이 섬세하게 지도해 주셨던 많은 은사님들과 친구

* 서강대학교 명예교수

들을 만나는 귀중한 시기였다. 이후 교회를 포함하여 사회생활과 교직을 수행하면서 여러 방면에 걸쳐 다양하고 지혜를 더해주는 선배, 동료, 후배들을 만났다. 연령, 사회적 배경, 직업의 귀천에 관계없이 그들 모두가 무엇인가 필자에게 가르침을 주는 만남이었으며 값진 삶의 지혜를 허락해 주는 은인이었다. 잠시 스쳐 간 인연으로부터 오랜 삶의 동반자에 이르기까지 다양한 만남은 필자가 걸어온 삶의 내용을 가치있게 만들어주는 고귀한 천사들이었다.

필자는 어릴 때부터 교육자 가정에서 성장한 배경으로 교직에 대한 꿈을 가졌다. 대학에서 연구와 강의 그리고 후학들을 '가르치는 일'을 하면서 인생 전반기를 마무리하기까지 많은 스승들이 계셨다. 여러 분들 중 한 분을 소개하건대, 주저없이 반산(盤山) 이상우(李相禹) 교수님과 만남이다. 이 '사건'은 필자에게 아무리 강조해도 지나침이 없는 축복이다. 1976년 「비교정치론」을 수강하면서 교수님과 오랜 만남이자 배움이 시작되었다. 필자는 학부와 대학원 과정에서 교수님의 다양한 강의를 통해서 학자로서의 자세, 자격 나아가 품격을 배우고 모방하고 이후 필자 나름의 고유한 학문 영역을 개척할 수 있는 방향을 터득할 수 있었다. 몇 가지 이야기를 요약하여 정리하고자 한다.

첫째로 다양한 강의 속에서 터득한 몇몇 핵심 개념들은 필자가 대학에서 후학들을 가르치는데 주된 주제로 활용되었다. 정치학에서 여러 하위 연구영역이 있지만 이를 하나로 관통할 수 있는 개념은 단연코 '질서'(秩序, Order, Ordnung)이다. 질서는 정치를 쉽게 이해할 수 있는 정의 중 하나인 '가치의 권위적 배분'(David Easton)과 일맥상통한다. 정치학은 실용학문이며 모든 사람들과 사회를 올바른 방향으로 선도하는 가치학문이다. 따라서 질서라는 가치는 자연현상에서 쉽게 찾을 수 있지만 사회과학 특히 정치학에서 끊임없이 본질을 유지하면서도 시대정신과 환경에 적확(的確)한 내용을 찾아내야 하는 학문적 명제이다. 질서는 모든 이들을 유익하게 하는 사회형성과 유지에 반드시 필요한 핵심 요소이다.

둘째로 학문하는 '학생(學生)'의 자세이다. 필자의 주된 학문 영역은 유럽을 중심으로 하는 비교정치와 국제정치이다. 이상우 교수님은 정치학에서 「지역연구」의 중요성을 언급하셨다. 교수님은 지구상에 존재하는 여러 나라들과 지역을 연구하고 특정 지역의 전문가가 되려면 최소 10년을 투자해야 된다고 강조하셨다. '10년'을 필자 나름대로 분석해보니 일리 있는 기간이었다. 특정 해외지역연구는 해당 언어의 습득으로부터 시작된다. 또한 역사로부터 시작하여 문화, 자연·인문지리, 인류학, 사회학 등의 기초를 철저하게 다지면서 사회과학의 다양한 연구방법론을 실제 적용하여 검증하는 학문영역이다. 결국 이러한 다양한 학문과 연구방법론의 종합은 한 마디로 특정 해외지역에 거주하는 '사람들'에 대한 연구이기도 하다. 정치학은 바로 사람에 대한 연구학문으로 요약된다. 사람에 대한 연구는 단기간에 완성될 수 없다. 따라서 정치학 학문은 은근과 끈기 속에서 많은 인내와 더불어 끊임없는 문제 제기와 해답을 추구해야만 한다. 역설적으로 10년도 짧은 시간투자일 수도 있다.

셋째로 반산 이상우 교수님의 필자에 대한 '개인지도'였다. 이는 필자가 교수가 된 이후 학생지도와 상담에 지침이 되었다. 교수님은 필자에게 개인 맞춤형 지도를 해주셨다. 학부 졸업논문으로 「유고슬라

비아와 체코슬로바키아의 개혁주의」를 작성한 것이 인연이 되었다. 냉전 시기였지만 미래를 내다보는 혜안을 가지시고 독일로 유학하여 동유럽을 전공하도록 권고하셨다. 특히 평생 잊지 못할 감사함은 박사학위의 지도교수이신 클라우스 폰 바이메(Klaus von Beyme) 교수님을 만나게 하신 '학사(學事)지도'이다. 이를 통해 필자는 러시아·동유럽 언어를 공부하게 되는 계기가 되었고, 더욱 감사한 것은 이상우 교수님의 가르치심과 방법론을 바탕으로 Beyme 교수님의 깊고도 넓은 가르침을 함께 접목할 수 있었던 선한 인도하심이다. 이를 토대로 필자의 학문 생활에 필요한 연구좌표, 방법론, 고유한 연구영역 등을 세울 수 있었다. 오래전 한국 교육 과정에서 중요한 특징 중 하나가 가정방문과 현장학습지도였다. 교수님도 필자가 유학하던 하이델베르크대학교 기숙사까지 '가정방문'하심은 잊을 수 없는 아름답고 감사한 추억이자 '개인 지도의 금상첨화'였다.

한 사람의 일생 동안 궤적은 만남의 유형과 내용에 따라 결정된다. 좋은 만남, 아름다운 만남, 감사의 만남은 선한 만남이다. 필자가 반산 이상우 교수님을 만나서 귀중한 배움을 통하여 훈련을 받음은 축복이자 행운이 아닐 수 없다. 스승 이상우 교수님과 제자 이규영의 만남은 많고 많은 만남 중에서 특별한 만남이다. 필자는 짧지만 진솔한 감사의 마음을 이 글에 담아 인생과 학문의 스승 반산 이상우 교수님께 헌정한다.

함께하는 삶: 배움, 채움, 나눔, 울림

- 배움의 시작 -

김규륜*

나의 삶에 대한 이야기는 배움, 채움, 나눔의 연속이라고 할 수 있다. 배움으로서 채우고, 채움을 나누고, 나눔을 통해 울림을 만들어내고자 노력하였다 할 수 있다. 내가 과연 얼마나 울림을 만들어냈는지는 잘 모르지만 지금도 노력할 것이며 미래에도 지속할 것이다.

이 글은 이상우 선생님께서 반산회에서 주신 음수사원(飲水思源)의 뜻에 따라 영감을 받아서 작성하게 되었다. 즉, 선생님의 말씀에 따라 나의 삶을 가능케 한 근원에 대한 내용을 정리해 본 것이다. 본 지면을 빌어 선생님께 깊은 감사의 말씀을 드린다. 음수사원의 뜻은 알다시피 물을 마실 때 그 근원을 생각하라는 것이다. 또한 우물을 판 사람이 있어 물을 마실 수 있으니 감사하라는 뜻도 내포되어 있다.

여기에서는 우선적으로 나의 삶의 근원이자 배움의 시작인 가정교육에 대한 내용을 소개하고자 한다. 이 글은 대한민국에서 베이비 부머로 태어나 1960~70년대에 초·중·고·대학 교육을 받고 1980년대에 미국에 유학해서 박사학위를 취득하고 평생을 통일 연구에 매진한 한 연구자의 배움에 대한 소회를 적은 것이다. 지면이 한정되어 있기 때문에 배움, 채움, 나눔에 대한 나의 생각 중에서 배움의 시작에 대한 느낌을 위주로 간략히 소개하고자 한다.

---

* 前 통일연구원 기획조정실장

아마도 내가 배움을 시작한 것은 태어나면서부터일 것이다. 말하기에서 시작해서 읽기와 쓰기 등 현대적 교육을 받기 위한 기본기는 부모님으로부터 물려받았다고 생각한다. 1950년대 한국 기준으로는 드물게 두 분 다 고등교육을 수료하신 분들이었기에 내가 이성적으로 사고할 수 있도록 하는 기초를 잘 마련해 주신 부모님께 감사드린다. 아버님은 많은 사람들이 가는 쉬운 길을 무작정 따라가는 것보다는 남들이 가지 않는 어려운 길을 생각해 보라는 말씀을 자주 하셨다. 이 말씀은 나의 인생에서 내가 중요한 변화를 시도할 때마다 방향을 결정하는 좌우명이 되었다.

　　어머님은 늘 남에게 폐가 되지 말라는 말씀을 하시면서 말과 행동을 점잖게 해야 한다고 하셨다. 단순한 말인 것 같지만 화가 날 때 나 스스로를 다스리는 데 도움이 되는 습관을 기르는 데 큰 도움이 되었다.

　　그런데 어렸을 때 나에게 여러 의미에서 큰 영향을 주신 분은 외조부님이시다. 나는 어렸을 때 지평선이 펼쳐진 평야를 앞에 둔 외갓집에서 시간을 보낸 적이 많은데 외조부님은 나에게 천자문도 가르치시고 시조를 읊는 법도 알려주셨다. 할아버지는 "태산이 높다 하되 하늘 아래 뫼이로다"는 글귀를 통해서 노력하면 무엇이든 이룰 수 있다는 큰 포부를 가질 수 있게 해 주셨다. "까마귀 노는 곳에 백로야 가지 말라"는 속담에 담긴 깊은 뜻을 가르쳐 주셔서 내가 평생에 나쁜 이들과 어울리지 않는 삶을 지향하는 인식의 토대가 되었다. 또한 "세수할 때 고개 숙이고 하지 말라," "외출하고 돌아오면 꼭 귀를 씻으라"고 하시는 등 곧은 선비의 길을 많이 가르쳐 주셨는데 내가 올바른 길을 가도록 하는 단단한 사고의 기초를 다져주신 것으로 생각한다.

한편 외조부님은 내가 무엇이든 배운 것을 따라 하면 늘 총명(聰明)하다고 칭찬을 해 주심으로써 배움을 즐겁게 여기도록 하여 주셨다. 나아가서 앎과 깨우침의 즐거움을 통해서 자연스럽게 지적인 호기심을 가지도록 하였다고 생각한다. 교육에 있어서 칭찬의 중요성을 강조하는 많은 전문가들이 있는데 칭찬은 긍정적 사고를 유발하는 기제로 작용하기 때문이다. 즉, 꾸짖음의 교육적 효과는 평균 정도 배움을 만들어내는 효과는 있겠지만 칭찬은 창의적인 생각을 만들어내는 원동력으로 작용함으로써 그 효과가 무한정으로 발휘된다는 것이다. 이러한 부모님과 조부님의 가르침은 나의 학자로서의 인생 여정에서 든든한 기초가 되었다.

이상우 선생님께서 반산회에서 주신 다른 하나의 글귀인 송무백열(松茂柏悅)의 뜻을 되새기면서 나의 삶에 대한 짧은 글을 마무리하고자 한다. 그 뜻은 소나무가 무성하면 잣나무가 기뻐한다는 것으로 우리 속담 "사촌이 땅을 사면 배가 아프다"의 정반대적 뜻을 가진 것으로 삶의 귀감이 되는 의미를 가지고 있다. 나는 음수사원에 담긴 깊은 뜻을 바탕으로 나에게 주어진 매사에 감사하는 마음을 가지고 살고 있다. 송무백열의 의미는 나와 관계를 맺은 모든 사람들이 늘 잘 되기를 바라는 마음가짐을 가지게 하였다고 할 수 있다. 이러한 좋은 생각을 가지게 하여 주신 선생님께 다시 한 번 감사의 말씀을 드린다.

북방정책의 기수 되다: 인생 3막 리포트

박종수[*]

　"오늘은 바로 제 남편이 약속을 지킨 날입니다. 저를 처음 만난 자리에서 '북방정책의 기수'가 되겠다고 말하더군요. 저는 그 한마디에 평생의 반려자가 됐습니다." 2021년 9월 6일은 내 인생에서 기념비적인 날이었다. 문재인 정부의 신북방정책을 총괄하는 대통령 직속 북방경제협력위원회 위원장에 임명됐다. 청와대 수석들이 배식한 차담회에서 文 대통령이 아내에게 소감 한마디를 당부했다. 아내는 첫마디를 그렇게 시작했다.

　1981년 복학 후 진로 문제를 고민하다가 북방정책에 인생을 걸기로 작심했다. 그럴만한 동기가 있었다. 은사님이 공산권인 소련과 중국 전문가가 되려면 우선 어학부터 공부하라고 조언하셨다. '10년 뒤를 내다보면 노어를, 5년 뒤는 중국어를 권유하시면서 어학 과목을 개설해 주었다. 나는 노어를 택했다. 중국어는 대만 때문에 전공자가 많았다. 노어는 그 당시 고려대와 외대에 학과가 있었지만 어문학 위주였다. 천부적인 어학 재능이 없는 나로서는 적어도 10년 정도라면 승부를 걸어 볼 수 있을 것 같았다.

　1982년 1학기 초급과정에 60여 명이 수강 신청을 했다. 고급과정에는 나 혼자 남았다. 3학기를 이수해도 노어 원전을 읽을 수 없었다.

---

[*] 前 주러시아 공사

회의감이 들었다. 의욕도 없었다. 게다가 "자네, 노어 감각이 없어. 다른 외국어를 택하지" 노어 교수의 폭탄 충고는 청천벽력과 같았다. 몇 주일을 방황하다가 진로상담을 위해 은사님을 찾았다. "왜 포기해! 너라면 할 수 있어!" 은사님의 힘 있는 격려 말씀은 재도전의 버팀목이됐다. 졸업후 외국어대에 가서 청강을 했다. 1년 후 노어를 잘 활용할 만한 직장을 찾았다. 필기시험에 수석 합격했지만 망설였다. 민주투사를 때려잡는다는 그 직장의 오명 때문이었다. 면접을 앞두고 다시은사님을 뵙고 상의드렸다. 해외부서는 국내부서와는 다르다면서 적극 권유하셨다. 홀가분한 마음으로 직장생활을 시작했다. 그러나 실무에서 노어를 사용할 기회가 거의 없었다. 그래도 노어 공부는 포기하지 않았다.

1988년 서울올림픽에 소련 선수단의 참가가 확정되면서 기회가왔다. 소련 선수촌을 총괄하는 임무를 맡았다. 올림픽이 성황리에 끝나고 모스크바를 향한 한민족의 대이동이 시작됐다. 갓 출범한 노태우 정부는 북방외교에 사활을 걸었다. 노어 인력이 턱없이 부족했다. 국비유학 선발시험이 공고됐다. 그때 불현듯 뇌리를 스쳐간 것은 은사님의 '여담'이었다. 은사님은 강의 도중에 특유의 스타일로 '여담인데...' 하시면서 학점관리에 신경 쓰라고 조언했다. 어느 직장에 가던지 유학 갈 기회가 있을 수 있고, 그때 가서 학점 때문에 후회하지 말라는 충고였다. 그러나 내 사전에는 원래 유학이라는 단어가 없었다. 남쪽 외딴섬에 태어나 상경한 것 자체가 유학이었으니까. 천재일우의 행운을 고대하면서 은사님의 '여담'을 가끔씩 되새기곤 했다.

3년 과정의 국비유학에 선발됐다. 천하를 얻은 기분이었다. 은사님의 선견지명에 감탄사가 절로 나왔다. 영국 런던대에서 공부하다가 한소수교가 되면서 러시아로 옮겼다. 귀국 후 2년 뒤에 또다시 박사과정의 유학길에 올랐다. '공부하러 직장에 왔냐? 공부 많이 한 놈치고 직장에서 잘된 놈을 못 봤다.' 선배들의 노골적인 방해도 있었다. 공직 생활 중 무려 7여 년간 국비유학으로 박사학위를 취득했다.

실무에 복귀한 후 본부와 해외 공관을 오가면서 밤낮없이 일했다. 2007년 2월 러시아 주재 공사로 부임했다. 경쟁상대였던 6년 선배를 젖히고 선발됐다. 자타가 공인하는 이론과 실무를 겸비한 고위 외교관 겸 학자로서의 입지를 구축했다. 그리고 2009년 4월 모스크바 대사관에서 정년 10여 년을 남겨둔 채 명예퇴직을 신청했다. '북방정책의 기수'가 되겠다는 초심 때문이었다. 직업 공무원으로서 그 꿈을 펼치기에는 너무 제약이 많았다. 국회의원 선거에 세 번 도전했지만 실패했다. '무엇을 위한 금배지냐'는 물음 앞에 냉정해야 했다. 꼭 그 길밖에 없는가?

북방 정책을 수행하는 데 합당한 자리를 찾아 나섰다. 그것이 바로 문재인 정부의 신북방정책을 총괄하는 대통령 직속 북방경제협력위원회 위원장이었다. 사실 신북방정책은 내 아이디어였다. 2006년 중순 경 7명의 후배 학자들과 차기 정부의 대외정책으로 북방정책을 꼽았다. 장미대선이 치뤄지면서 각 캠프 후보들이 대선공약을 제대로 준비하지 못했다. 문재인 정부는 내가 총괄 집필한 '북방에서 길을 찾다-신북방정책'을 나꿔챘다. 결국 뒤늦게 주인을 알아본 셈이다.

나는 출근 첫날부터 동분서주했다. 코로나19 팬데믹의 소용돌이 속에서도 대규모 대표단을 이끌고 매월 러시아를 비롯한 북방 14개국을 누볐다. 남북관계와 북미 관계가 경색된 상황에서 북방의 길만 열려있었다. 지속 가능한 북방정책의 교두보로서 두만강하구에 국제 평화지대를 조성해야 한다는 평소의 소신을 펼쳐 나갔다. 특히 그 지역의 핵심국인 러시아 설득에 전력투구했다. 마침내 2022년 3월 1일 삼일절을 기해 북중러 접경 두만강하구에서 평화지대 선포식을 갖기로 합의했다. 그러나 행사 1주일 전 우크라이나사태가 발발하면서 전면 보류되고 말았다.

냉전 해체 후 30여 년간 역대 정권의 대외정책은 사실상 북방을 벗어날 수 없었다. 북방정책은 여전히 미완의 블루오션이요 분단 한반도의 숙명적 선택지이다. 독일통일은 중단없는 동방정책의 결실이었고 이는 에곤바르 한 사람의 우직한 집념으로 가능했다. 하나님이 주신 소명이라면 결코 피할 수도, 포기할 수도 없다. 나는 선천적인 재능도, 후천적인 부와 배경도 없었다. 유일한 자산이라면 '해가 뜨면 다시 진다'는 자연의 철칙을 믿고 자라온 촌뜨기의 순진함이었다. 그렇기에 은사님의 가르침은 백지와 같은 내 영혼 속에 쉽게 똬리를 틀 수 있었다. 대학 졸업 후 은사님을 지근 거리에서 모실 기회는 없었지만 그 가르침은 항상 내 인생의 나침판이었다.

나의 인생 3막도 1·2막의 진행형이다. 3막의 길목에서 은사님의 회고록은 마치 마르쿠스 아우렐리우스의 명상록을 읽는 기분이었다. '스승만 한 제자는 없구나'. 청출어람은 부질없는 논쟁일 뿐이다. 스승과 제자 사이에는 영원히 좁힐 수 없는 질적·양적 간격이 존재함도 깨달았다. 지식은 누구나 줄 수 있지만 지혜는 아무나 주는 것이 아니었다. 흔히 교수는 학생에게 지식을 줄 수는 있지만 지혜까지 주지는 못 한다. 그래서 교수와 스승은 다르다. 대학 때 교수로부터 받은 140학점의 지식 못지않게 은사님의 촌철살인 '여담'이 더 소중한 이유다. 체르니쉐프스키가 묻고 레닌이 행한 '무엇을 할 것인가(Что делать)?'를 묵상하면서 인생 3막 리포트를 스승님께 제출한다.

'自尊의 의미'를 60세 넘어서 깨닫다

차상민[*]

이상우 선생님의 수업을 들은 제자라면 누구나 기억하는 말씀이 있다. "여러분은 누구나 최고가 될 수 있다. 어느 분야든 10년간 몰입하면 여러분은 그 분야의 최고가 된다." 수업 시간에 우리에게만 해 주신 말씀인 줄 알았는데 40여 년이 흐른 뒤 제자들 모임에서는 오래된 선배도 까마득한 후배도 모두가 그 말씀을 떠올리며 각자가 이룩한 성취를 은근히 드러낸다. 그러면 우리는 축하와 부러움으로 서로를 격려하지만 결국 그 모든 것을 선생님의 은혜로 돌리며 분위기는 사제 간의 정으로 무르익는다.

1980년대 대학 캠퍼스는 시위와 최루탄 가스로 혼란스러웠고 장래에 대한 희망과 기대는 누구에게나 아득하기만 한 시기였다. 10년이란 기나긴 시간을 투자하라는 것도 허망하게 들렸고 최고가 된다는 것은 언감생심 바랄 수 없는 것처럼 여겨졌다. 그럼에도 선생님께서는 우리에게 자존감(自尊感)을 심어주기 위해 부단히도 노력하셨다. 하지만, 당장 아무것도 할 수 없는 저치에 있는 나는 오히려 무력감과 자괴감으로 힘들어했다. 그러나 선생님의 거듭된 고취의 말씀은 부지불식간에 의식 밑바닥으로 스며들어 내 자존심(自尊心)의 버팀목으로 자라나고 있었다는 것을 한참 후에야 알게 되었다.

---

[*] (사)우리들의미래 상임고문

그때만 해도 나는 '자존(自尊)'을 이기적이라는 말과 동의어로 받아들였고 또 자존심은 오히려 비굴한 상황에서나 어울리는 말처럼 느껴지기도 해서 자존을 고취하시는 선생님의 열성을 편한 마음으로 받아들일 수 없었다. 사실 자존보다는 '이타(利他)'를 강조하는 사회 분위기였고 또 이타가 '위공(爲公)'인 것처럼 여겨지기도 했다. 그러나 선생님께서 우리에게 심어주신 자존의 가치는 온갖 어려움 속에서 내 의식 밖으로 튀어나와 나를 버티게 하면서 빛을 발했다. 내가 얼마나 소중한 존재인가를 스스로 다짐하면서 비록 곤고한 처지에 있더라도 주변을 살피는 아량을 베풀 수 있었다. 그래서 위공과 박애(博愛)가 자존의 바탕 위에서 존재할 수 있다는 것도 깨닫게 되었다.

살면서 이런저런 등락을 겪었다. 내 앞에 놓여있는 어려움과 좌절들을 '나를 만들어가는 과정(learning process)'으로 받아들이며 다시 일어설 수 있었던 것은 자존감 때문이었다. 그러면서 삶의 그 모든 과정이 얼마나 소중한 것인지 감사하게 됐다. 나의 삶뿐만 아니라 나를 낳아주신 어머니께서 함흥에서 내려와 홀로 이산(離散)의 아픔을 겪으며 우리 형제를 길러내신 과정도 모두가 나를 만든 소중한 것이었다. 어머니의 어머니, 뵌 적도 없는 외할머니께서는 또 어떤 어려움 속에서 우리 어머니를 키우셨을까. 이러한 생각을 이어가다 보면 인간이 만들어진 모든 과정이 신비이고 가치 없는 것이 없다. 그러니 내가 얼마나 소중한 존재인지를 두렵게 느껴지기까지 한다. 이처럼 소중한 내가 어찌 허튼짓하면서 시간과 공간을 더럽힐 수 있겠는가. 이상우 선생님께서 말씀하신 자존감이 자연스럽게 나를 신독(愼獨)에 이르게 한다.

내가 소중한 그 모든 과정을 거쳐 소중한 내가 만들어진 것이듯이 내 옆에 있는, 때로는 하찮게 보이는 어느 누구라도 소중하게 보이지 않는 사람이 없다. 그러니 자존이 박애(博愛)로 이어지지 않을 수 없다. 나와 그가 함께 사는, 즉 소중한 우리가 사는 공동체를 지키기 위한 위공(爲公) 역시 너무나 자연스러운 논리적 귀결이다. 나와 이웃의 관계처럼 나와 선조와의 관계, 나와 후손의 관계 그 모두가 자연스럽게 연결된다. 이런 소중함의 연결고리가 잘 이어지고 계승되는 이치를 깨닫는 것이 순리(順理)를 아는 것이고 이러한 순리를 지키기 위한 노력이 수기(修己)이다. 결국 자존으로부터 다른 가치가 이어지는 것이다. 선생님께서는 제자들에게 자존, 수기, 순리, 위공, 박애의 다섯 가지 덕을 가르치셨다. 어린 제자의 나이가 이순(耳順)을 넘고 보니 선생님께서 그렇게 강조하셨던 다섯 개의 덕이 결국은 자존을 말씀하신 것이라는 것을 깨달았다. 자존을 가진 자만이 수기, 순리, 위공, 박애를 드러낼 수 있다는 것을 이제야 알겠다.

　최근에 선생님을 찾아뵀을 때 앞으로의 계획을 말씀드렸다. 사실 실행할 근거와 준비가 갖춰지지 않았으므로 계획이라기보다는 의욕을 말씀드린 것이었다. 선생님께서는 '무엇을 했느냐' 보다 더욱 의미 있는 것은 '무엇을 하려고 하느냐'라고 말씀하시면서 나를 매우 격려해 주셨다. 선생님께서는 갖추지 못한 어설픈 의욕까지도 이미 달성된 성취보다 더 크게 인정하시면서 환갑을 넘긴 제자의 자존감을 한껏 높여주셨다. 스승님 앞에서는 언제나 부족한 제자이지만 부족한 부분을 당연히 채워질 것으로 믿으며 제자의 자존감을 높여주시는 스승님의 은혜에 다시금 감사드린다.

이성적 배움과 감성적 순화를 통한 정치적 중용

임성호*

제자는 스승에게서 이성적 배움만 얻는 것이 아니다. 감성적 순화도 받는다. 이 양자를 통해 제자는 자기 나름의 가치관을 정립한다. 나는 반산(盤山) 이상우 교수님에게서 정치학의 여러 주제와 덕목에 대한 이성적 배움을 얻었다. 이에 못지않게 귀중한 것으로 반산 선생님이 평소 보여주신 모습으로부터 감성적 순화를 받았다. 이성과 감성, 두 차원에서 얻고 받은 귀중한 선물 덕분에 나는 정치학도로 살며 정치적 중용(中庸)을 지상가치로 여기게 되었다.

중용은 누구나 중요하다고 말하지만 실천하기는 힘들다. 나도 지상가치로 이상시한다고 하지만 실제는 말로만 그친다. 그래도 중용의 당위적 가치는 우리 사회에서 널리 인정받고 금언(金言)의 대상으로 떠받들어졌었다. 그런데 근래 들어 상황이 바뀌었다. 정치권에서는 중용이 수사(修辭) 차원에서조차 잊혔다. 양극적 진영 대결이 전면전으로 격화되는 가운데 중용은 실종되고 자칫 기회주의자, 회색분자, 의지박약아, 심지어 배신자를 포장하는 단어 정도로 치부된다. 정치적 양극화는 블랙홀처럼 사회 전체를 집어삼켜 일상의 인간관계마저 내편, 네 편으로 경계를 갈라놓고 있다. 양극적 갈등, 이분법적 경계의 시대를 맞아 우리의 일상생활에서 중용이라는 덕목은 별로 언급조차

---

* 경희대학교 명예교수

되지 않을 정도로 위상이 떨어졌다.

이는 안타까운 일이다. 중용은 단순히 물리적 중간지대를 향하는 것이 아니다. 그런 기계적인 중립이나 중도보다 고차원이다. 온갖 다양한 생각(입장, 주장, 관점, 이익 등)이 부딪치는 속에서 이들 간의 화학적 작용을 통해 조화와 균형을 추구하는 것을 뜻한다. 내 생각과 남의 생각이 직접적 소통이나 간접적 연계를 거쳐 화학적으로 맞물리다 보면 나와 남의 생각이 이쪽이나 저쪽으로 모아질 수도 있고, 모아지지 않을 수도 있고, 새로운 생각이 떠오르기도 한다. 이때 생각이 무조건 한쪽만 고수하지 않고 여러 다른 생각들을 고려해 전체적인 조화와 균형을 지향할 때 중용의 상태라고 부를 수 있다. 각자가 자기 선호를 고수하는 가운데 물리적 중간점을 찾자는 경제학적 평형상태(equilibrium)와 다른 개념이다. 각자가 자기 선호만 고집하지 않고 남의 생각도 헤아려 공감하는 가운데 화학적으로 결합하자는 도덕적 개념이 중용이다. 공동체의 조화롭고 균형 잡힌 작동에 꼭 필요한 중용이 경시된다면 그 공동체는 어떻게 되겠는가? 정치의 위기, 민주주의의 위기, 국정 거버넌스의 위기, 심지어 국가의 위기 등 각종 위기론이 중용의 실종에 수반되어 나오고 있다.

반산 선생님의 정치학 방법론, 비교정치론, 국제관계론, 중국정치론 등을 학습하며 배운 것을 하나로 정리하자면 바로 중용이다. 이 과목들이 다룬 주제는 매우 다양하지만, 온갖 유형의 사람, 집단, 제도, 현상, 이익, 인식, 가치관이 복잡하게 얽히고설키는 세상이 바람직해지려면 어느 경우에나 중용(즉, 중용적 사고)이 필요하다는 공통점을 배웠다. 반산 선생님이 중용이란 표현을 항상 쓰신 것은 아니나 모든 상황에서 적절한 답은 중용을 통한 조화와 균형으로 귀결된다는 점을 제자 스스로 느낄 수 있게 해주셨다. 동양적 사유와 서양식 사고 간에, 당위적 주장과 경험적 관찰 간에, 질적 해석과 양적 분석 간에, 우연성과 필연성 간에, 구조 결정론과 인간 의지론 간에, 이념과 이익 간에, 권력과 도덕 간에, 변화와 지속성 간에, 거시적 흐름과 미시적 사건 간에, 집단의 우선성과 개인의 절대성 간에, 보편적 일반성과 맥락적 고유성 간에, 과정과 결과 간에, 내부 역학과 외부 충격 간에, 제도주의와 문화주의 간에 결국은 중용이 결론일 수밖에 없다. 어느 한쪽으로 편향될 때 정치학도로서 결코 만족스러운 답을 구할 수 없다는 점을 배웠다.

반산 선생님이 특별히 강조하신 다섯 가지 마음가짐은 중용의 중요성을 재확인해준다. 다섯 가지가 다 중용의 조건이자 결과로 연결된다. 첫째, 자존(自尊)의 마음가짐이 있어야 수많은 요소들이 충돌하는 속에서도 한쪽에 기울거나 줏대 없이 휘둘리지 않고 내가 주체로서 중심에 서서 조화와 균형을 기할 수 있다. 중용은 나뿐 아니라 남들도 헤아리고 공감하며 나의 주체적 세계를 조화롭고 균형 있게 가꾸는 것이다.

둘째, 수기(修己)도 필요하다. 무엇이 편향, 편견, 비굴, 기만이고 무엇이 중용인지 판단하려면 끊임없이 배우고 새로 깨쳐야 한다. 만물이 유전(流轉)하는 세상에서 어제의 중용이 오늘에는 아닐 수 있으므로 세상의 변화에 맞는 중용의 자세를 견지하려면 항상 배움과 고침의 마음가짐을 가져야 한다.

셋째, 중용은 순리(順理)에 대한 순응이라고도 할 수 있다. 남들을 존중하고 그들과 어울리며 조화와 균형을 추구하다 보면 상식을 따르게 되고 나만 내세우는 독선, 부분만 보는 편협함을 배격하게 된다. 세상의 이치가 무언지 객관적으로 알 수 없지만, 남과의 관계에서 중용을 지키다 보면 두루 공유되는 상호주관성(intersubjectivity)이 체화되어 저절로 순리를 따르게 된다.

넷째, 위공(爲公)의 마음가짐도 중용에 밀접하게 연결된다. 우리는 홀로 있는 자연인이 아니고 남들과의 관계를 통해 자아를 완성하는 사회인이라는 점을 인식한다면 응당 넓은 공동체를 우선시하게 된다. 학자라면 자기만의 지적(知的) 유희가 아닌 공동체의 수많은 구성원이 함께 향유할 지식의 생산을 위해 애쓰게 된다. 이렇게 위공 정신을 강조한다면 공동체의 다양함 속에서 전체적인 조화와 균형을 지키는 중용의 덕목이 자연스레 충족될 수 있다.

다섯째, 박애(博愛)도 중용의 핵심 조건이다. 남의 입장을 역지사지로 헤아리려면 기본적으로 남에게 감정이입(공감, empathy)을 할 수 있어야 한다. 철저한 이기주의자에게 남들의 생각도 고려해서 조화와 균형을 기하는 중용을 기대할 수는 없는 일이다. 꼭 이타주의가 아니더라도 남도 나와 똑같은 인간으로서 인정해야 한다는 마음, 다시 말해 인간 자체에 대한 기본적 사랑의 마음이 있어야 중용의 덕이 가능하다.

정치학 수업에서의 학습과 다섯 가지 마음가짐에 대한 배움은 이성의 영역이다. 반산 선생님은 감성의 영역에서도 큰 울림으로 중용의 덕을 가르치셨다. 그런데 이 감성적 가르침은 구체적인 말을 수반하지 않는다. 대신 당신의 평소 모습과 자세로 감동과 감흥을 일으켜 지켜보는 이들의 마음을 순화시키고 저절로 중용의 덕을 중시하도록 하는 것이다. 우리는 아름답거나 멋진 풍경, 장엄한 광경, 꾸밈없는 생활상, 진솔한 인간관계, 그리고 본보기가 되는 인물 등을 보면 뭉클한 감동과 감흥을 받고 잠시라도 마음이 순화되는 것을 느낀다. 마치 음악을 듣고 감성의 순화를 겪는 청각적 효과가 있듯이 무언가를 보고 감성의 자극을 받는 시각적 효과가 있다. 이를 통해 받는 심적 순화는 꼭 어떤 구체적인 방향이나 내용을 지니는 것이 아니다. 그저 막연하게 스스로에게 충실하자는 마음, 그리고 남에게 착해지자는 마음을 갖게 해준다. 감성 일반의 넓은 울림이다. 남들을 생각하며 전체적으로 조화와 균형을 기하는 중용의 덕목을 실천하는 데 꼭 필요한 것이 바로 이 마음의 순화, 감성의 울림이다. 이성적 배움에 감성적 순화가 합해져야만 억지로가 아니라 자연스럽게 우러나오는 중용, 즉흥적으로 생겼다가 단기에 끝나는 것이 아니라 오래 지속되며 힘들고 불리한 여건에서도 유지되는 진정한 중용이 가능할 것이다.

나는 지금까지의 인생에서 많은 분을 보며 감성적 순화를 받았다. 가깝게는 부모님과 아내로부터 멀게는 언론으로만 접한 유명인이나 진솔한 사연의 일반인까지 많은 분의 모습을 보며 감동과 감흥을 받았다. 내가 원래 미욱해 이 많은 감동과 감흥을 제대로 소화하고 승화시키지 못했지만 이마저도 없었다면 훨씬 더 어리석은 상태에 머물렀을 것이다. 특히 대학 시절부터 46년째 뵈어온 반산 선생님의 모습은 그 자체만으로도 어렴풋하나 넓은 감성의 공명을 자아낸다. 학자답게 높은 학문을 쌓는 모습, 교수답게 수업에 충실한 모습, 스승답게 제자를 아끼는 모습, 사회인답게 공적 현안에 헌신하는 모습, 사회단체 지도자답게 조직을 잘 세우는 모습, 가장답게 가정을 사랑으로 이끄는 모습은 내게 평생토록 감성적 순화를 제공해왔다. 이러한 감성적 순화의 덕을 입었기에 나는 정치학도로 살며 중용을 지상가치로 내세울 수 있었다. 내 소양과 인성이 크게 부족한 탓에 감성적 순화를 중용의 지속적인 실천으로 승화시키지 못하고 그 효과를 널리 펼치지 못했지만 적어도 중용의 중요성을 인지하는 데까지는 나아갈 수 있었다.

요즘 양극화 시대의 어수선함 속에서 자괴감에 시달리고 있다. 중용이 실종된 정치 현실은 쳐다보기조차 괴로운데 명색이 정치과정을 전공한 학자라면서 정치 현실에 아무 도움도 안 되는 나 자신에 대한 실망감과 무력감이 커진다. 이 시점에 반산 선생님의 가르침을 다시 떠올려본다. 수업에서 습득한 중용의 필연적 중요성, 다섯 가지 마음가짐에서 공통되게 도출되는 중용의 광범한 필요성, 이러한 이성적 배움에 덧붙여, 반산 선생님의 평소 모습에서 받은 감성적 순화를 통해 체득한 중용의 기본적 가치 — 내가 패배주의에 빠지지 않게 격려해주는 자극제이자, 불안을 떨쳐주고 마음을 다스려주는 진정제이다. 언젠가 중용이 일상생활과 정치에서 다시금 공명을 자아내고 중시되는 날을 고대하고 준비하면서 항상 갖고 다니는 나의 상비약이라 하겠다.

생활의 지혜, 가치의 모범

이민자[*]

학교 복도에서 커피 향기를 따라가면 선생님 방에 도착합니다. 이미 커피 한 잔을 손수 내리셔서 드시면서 제가 가면 '굿모닝'하시는 선생님의 미소와 함께 조교 근무를 시작하는 기쁜 날이었지요. 선생님은 제가 언젠가 사진이나 영화에서 보았던 맥아더 장군처럼 잘 생기고 친절한 분이라는 생각을 그때 했습니다.

선생님 조교를 오래 하면서 저는 매우 유용하게 사용할 두 가지(생활의 지혜, 가치의 모범)를 배웠습니다. 첫째, 일을 미루지 않고 바로 하는 것입니다. 선생님께서는 숙제를 주시며 "천천히 시간날 때 해"라고 하시지만 제가 바로 숙제를 해드리면 "잘 했어. 그런데 이것은 이렇게 고치자."라고 하셨죠. 저는 숙제 점검을 빨리 받는 것이 칭찬도 받고 일도 배우는 길이란 것을 얼른 알았지요. 물론 제가 이렇게 똑똑해지기까지 실수가 있었지요. 처음 숙제를 받고 시간 날 때 하려고 미룬지 반나절이 지났는데 선생님께서 "오전에 준 것 다 되었냐?" 물으실 때 심장이 멈출 만큼 놀랐지요. "어 아직..."이 무력한 대답이 주는 무게감... 그 후 모든 선생님과의 일은 "당장 하는 것"을 익혔지요. 훌륭한 조교인지라 배움도 빠르다는 자부심도 느끼며 일을 하게 된 순간입니다. 30년이 지난 지금 생각하니 이런 '생활의 지혜'가 제가 어디

---

[*] 서울디지털대학교 교수

서나 싫은 소리 덜 듣게 만든 자양분인 것 같습니다.

둘째, 제가 대학 선생이 된 후 동료들이나 학생들을 만날 때 "우리 선생님이시라면 어떻게 하실까?" 이렇게 묻곤 하는 순간이 있습니다. 조금 민감한 일들을 판단하거나 잘 처신해야 하는 순간들에 선생님을 떠올리면 답이 나옵니다. 형편없는 학생을 꾸짖어야 할 때도 감정을 누르고 우선 칭찬한 후 고칠 것을 알려주는 '선생의 인내'는 선생님께서 제게 보여주신 생활의 지혜입니다. 이런 선생님 덕분에 저는 西江을 생각하면 즐거운 대학원 시절을 떠올리게 됩니다.

셋째, 대학원 시절 선생님 조교의 특권으로 동아연구소 자료실 열쇠를 받을 수 있어 너무 행복했어요. 자료를 관리하는 역할이지만 그것보다 더 좋은 떡고물은 넓은 테이블이 있는 놀이와 쉼의 공간이었어요. 당시 학교에서 오갈 데 없는 대학원 여학생들이 이 테이블에서 빵과 커피도 먹고 수다도 떨고 리포트도 쓰고 많은 일들을 했습니다. 그러면서 이 방 열쇠를 주신 선생님께 우리 모두 감사했지요. 마음으로는 이 방을 드나드는 여학생 모두가 선생님 조교였어요.

넷째, 제가 박사논문을 쓰던 시기 여의도에 新亞研이 오픈했습니다. 저는 학교 밖에서 새로운 조교로 임용될 기회가 생긴 셈이죠. 논문을 쓸 수 있는 연구실도 생기는 순간이었지요. 설레는 날들이었어요. 新亞研 조찬 강연회가 열리면 당시 한국에서 가장 유명한 분들을 뵙는 영광도 있었습니다. 선생님의 대단함은 이런 강한 인맥의 중심에 서 계신 것이라 생각했습니다. 당시 新亞研의 강력한 후원자 인맥은 선생님의 성품과 능력이 빚어낸 선생님만의 문화자산이었어요. 어느 날 선생님 소개로 대한항공 이태원 사장님의 책 원고를 교정하는 조교를 하게 되었어요. 類類相從이라는 말이 생각날 정도로 이태원 사장님도 인품이 훌륭하고 대단한 분이었어요. 당시 이태원 사장님은 분 단위로 사람을 만나는 고위직에 계셨는데 조교인 저는 함께 차도 마시며 20분 이상 면담하는 영광을 누리기도 했지요. 이태원 사장님 조교를 하며 저는 용돈을 벌면서 세상 사는 데 꼭 필요한 지혜를 배우고 앞으로 나아갈 용기를 얻었지요. 이런 배움도 선생님 덕분에 얻은 덤입니다.

가르침과 인연

이성희*

　나는 선생님의 가르침과 선생님과의 인연을 '대나무'에 비유하고
싶다. 대나무의 마디는 성장통이 있으며 다른 부분에 비해 자라는 속
도가 느리지만 위로 곧게 뻗어가는데 필요한 주춧돌 역할을 한다. 선
생님의 가르침은 대나무의 마디처럼 내가 곧게 성장하는 데 기반이
되었고 선생님과의 인연은 마디와 마디 사이의 매끄러운 줄기처럼 자
라왔다.

　가르침의 첫 번째 마디는 학부 3학년 때인 1992년 '전쟁과 평화'
수업이었다. 군대를 제대하고 대학에 늦게 입학한 나는 마르크스에
한때 심취해 있었다. 복잡한 사회현상을 단순한 방정식처럼 설명하는
마르크스 이론은 군더더기 없고 명료해 보였다. 리버럴 하기까지 했
던 나의 개인적 취향과도 잘 맞았기 때문이다.

　선생님은 평소 이렇게 저렇게 하라고 강요하시지 않는다. 만인에게
어짊이 있다고 믿는 공자님처럼 선생님은 다양성을 제시하시며, 스스
로 답을 구하게 만드신다. 나는 선생님으로 인해 세상을 단순계로 바
라보는 전체주의 사관에서 드라마틱하게 탈출할 수 있었다. 그때의
사고 전환이 현재 내가 행복할 수 있는 시발점이 되었다.

　두 번째 마디는 1994년도 2월 졸업식에서의 선생님과의 대면이

---

* 크라우체㈜ 대표

다. 선생님을 처음으로 일대일 마주한 때였다. 당시 나는 사회과학대학 졸업장을 학생 대표로 받게 되었다. 선생님은 서강대학교 사회과학대학 학장을 겸하고 계셨다. 이때가 선생님과 처음으로 마주 서고 가장 가까이서 뵈었던 날이다. 그때만 해도 선생님을 따라 학자의 길을 가고 싶었다.

대학원에 진학해 시간이 흐르면서 남에게 밀리지 않았던 나의 자신감은 점점 줄어들었다. 선생님은 중간고사에서 A+를 받는 학부생에게는 기말시험을 면제해주신다. 나는 그 혜택을 두 번이나 받았다. 하지만 대학원 과정은 학부와는 많이 달랐다. 선생님께서는 강의 시간 특히, '21세기'를 다루는 수업에서는 발표자에게 "what's new"와 "new thinking"를 강하게 요구하셨다. 한 학기에 두 번에 걸쳐 새로운 사실이나 이론 혹은 이론 간 연계를 찾아내고 만드는 것은 참으로 힘겨웠다. 강박감에 시달렸다. 제자가 스승을 가장 기쁘게 해드리는 것이 청출어람으로 알고 있는데 나는 스승의 벽이 너무 높게 느껴졌고 넘어설 수 없음을 알게 되었다.

나는 선생님으로 인해 학문을 시작했고 또한 선생님으로 인해 학문을 그만두었다. 대학원 3학기를 마치고 학문의 길을 계속할지 고민하던 때에 선생님께서는 내게 세 번째 마디를 만들어 주셨다. 타이완 정부는 70여 개국 세계 석박사과정 학생들을 위한 토론회를 주최해오고 있던 터였다. 1995년도 선생님의 조교였던 나는 선생님의 추천으로 대한민국 대표로 약 2주간 열리는 '타이완 청년 학생토론회'에 참가하게 되었다. 학문에 열정이 높고 자국을 대표하는 실력 있는 젊은 인재들이 모였다. 낮과 밤을 가리지 않는 토론과 쟁론이 주로 '국제정치경제'와 '국제관계'를 주제로 이어졌다. 일주일이란 시간이 지났을 즈음, 대여섯 명의 참가자들이 잠이 들어있던 나를 찾아왔다. 강당에 사람들을 모아놓았으니 강의를 해달라는 부탁이었다. 나는 문어체적이고 짧고 투박한 영어로 한 시간을 넘게 발표를 했고 많은 사람들은 이를 경청했다. 발표가 끝나고 관련 서적을 소개해달라는 요청을 많이 받았다. 아인슈타인의 운전수가 '상대성이론'을 아인슈타인 대신에 강의하듯이 나는 '미래'와 '동북아 질서'를 주제로 이상우 선생님을 대신해서 강의를 한 것이다. 선생님의 저작권을 위반한 것이다.

취업을 하면서 학문의 길에서 멀어졌어도 선생님의 가르침은 네 번째 단단한 마디를 만들어 주었다. 나는 1997년도 말 LG그룹 공채를 1등으로 입사하였다. 입사 시험뿐 아니라 합숙 생활을 하면서 십여일간 겪게 되는 응용력과 문제 해결 능력 테스트가 있었는데 여기서 좋은 점수를 받았다. 그것은 선생님의 혹독한 사고력 훈련 덕분이었다.

개인 사업을 시작하면서도 선생님으로부터 배운 '권력이론'을 적절히 적용, 사용했다. 모든 것이 부족했던 사업 초기, 나는 협상 과정에서 강제력이나 교환력을 높일 수 없었다. 권위와 매력에 포인트를 두고 우리 회사의 강점을 부각하는 데 집중했다. 그로 인해 나는 사업 파트너로부터 더 말할 나위 없는 거래 조건을 받아내는 데 성공했고 안정적인 회사를 만드는 기초를 다질 수 있었다.

가르침의 다섯 번째 마디는 결혼이다. 선생님께서는 2008년도 나의 결혼식 주례를 맡아주셨다. 선생님께서 써주신 '飮水思源' 문구와 주례사는 가보로 간직 중이다. 서로 사랑해서 한 결혼이었지만 부부싸움은 피하기 힘들었다. 신혼 초 어느 날 말다툼을 넘어 이혼이라는 단어를 입에 오르내리는 상황이 있었다. 늦은 시간 화장실을 가려고 나왔는데 흐릿한 전등 빛 아래서 집사람이 훌쩍이며 무언가를 읽고 있었다. 주례사였다. 부끄러운 얘기지만 우리 부부에게 갈등이 있을 때 선생님의 주례사는 우리가 마음을 추스를 수 있게 해주었고 초심으로 돌아갈 수 있게 해주었다. 선생님의 당부가 없었다면 결혼 후 5년이 되어서야 얻게 된 딸아이를 안고 선생님을 찾아뵐 수 없었을 것이다.

어제는 신년을 맞아 선생님과의 인연을 담은 사진 앨범을 들고 딸아이와 함께 선생님 연구실을 찾았다. 선생님께서는 지난 10년 동안 딸아이에게 용돈과 덕담을 주셨다. 내가 학문의 길을 벗어났을 때도 선생님께서는 웃으시며 평생 애프터 서비스를 약속하셨다. 그런데 그 약속이 차세대까지 이어지고 있다.

나는 선생님의 방대한 학문적 가르침을 요약해서 말할 능력은 없다. 하지만 말씀 중에 강조하시는 '인연의 소중함'만은 새겨두고 있다. 평상시에 작게라도 '인연의 소중함'을 실천하고자 한다. 그래야만 선생님의 가르침에 대한 고마움을 표하는 것이 될 것이고 청출어람하지 못한 제자의 부끄러움을 조금이나마 메울 수 있다고 생각하기 때문이다.

'만남과 배움'의 길을 뒤따르겠다고 다짐하며

조성원*

베이징 특파원 3년 임기 가운데 2년을 막 지났습니다. 코로나19 대유행이 시작됐던 중국도 '위드 코로나'에 접어들며 일상 회복을 시도하고 있습니다. 팬데믹을 그것도 전체주의 국가에서 겪으며 인간이 얼마나 나약하고 삶은 위태로울 수 있는지 새삼 깨닫고 있습니다. 전쟁이나 전염병 대유행을 경험하지 않았던 드물고 행복한 세대의 일원이었기에 더 절실히 느끼는 듯합니다.

그러던 찰나 이상우 선생님의 새 글 〈만남과 배움: 마음가짐 다듬기 80년〉를 읽었습니다. 나름 힘든 시기를 어떤 마음가짐과 태도로 보내야 할지 생각하는 소중한 시간이었습니다. 사실 선생님은 팬데믹 이상의 험난한 역사를 어릴 적부터 겪으셨습니다. 일제 강점기와 소련 군정, 대한민국, 6·25 인민군 치하를 거친 유년 시절은 물리적으로도 함흥과 서울, 부산을 오간 험난한 길이었습니다. 그 같은 경험이 이후 학자로서 평화와 질서를 가슴에 품으신 이유였을 것입니다.

새 글은 선생님 인생의 축약본입니다. 그런데 글을 읽으며 저도 스스로를 돌아보고 앞날의 이정표를 세우는 계기가 됐습니다. 선생님과의 30년 인연과 대화 속에 적잖은 에피소드를 이미 알고 있었습니다. 하지만 경험을 통해 정립하신 사고와 사상을 이번 글을 통해 좀 더 분

---

* KBS TV1 앵커-기자, 중국 지국장

명하게 깨달았습니다. 제 삶에도 투영해 봤습니다.

선생님은 대한민국 국가 건설(nation building)에 기여한 '위대한 세대' 최전선의 일원이자 명사이십니다. 그런데 그 과정을 개인적 성과로 나열하지 않으셨습니다. 대신 누구에게 무엇을 배우셨는지 고백하는 성찰로 글을 채우셨습니다. 30년 단위로 지식을 쌓고 일하며 자기를 완성해 가는 길로 명징하게 보여주셨습니다. 실존이 보편으로 구현됐습니다. 떳떳하고 순리대로 살고 친구를 비롯한 인연을 소중히 여기며 내가 할 수 없는 일은 맡지 않으셨다는 말씀을 제 가슴에 새겼습니다.

스승 럼멜 교수로부터 물려받은 격려의 미덕과 힘은 제게도 큰 영향을 미쳤습니다. 제가 직장 업무나 경력 선택 등과 관련한 고민을 말씀드리면 선생님은 늘 "그렇지", "잘했어", "그럴 줄 알았어"라고 말씀하셨습니다. 그러면서 꼭 부연하신 말씀이 있습니다. "공부는 계속해라, 박사학위를 받아라." 순간순간 맞닥뜨린 고민을 덜고 50대 들어 박사학위를 받은 데는 선생님의 격려가 결정적 힘이 됐습니다.

선생님이 글에서 소개하신 사모님의 교육 철학도 가슴에 담았습니다. '남을 사랑할 수 있는 마음=f(자기가 받은 사랑)'이라는 말씀처럼 저도 자식들을 아낌없이 사랑하도록 노력하겠습니다. 선생님께서 제자들에게 주신 사랑도 같은 함수로 이해합니다.

국제정치에 관심을 갖도록 이끌어주셨고 신아시아연구소와 한일문화교류기금의 일원으로 품어 시야를 넓혀주셨으며 마르지 않는 소중한 말씀으로 격려해주신 일생의 스승, 이상우 선생님. 그 '만남과 배움'의 길을 뒤따르겠다고 다짐합니다.

참선비이자 시대의 賢者

권행완*

　반산 이상우 선생님은 참선비이자 이 시대의 현자(賢者)이다. 선생님은 나에게 너무나 큰 존재였다. 그래서 처음에는 선생님의 명성과 권위와 위엄에 감히 가까이 다가갈 수조차 없었다. 대학원 석사과정에서 논문지도를 받은 나는 그저 존경의 마음으로 바라볼 뿐이었다. 한국학중앙연구원에서 박사과정을 거치며 고려에서 조선으로 정치질서를 전환시키고 불교에서 유교로 사상과 문명의 질서까지 새롭게 창출한 정도전의 정치사상을 연구하면서 '질서'는 내 학문의 화두가 되었다. 그런데 나중에 알고 보니 선생님의 학문적 화두가 '질서'였다. 놀라운 일이었다. 아마도 내가 질서를 학문적 화두로 삼게 된 것은 선생님의 영향이 지대한 듯하다. 이 사실을 알고 난 후 선생님께서 설명하는 질서는 무엇인지 파악하기 위해 선생님께서 집필한 〈정치학 개론〉을 탐독했다. 또한 질서에 대한 문제의식을 더욱 다지기 위해 선생님의 저서 〈국제정치학 강의〉를 3년여 동안 매년 한 번씩 읽었다.

　유학자 중 유일하게 국가를 건국한 정도전으로 박사학위를 받은 후 반산세미나에 참석하여 선생님께 학위논문을 드렸더니 선생님께서는 삼봉 정도전을 연구했느냐고 하시면서 정도전과 관련하여 미국에서 겪었던 이야기를 말씀해 주셨다. 요지는 미국 어느 교수가 한국 관련

―――――――――
＊ 건국대학교 정치외교학과 교수

세미나에 초청해서 가보니 그 교수가 하는 말이, 마키아벨리는 후손을 잘 만나서 세계적으로 유명하게 되었는데 정도전은 사상이나 정치적인 업적에서 마키아벨리보다 훨씬 더 뛰어난데도 순전히 후손을 잘못 만나서 세계적인 사상가 반열에 오르지 못했다고 하더라는 얘기를 들려주셨다. 그러면서 앞으로 정도전과 마키아벨리를 비교해서 한번 연구해 보라고 당부하셨다. 지금도 그 말씀을 깊이 새기고 있다.

새해 단배식이나 반산세미나 등에서 선생님은 학문적인 문제가 되었든, 국제적인 사태가 되었든, 국내 현안 문제가 되었든, 그 어떤 사안이든지 간에 현황은 어떻고 문제점은 무엇이며 향후 예상되는 방향은 어떠한 것인지 말씀하신다. 문제를 진단하고 대안을 제시할 때는 체계적이면서도 매우 쉬운 언어와 구체적인 사실과 사례들을 열거하면서 폭넓은 사유와 사태의 본질을 꿰뚫는 통찰력으로 일이관지(一以貫之)하신다. 맹자가 현자는 자신의 밝은 것으로써 다른 사람을 밝아지도록 한다(賢者以其昭昭, 使人昭昭. 〈진심장하〉)고 했듯이 선생님은 늘 제자들의 눈을 밝게 해주셨다. 그럴 때마다 나는 사물과 사태에 대한 선생님의 탁월한 식견과 시각 등을 배우고자 단 한 마디도 놓치지 않으려 주의 깊게 경청했다.

더 놀라운 것은 제자는 물론 식당 아주머니라 할지라도 말 한마디 한마디에 늘 상대방을 배려하는 마음이 짙게 묻어있다. 또한 저서가 발간되면 친필로 제자의 이름을 정성스럽게 쓰고 도장까지 날인하여 보내주신다. 그렇게 보내주신 저서가 한두 권이 아니다. 천품(天稟)이자 인품(人品)이 아니면 어떻게 이럴 수 있을까 생각하며 다른 제자들에게 물어보면 제자들 역시 묻자마자 우리 선생님은 '그런 분'이라고 대답한다. 그러면 그럴수록 더욱더 궁금해져서 선생님께 기회가 되면 꼭 직접 여쭤보고 싶었다. 그런데 마침 이번에 "만남과 배움 80년: 끊임없는 마음가짐 다지기"를 통해서 드디어 참선비의 비밀을 알게 되었다. 그 비밀의 열쇠는 자존(自尊), 수기(修己), 순리(順理), 위공(爲公), 박애(博愛) 등 다섯 가지 마음가짐의 틀이었다.

이 중 순리에는 자연의 때와 인간의 시간이 내장되어 있는 듯하다. 선생님은 2011년 4월 15일 춘천 남이섬에서 개최된 제5차 반산세미나에서 반복되는 역사적 주기의 순환을 송나라 주역의 대가인 소강절(邵康節, 1011~1077)이 주장했던 세(世), 운(運), 회(會), 원(元) 등의 천지자연의 시간 단위를 통해 설명하시며 유한한 인간의 시간 속에서 "제가 관심이 있는 것은 대자연의 섭리와 질서를 어떻게 근접시킬 것인가? 입니다. 이것이 우리가 그동안 해왔던 과제이고, 천인합일이라는 것입니다"라고 말했다. 이처럼 선생님은 천리와 인간질서의 합일을 추구했다.

또 한편으로는 등교는 학교 수위가 정문도 열기 전에 새벽같이 했다는 이야기, 평생 취침 시간과 기상 시간이 똑같다는 이야기 등을 하시며 늘 시간과 때를 강조하고 또 강조하였다. 맹자가 제시한 성인 중에 때를 강조한 사람은 공자이다. 도덕적 순수성의 성지청자(聖之淸者)는 백이숙제이고, 마음이 너그러워 언제나 화해와 조화의 성품을 지닌 성지화자(聖之和者)는 유하혜이며, 책임윤리의 상징인 성지임자(聖之任者)는 이윤이고, 물러날 때 물러나고 나아갈 때 나아가는 때를 아는 성지시자(聖之時者)는 공자이다. 맹자는 시의적절하게 행동한 공자를 가장 위대한 성인으로 평가하고 또 닮으려 했다.

선생님은 작은 약속일지라도 한 번 약속하면 시간은 반드시 지켜야 한다고 누누이 말씀하셨다. 개인 인생에서도 공자가 삼십이립(三十而立)이라고 했듯이 30까지는 배워서 홀로 서야 하고 그다음 60까지는 30까지 배운 것을 바탕으로 일을 하며 살아가고 그다음 90까지는 보다 자유로운 상태에서 자기가 그린 자아 완성의 모습을 다듬어 내는 시간이라고 인생의 때를 짚어주셨다.

또한 한국의 현대사에 대해서도 국가를 건국하는 창업기(創業期)가 있고 제도와 문물을 안정시키는 수성기(守成期)가 있는데. 창업한 지 70여 년이 지난 지금 제도를 경장(更張)해야 할 때가 되었다고 역사적인 시간의 맥락도 갈파해 주셨다.

성리학에서는 하늘이 준 천품과 인간이 수양하는 길을 노정해 놓았다. 하늘이 인간에게 내려준 인의예지(仁義禮智)를 성실하게 실천하면 성인(聖人)이 될 수 있는 길을 열어두었다. 성인의 길을 가다 잠시 욕심에 빠져 성인의 길에서 이탈했을지라도 경(敬)으로써 반성하고 성찰하여 다시 성인의 길로 들어서면 군자가 된다는 설정이다. 그 내용은 양촌(陽村) 권근(權近, 1352~1409)의 입학도설(入學圖說)의 천인심성합일지도(天人心性合一之圖)에 자세하게 그려져 있다. 이렇게 유학적인 시각으로 비추어 보더라도 선생님은 천시(天時)에 순응하며 타고난 천품과 자존, 수기, 순리, 위공, 박애 등 다섯 가지 가치로 평생 끊임없이 마음을 다지며 수양의 길을 걸으셨으니 이 시대 귀감이 되는 참선비가 아닐 수 없다.

나는 군대에서 공부해서 뒤늦게 대학에 진학하고 학부에서 대학원 박사과정까지 주경야독(晝耕夜讀) 주독야경(晝讀夜耕)하며 어렵게 공부했다. 몇 년 전 건국대학교 정치외교학과 겸임교수로 위촉되었다고 선생님께 말씀드렸더니 며칠 후 선생님으로부터 편지가 왔다. 무슨 편지일까 두근거리는 가슴을 부여잡고 뜯어보니 논어 위령공편에 나오는 정이불량(貞而不諒)이라는 글귀를 선생님께서 손수 쓰신 붓글씨와 직장까지 그만두고 느지막하게 본격적인 학문의 길에 들어선 제자를 격려하는 편지였다.

貞而不諒
군자는 바른 이치를 따르기 위해 작은 신의를 얽매이지 않는다.
* 원칙을 위해서는 작은 것 고집하지 마라.

권행완 박사
스승의 날 잊지 않고 글 보내주어 고마웠다.
자네는 뜻을 세우고 학문을 하는, 요즈음 세상에서는 보기 드문 학생이
어서 특별히 지켜보고 있다. 건국대서 강의 맡은 것 축하한다. 이제 시
작이다. 그동안 쌓아온 공부가 서서히 빛을 발할 게다. 격려의 뜻으로
잘 쓰지 못한 글씨나마 한 장 써서 보낸다.
틈날 때 新亞硏에 한 번 들려라.

2021년 5월 17일   이상우

선생님께서 보내주신 붓글씨와 편지를 읽고 얼마나 울었는지 모른다. 그냥 하염없이 눈물이 흘러내렸다. 벅차오르는 가슴을 가눌 길이 없었다. 내 평생 이렇게 감동적인 편지를 받기는 처음이었다. 선생님

께서 부족한 나를 이렇게 지켜보고 계셨구나 생각하니 감격의 눈물이 그칠 줄 몰랐다. 어디 성인의 가르침이 따로 있겠는가. 이 세상에 제자를 감동시키는 스승이 과연 몇 명이나 있겠는가? 공자가 道에 뜻을 두었다면 허름한 옷과 거친 음식을 부끄러워해서는 안 된다고 했듯이 나는 선생님의 말씀을, 모름지기 뜻을 세웠다면 작은 것을 고집하거나 머뭇거리지 말고 다소 부족하더라도 학자로서 사명감을 가지고 흔들림 없이 돌파해 나가라는 가르침으로 새겼다. 참으로 고맙고 고마우신 선생님이다. 그럼에도 불초(不肖)한 제자는 선생님께 한 번도 고맙다는 말씀을 제대로 드리지 못했다. 큰 가르침과 더없는 사랑을 베풀어주신 선생님께 이 자리를 빌어 머리 숙여 감사드린다. 신생님 감사합니다. 선생님 사랑합니다! 선생님께서 보내주신 정이불량(貞而不諒)은 나의 좌우명이자 자존이 되었다.

풍파를 이겨낼 힘을 길러주신 분

노중일*

내가 대학원에 입학한 건 1995년이었다. 한 해 뒤 난 이상우 교수님의 조교가 되었다. 교수님을 가까이 모시게 되면서 학문적 배움도 컸지만 세상 풍파를 이기는 힘도 교수님 덕에 기를 수 있었다. 그 가르침 덕에 자칫 난파할 수 있었던 내 삶도 겨우 항로를 이탈하지 않을 수 있었다.

내가 조교로 교수님을 모실 때 교수님은 누구보다 일찍 연구실에 나오셨다. 아침 7시 30분 정도로 기억한다. 조교인 나도 이 시간을 맞추기 위해 새벽 단잠을 포기해야 했다. 일찍 나오라는 말씀은 없으셨지만 난 자연스레 교수님을 따라 아침형 인간이 되었다.

게다가 교수님은 일요일 오전 시간에도 학교 연구실에서 저술과 연구로 시간을 보내셨다. 성직자처럼 경건하게 학문에 정진하신다는 느낌을 받았다. 무작정 교수님을 닮고 싶었다. 부끄러운 재주라 교수님께서 이루신 업적에 감히 범접하기 어렵겠지만 교수님처럼 끊임없이 자신을 갈고 닦으며 살겠다고 마음먹었다. 남들보다 하루를 일찍 시작하는 생활 습관과 끊임없이 공부하는 버릇이 어느덧 내게 DNA처럼 자리 잡았다.

대학원을 졸업하고 늦은 나이에 장교로 입대했다. 운 좋게 수도방

---

* 비상교육 Global Company 대표

위사령부 부대에 발령을 받았다. 저녁의 자투리 시간을 활용할 수 있게 되자 곧장 서강대 언론대학원에 입학했다. 주경야독의 시작이었다. PD와 기자, 아나운서가 대부분인 원우들 사이에 까까머리 군인은 내가 유일했다. 주말에는 리포트와 논문을 썼다. 안토니오 그람시의 이데올로기론을 기반으로 "IMF 경제 위기 관련 언론의 보도 태도 분석"이란 제목의 두 번째 석사학위 논문을 썼다. 제대 시점에 학위를 땄고 최우수 논문상의 영예를 안았다. 교수님을 본받고자 시간을 허투루 쓰지 않았던 덕분이었다.

제대 후 지금은 사라진 iTV 경인방송에 기자로 입사했다. 교수님께 배운 성실과 논리적 사고 덕에 신입기자 시절 특종상을 휩쓸었다. 하지만 내 기자 생활은 순탄치 않았다. 당시 iTV 회장은 정계 진출을 위해 방송사를 홍보 도구로 이용하려 했고 이런 기획안을 내가 입수하게 되었다. 나는 방송의 공공성을 망가뜨리는 회장에 대해 분노하였고 회장과 맞서는 노조 대열 맨 앞에 서 있게 되었다. 언론학 석사 논문에서 자본과 권력에 휘둘리는 언론을 비판했던 나는 회장의 기획서를 메인 뉴스를 통해 방송하였다. 옳은 일이라 생각했지만 이후 노사 간의 갈등은 격화되었고 불행하게도 방송 재허가 승인 취소라는 엉뚱한 결과로 이어지게 되었다.

세상 살며 처음 맞는 큰 시련이었다. 3년 가까이 실업자 생활을 견디며 동료들과 방송사를 다시 세우기 위해 노력했다. 노조가 중심이되어 주주 영입에 성공했고 1,500억 원의 자본금을 모았다. 여기엔 수 천 명의 시민들이 모아준 20여억 원의 시민주도 포함된다. 나와 동료들은 경쟁 컨소시엄들을 물리치고 방송 사업권을 따냈고 마침내

OBS를 탄생시켰다.

자본과 권력으로부터 독립된 방송사. 시민들 편에 서는 방송사. 나와 동료들의 꿈이 이뤄진 것 같았다. 하지만 일장춘몽이었다. 이명박 정부가 들어서고 방송특보 출신 인사가 사장이 되면서 권력과 자본으로부터 독립성을 지키겠다는 꿈은 신기루처럼 사라졌다. 이 시기 난 노조위원장이 되었고 다시 전쟁터 맨 앞줄에 선 심정이었다. 하지만 3년 가까이 실업자 생활을 하며 심신이 피폐해진 동료들을 다시 파업의 길로 내몰 수 없었고 혼자 싸움을 끝내기로 했다. 결국 노조위원장직을 자진 사퇴하고 퇴사하는 것으로 싸움을 접었다. 두 번째 실업자 생활이 시작되었다.

권력과 맞선 언론사 노조위원장 출신 실업자. 같은 업종에 취직하기는 힘든 조건이었다. 어찌어찌해서 어렵사리 중견 교육회사에 취직을 했다. 언론인의 꿈은 접었지만 가족들은 부양해야 했기에 정말 열심히 일했다. 1년 만에 비서실장, 3년 만에 전사 경영을 총괄하는 미래전략실장이 되었다.

이때도 교수님께 배워 체화된 성실성이 발현됐다. 입사하자마자 회계학원을 다녔다. 초급, 중급, 고급 회계를 학습했다. 이어 경영 전반을 배우기 위해 서강대 MBA 과정을 밟았다. 다시 주경야독이 시작되었다. 퇴근하면 곧장 학교로 갔고 주말엔 학교 도서관 귀퉁이에서 시간을 보냈다. MBA 과정에서도 '최우수 졸업상'을 받게 되었다. 세 번째 석사학위였다.

교수님께 많은 걸 배웠고 그 배움이 나를 지키는 힘이 되었지만 한 길을 걸으셨던 교수님의 삶을 닮지는 못했다. 이건 순전히 내 안에 있는 청개구리 같은 성정 때문이다.

회사 전략실장으로 비교적 안정적 삶을 살았던 내게 다시 풍파가 찾아왔다. 유력한 대선 주자 측으로부터 함께 일하자는 제안을 받은 것이다. 언론인으로 세상을 건강하게 만들고 싶다는 꿈이 무너진 이후 늘 마음속에 화가 쌓여 있었다. 다른 방법으로라도 세상을 바꾸고 싶었다. 그래서 제안을 수락하고 안희정 전 충남지사의 메시지팀장이 되었다.

4년 동안 도정과 대선을 경험했다. 행정과 정치를 배웠다. 안지사의 메시지를 담당하며 정무 감각도 키웠다. 2017년 탄핵 이후 일찍 찾아온 대선에서 안희정 민주당 경선 후보의 캠프에서 메시지를 총괄하였다. 최선을 다했지만 안지사는 민주당 후보로 선출되지 못했다.

대선 경선 패배 후 다음 정권을 탄생시키기 위해선 나도 더 실력을 쌓아야 한다고 생각했다.

시대를 바꾸고 있는 새로운 물결인 '4차 산업혁명'을 제대로 공부하고 싶었다. 그래서 서강대 기술경영대학원 박사과정에 진학했고 플랫폼 비즈니스를 전공하게 되었다.

2018년 3월 박사과정 진학을 이유로 충남도청에서 퇴직했고 생계를 위해 전 직장에 복귀하였다. 이와 함께 안지사가 운영하는 연구소를 외각에서 돕기로 하였다.

3월 4일 모든 걸 정리하고 다시 서울로 상경하였다. 그리고 3월 5일… 믿을 수 없는 안희정 지사 사건이 뉴스를 통해 터져 나왔다.

세상을 살면서 경험한 가장 충격적인 일이었다. 내 삶이 뿌리째 흔들리는 것 같았다. 이때 나를 지켜준 것은 교수님께 배운 삶의 태도였다. 큰 시련이었지만 무너지지 않았다. 학업과 업무에 매진하며 고통을 잊었다. 박사과정을 수료했고 회사에선 한 사업부문과 해외법인을 책임지는 리더가 되었다.

대학원에서 공부하던 때가 30년이 다 되어 간다. 늘 감사드리고 그리워했던 교수님을 정작 졸업 이후 몇 번 찾아뵙지 못했다. 이런저런 풍파로 너덜너덜해진 모습을 교수님께 보여드릴 자신이 없었기 때문이다. 내 인생이 갈지자를 걷는 것 같아 부끄러웠다.

지난해 겨울, 십수 년 만에 교수님을 뵙게 되었다. 인자하신 웃음으로 못난 제자를 반겨주시던 교수님께 참으로 죄송스럽고 부끄러웠다.

나도 어느새 반백이 되었다. 교수님의 그 많은 가르침을 내가 얼마나 따르고 실천했는지 따져보면 부끄러움이 밀려온다.

다만 단 하나, 교수님을 따라 하루를 일찍 시작하고 공부를 멈추지 않았던 것은 겨우 낙제를 면하지 않았나 생각해본다.

내가 탕자처럼 세상을 떠돌 때에도 교수님은 내 어깨 뒤에서 나를 굽어보시며 조용히 나를 지켜주고 계셨다. 남은 생에도 그 감사함을 결코 잊을 수 없을 것이다.

"감사합니다. 그리고 죄송합니다. 교수님!"

배움의 선택

양성철[*]

1987년 2월, 고등학교 졸업과 거의 동시에 나는 대학생이 되었다. 다른 대학에 진학한 친구들은 아직 입학식을 하기 전이어서 고등학생도 아니고 대학생도 아닌 애매한 상태였다. 그렇지만 우리 "서강"은 2월에 입학식을 했기 때문에 나는 누구보다 먼저 대학생이 될 수 있었다. 그렇게 나는 처음으로 내가 배울 곳을 선택할 수 있었다. 고교 평준화 세대 이자 전면적 과외 금지 세대였던 우리는 학교나 학원을 선택해서 가 본 적이 없기 때문이다.

서강대학교로의 진학은 지방(시골이 아닌 지방이다. 서울에 올라와서 서울 이외 모든 지역을 시골로 지칭하는 것에 문화 충격을 받았었다)에서는 그야말로 뜬금없는 선택 중의 하나였다. 대학 진학을 위해서 학력고사를 치러야 했던 우리들은 학력고사 점수에 따라 학교와 학과를 정하는 게 일반적이었기 때문이다. 내 기억에 '네 점수에 하필이면 왜 서강대학교를 가려고 하냐'는 질문을 한동안 받았었다. 서강대학교는 그만큼 내가 자랐던 대구(다른 지방도시도 마찬가지였을 것이다)에서 입시담당 교사도 잘 모르는 학교였다. 워낙 학생 수가 적어 동문들이 많지 않았고 지방에서 서울로 유학을 가는 인원도 많지 않았던 시절인 탓도 있었을 것이다.

---

[*] 시큐리타스코리아 이사

그런 환경에서 나는 왜 서강대학교를 선택했을까? 그 첫 번째 이유는 이상우 선생님이 서강대 정외과에 계셨기 때문이다. 당시 대학 입시에서 점수에 의한 대학 서열화와 눈치싸움이 기승을 부린 탓에 86년과 87년도 입시에서는 논술고사가 추가되었었다. 나는 학력고사 공부와 함께 논술에 대한 준비를 해야 했는데 이때 나는 이상우 선생님의 조선일보 논평 〈아침논단〉을 교과서 삼아 공부를 하였다. 지금 봐도 그 당시 선생님의 논평은 잘 짜여진 하나의 논술 예시문이었다. 선생님의 글을 읽고 글의 논리적 흐름을 따라가면서 자연스럽게 논술 공부를 할 수 있었다. 나는 논술문의 논리적 흐름의 바탕이 되는 것이 "Way of Thinking"이라는 것을 입학 후 선생님이 신입생 오리엔테이션에서 말씀해 주셔서 알게 되었다. 선생님은 학문을 한다는 것은 이 "Way of Thinking"을 배우는 것이라고 하셨고 나는 "서강"에서의 배움을 통해 나의 "Way of Thinking"을 정립할 수 있었다.

두 번째 이유 역시 이상우 선생님과 연관되어 있다. 내가 당시 서강대학교 정외과와 이상우 선생님에 대해 얘기를 들을 수 있었던 분이 한 분 더 있었다. 바로 제주대학교 강근형 교수다. 개인적인 친분이 있었던(나의 막내 숙부의 오랜 친구다) 나는 강근형 교수에게서 서강대학교의 학풍과 정외과 교수님들의 명성에 대해 들을 기회가 많았고 은연중에 서강대학교에 대한 좋은 인상을 가지게 되었다. 강근형 교수는 매년 설 명절에 지금은 돌아가신 나의 조부께 세배를 왔었는데 그때마다 서강대 정외과에 대한 얘기와 함께 국제정치학이라는 학문에 대한 이야기를 들을 수 있었다. 아울러 국제정치이론 수업인 이상우 선생님의 "전쟁과 평화"라는 과목에 대해서도 들었다. 나는 언젠가 "전쟁과 평화" 수업을 꼭 한번 듣고 싶다는 생각을 하기에 이르렀고 나의 대학 선택에 있어 긍정적인 역할을 하였다. 이후 이상우 선생님의 "전쟁과 평화" 수업을 들었을 뿐만 아니라 대학원을 다니면서 "전쟁과 평화" 수업 조교까지 했으니 이상우 선생님의 팬으로서 '성덕'한 팬이 된 셈이다.

세 번째는 국제정치와 세계에 대한 관심이다. 고등학교 때까지 나의 꿈은 외교관이었다. 해외여행이 자유롭지 않았던 그 시절에 해외 근무를 하는 외교관이라는 직업은 꽤 매력적이었다. 그 배경에는 중학교 때 해외에 가 본 경험(보이스카웃 활동으로 대만을 방문을 한 적이 있었다)이 큰 작용을 했었던 것 같다. 심지어 외교관이 되겠다는 꿈을 가지게 되면서 고등학교 때는 독일어와 불어 중 하나를 제2외국어로 선택해야 하는데 국제연합의 공식언어 중에 불어가 있었기 때문에 전체 13개 반 중 2개 반만 편성된 불어를 선택하기까지 하였다. 지금도 세계사에 대한 관심을 많이 갖고 있지만 어릴 때부터 세계사 관련 책 읽기를 무척 좋아했다. 고등학교 때는 세계사 선생님이 가끔 나의 질문 때문에 곤란해하신 적도 많이 있었다. 또 한 외교관이라는 직업에 대해 관심을 가지면서 자연스럽게 국제정치와 세계에 대해 관심을 더 가지게 되었고 가톨릭 예수회 재단인 서강대학교의 국제화된 환경과 당시 외교학과로 시작되었던 학과의 배경은 서강대학교 정외과를 선택해야겠다는 생각이 나의 마음속에 자리 잡게 되었다.

선생님과의 만남과 배움은 어떻게 보면 나의 선택의 결과이기도 했지만 이미 이루어진 일들의 환경 속에 이러한 선택지가 없었다면 가능하지 않았던 것이기도 하다. 특히 배움에 있어서 선택은 어떤 목표와 진정성이 바탕이 되지 않는다면 그 의미가 퇴색할 수도 있을 것 같다. 국제정치라는 학문에 대한 관심과 배움의 장인 "서강"의 학문적 환경, 그리고 스승이신 이상우 선생님의 존재는 나의 선택이 필연이었음을 증명한다. 어느덧 50을 훌쩍 넘긴 나이에 바라보는 그때의 선택은 나의 인생에 있어 최고의 선택이었음을 다시 한 번 생각하게 된다.

실천하는 삶

이정진*

이상우 교수님과 나의 긴 인연은 서강대에서 시작되었다. 대학원에서 가르침을 받고 석사논문 지도교수로 모시게 되었다. 그리고 뒤에 알게 됐지만 나에겐 고등학교 대선배님이시기도 하였다. 당시 나는 교과과정에 익숙치 못해 학문적으로 좌충우돌 중심을 못 잡고 있던 때였는데 교수님께서 내게 너무 서두르지 말고 학위를 목표로 하면 앞으로 오래 공부할 텐데 차분히 생각해서 주제를 잡으라고 다독여 주셨고 결국 제대로 된 논문 주제를 선정할 수 있었다.

고등학교 때 몸이 아파 휴학을 하며 원하는 대학 전공을 선택 못 해 의욕 부족으로 학부 평점이 매우 안 좋았던 나는 미국으로 유학 가는 과정에서도 애로사항이 많을 수밖에 없었다. 그때 선생님께서 추천서에 일일이 그 사유를 설명해주시며 강력 추천해주셔서 겨우 유학길에 오를 수 있었다. 유학 도중에 나하고 프로그램이 더 잘 맞는 학교로 옮겨갈 때도 국제전화로 교수님께 상의를 드렸고 교수님께서 네가 마음이 편한 대로 가는 게 맞는 거라며 격려해주셔서 확신을 가질 수 있었다.

LA에 있으며 정치학도라고 총영사관 등의 정부 인사를 만날 기회가 있었는데 그럴 때도 이상우 교수님 말씀이 나오면 대부분의 사람

---

* 배재대학교 교수

들이 다 알고 있어 제자로서 맘이 훈훈하고 자부심을 가질 수 있었다. 선생님께서 LA에 들르시는 기회가 없으셔서 미국에서는 뵙지 못했지만 귀국하자마자 선생님을 찾아뵈었고 설날이면 교수가 된 제자들이 댁으로 우르르 몰려가서 세배를 드렸다.

귀국해서 한 직장에 자리를 빨리 잡지 못하고 헤매고 있던 내게 자신감을 북돋워 주신 분도 선생님이셨다. 2005년 선생님께서 몽골에 대통령 훈장 받으러 가실 때도 여러 제자 교수들이 따라가서 몽골에 대해 많이 배울 수 있었고 보너스로 끝없는 초원을 원 없이 만끽할 수 있었다. 한림대 총장으로 봉직하실 때는 또 선생님 밑에 연구교수로 가 있었는데 당시 선생님 생신 즈음에 제자들이 모여 1박 2일로 반산 세미나를 개최하였고 이후 모든 제자 교수들이 다 참여하며 정례화된 세미나가 되었는데 이는 어떤 원로 교수님도 따라올 수 없는 선생님의 인품과 덕망 때문에 가능한 일이었다고 생각된다.

내가 다른 동문들보다 좀 오래 걸려 배재대에 전임으로 정착하게 되었을 때 교무처에서 최종 통보를 받고 제일 먼저 전화 연락 드린 분도 역시 선생님이었다. 그날도 바쁘신 와중에 또 어딘가 특강 하러 가시다가 전화를 받으셨다. 이후 나도 교수 생활을 하며 이런저런 것들을 배우고 느끼고 성취하였고 이제 어느덧 정년의 시간이 다가왔다. 그 과정에서 대부분의 교수가 그렇겠지만 논문을 써서 출판하는 독창적 연구 활동의 보람과 동시에 창작의 어려움을 겪지 않을 수 없었다. 그래서 어떤 때는 뭔가 새로운 취미가 생기거나 정신을 뺏기는 일이 생기면 연구 활동이 살짝 게을러지기도 한다. 그럴 때마다 생각나는 것이 바로 선생님의 끝없는 저술 활동이었다.

선생님께서는 은퇴하시고 나이를 드시면서도 변함없이 열정적으로 학문연구와 지적인 탐구를 멈추지 않으시는 불가사의한 에너지를 갖고 계신다. 워낙 이념과 가는 길이 정립되어 있으시니 연구의 동기는 이해하지만 그 변함없는 능력과 꾸준하심은 정말 솔직히 따라가기가 버겁다. 예전 학생 시절에는 교수가 되면 다 선생님 수준이 되는 줄 알았는데 되고 보니 그게 아니고 그 수준을 유지하며 뜻을 실천하려면 수기(修己)가 바탕이 된 정말 부단한 노력과 초인적인 인내심이 필요하다는 걸 깨닫게 된다. 이제 나이가 드니 선생님께 대한 존경심이 더욱 깊어지고 여전히 제자들에게 일일이 신경 쓰시며 애정을 베푸시는 모습에서 가족 같은 情도 더 사무친다. 늘 제대로 모시지 못해 송구스러운 마음에 죄스럽지만 항상 선생님의 모습을 닮아 게으르지 않고 새로이 뭔가를 만들고 이루어내는 모습의 실천하는 삶이 되도록 최선을 다하고자 한다.

스승이 가르쳐주신 학문과 세상의 지혜

김태효*

대학 입학 때부터 지금에 이르기까지 지난 37년간 이상우 선생님과의 인연을 회고하면서 제일 먼저 떠올리는 것은 '감사의 마음'이다. 물론 초등학교, 중학교, 고등학교 시절 선생님들을 비롯해 대학원 공부를 지도해 주신 외국인 교수님들에 이르기까지 그동안 가르침을 주신 모든 은사들께 감사하고 있지만 이상우 선생님께 느끼는 감사의 마음은 조금 유별난 것 같다. 그것은 선생님으로부터 단순히 지식을 전달받은 차원을 넘어 세상을 바라보는 관점과 자신을 관리하는 지혜를 어깨너머로 배울 수 있었기 때문이다.

선생님을 정작 가까이에서 뵙고 제대로 된 인생 가르침을 받기 시작한 것은 내가 학부를 졸업한 지 7년 뒤 박사학위를 받고 귀국하면서부터였다. 서울에서 학부만 마치고 유학길에 올랐기 때문에 대학 시절 몇 과목을 수강하며 강의실에서 뵌 이상우 교수님은 가까이하기에는 조금 무서운 분이셨다. 카리스마 있는 풍모의 아우라 때문이었을까. 미국에서 공부하다가 가끔씩 서울에 들를 때면 인사드리고 공부 진행 상황을 보고드리는 정도가 고작이었으니, 나는 선생님을 뵌 지 11년이 되도록 선생님의 진면목을 알지 못한 것이다. 남들의 경우 학생 신분으로 겪은 스승에 대한 인상이 평생 지속되는데 나는 선생

* 신아시아연구소 부소장, 성균관대 정치외교학과 교수, 대통령실 국가안보실 제1차장

의 신분이 된 후에야 비로소 이상우 선생님의 제자로 태어날 수 있었다.

1997년 3월 〈신아세아질서연구회〉에 들어가 선생님과 함께 21세기 동아시아 질서에 대해 고민하기 시작하면서 나는 '스승' 이상우 선생님을 하나씩 체험하게 되었다. 우선 이상우 선생님은 무섭게 근면한 분이시라는 것을 깨달았다. 단순히 하루를 일찍 시작한다는 시간 개념을 넘어 이른 아침 몇 시간은 반드시 독서에 할애하신다. 공부하는 사람에게 있어 독서는 생활의 일부이지 취미여서는 안 된다는 점을 일깨워 주셨다. 그리고 9시부터 강의에 들어가 오전 중에 일찌감치 수업을 끝내시고는 오찬 모임, 연구기획, 집필, 면담 등 참으로 많은 일을 반나절 동안 소화하신다. 머리 좋으신 분이 이렇게 부지런하기까지 하면 참으로 쫓아가기 힘들겠다는 생각이 들었다.

그다음으로 들 수 있는 이상우 선생님의 차별성은 뚜렷한 국가관과 리더십일 것이다. 당신은 부지런히 움직이시면서도 개인의 영달이 아니라 미래의 세계와 앞으로의 대한민국을 늘 염두에 두신다. 한국의 지식인이라면 학자 이상우가 반공산주의와 자유민주주의 통일론을 절대시하는, 그래서 '빠른 통일'보다는 '바른 통일'을 지지한다는 것을 누구나 알 것이다. 그러나 내가 더욱 존경하는 점은 어떠한 상황에서 누구 앞에서도 그러한 소신과 신념을 당당하게 펴시는 학자로서의 일관성(integrity)이다.

음식이나 술을 고를 때 선생님은 늘 의견이 없다. 음식은 음식점 주인이 골라주고 술은 우리 제자들이 정한다. 그러나 사람만은 반드시, 그리고 철저하게 당신의 기준에 입각하여 고르신다. 해당 분야에

적합한 사람인지, 실력이 있는지, 그리고 오래 지내도 좋을 만큼 일관된 사람인지에 대해 확신이 설 경우에만 함께 일을 하신다. 미국의 Pacific Forum, CSIS, 일본의 오카자키(岡崎) 연구소 등 세계의 주요 연구기관과 공동연구를 진행해 오면서 우리 한국팀이 언제나 월등한 연구 결과와 팀웍을 발휘한 것도 선생님의 사람을 알아보는 혜안에서 비롯된 것이 아닐까 한다. 그것은 올바르고 경쟁력 있는 후배와 제자를 나라의 동량으로 키워내고자 하는 욕심에서 비롯된 까다로움이지 그 어떤 독선이나 사심과는 거리가 멀다.

또한, 이상우 선생님은 따뜻한 분이다. 해마다 제자들에게 가족사진을 곁들인 크리스마스 카드를 보내주신다. 좋은 글귀를 손수 붓글씨로 써서 주시기도 한다. 가족애가 돈독하고 집안이 화목하니 두루 베풀고 나누는 여유와 도량이 솟아나는 게 아닐까 한다. 故이만익 화백은 생전에 미륵불을 그려놓고 보니 자꾸 친구 이상우 교수의 모습과 닮아 보여서 그림을 그냥 '주인에게' 선물하였다고 한다. 이상우 선생님의 사모님은 평생 남편의 학문적 동반자이자 인생의 조언자로서 그런 행복한 가정의 조타수 역할을 해 오셨다.

그러한 이상우 선생님께서 2023년 올해로 85세를 맞으신다. 내가 19세 때 이상우 선생님을 처음 뵈었을 때 스승의 나이가 48세였는데 내 나이가 지금 56세가 되었다. 하지만 나는 아직도 이상우 선생님 흉내를 내면서 발전하려고 노력한다. 내 학교 강의 시간표는 항상 월요일 첫 수업인 9시로 배정한다. 하루를 일찍 시작하고 연구와 면담에 쓸 오후 시간을 충분히 확보한다. 학생들에게는 논점을 쉽고 명확하게 전달하되, 풍부한 예시를 들려주면서 수업의 흥미와 집중도를 높이는 데 신경을 쓴다. 공직에서 일할 때는 국가안보의 장기적 목표에 부합하는 조직과 사람을 배양하는 데 초점을 둔다. 지금의 한국국방연구원, 국립외교원, 통일연구원, 세종연구소와 같은 싱크탱크의 청사진과 조직을 1970~80년대에 구상하고 입안한 분이 바로 이상우 선생님이다.

계속 매년 한 권씩 집필하시는 선생님의 학문적 열정은 아직도 청춘 그대로이시다. 우리 후학들은 그러한 선생님 곁에서 계속 가르침을 받고 싶다. 단순한 학식을 넘어 세상을 보는 통찰과 사람을 보듬는 포용을 계속 따라 하고 본받고 싶다. 이러한 스승과 제자의 조그만 공동체가 대한민국을 한결같이 비추는 은은한 등불이 되었으면 한다.

선생님이 남긴 것

김영수*

북한연구소 소장을 맡은 날, 바로 전화 드렸다. "어 그래? 잘 했어. 축하해." 역시 칭찬이시다. 나는 선생님의 칭찬과 격려로 커 왔다. 대학교 2학년 때 제출한 레포트에 남긴 선생님의 짧은 멘트. "잘 썼음. 출판해도 좋음." 이게 말이 되는 얘긴가? 출판을 해도 좋다는 게 뭐지? 한참 생각하면서 기분이 좋았다. 이 과분한 칭찬이 오늘의 나를 있게 한 원동력이다. 그런 칭찬을 계속 받으려고 열심히 했으니까.

선생님이 쓰신 책의 오타를 찾는 초보 교정을 맡았을 때, 고생 많이 했다. 특히 영문 책을 쓰시면서 문장을 고쳐오라는 지시는 참으로 감당하기 어려웠다. 대학원 석사 과정을 마치고 육사 교수부에서 근무할 때 고친 영문 교정본을 들고 화랑대에서 반포 선생님 댁까지 택시를 타 고 달려가기를 반복했다. 그 덕분에 선생님 영문 구조를 익힐 수 있었고 영문 제목을 간결하게 다는 비법도 터득했다. 지금도 영문 초록을 쓸 때면 선생님 영문 저서를 놓고 벤치마킹 한다.

"영수. 정진하기 바란다." 책 한 권 내시면서 건네주시는 책엔 늘 이 글귀가 있었다. '정진'이란 말은 그 이후 내가 좋아하는 말이 됐다. 제자들에게 한 마디 전할 때 꼭 이 표현을 쓴다. 정년을 마치고 삶을 반추하면서 선생님의 영향력이 얼마나 큰가를 새삼 느낀다. 선생님

---

* (사)북한연구소 소장, 전 서강대 부총장, 현 서강대 명예교수

그 나이 때 어떻게 하셨나가 내 삶을 되새기는 절대 기준이다. 북한연구소장을 맡으면서 新亞研 둥지를 여의도에 틀 때, 아현동 철물가구점을 선생님과 돌면서 앵글 공사 발주하던 생각이 났다.

연구소 운영을 위해 무엇을 중시해야 하는지, 정관은 어떻게 만들어야 하는지, 정기 발행물을 내기 위해선 놓쳐서는 안 되는 건 무언지, 예산을 아끼는 건 어떻게 해야 하는지 등이 최근 새로운 일을 맡으면서 매일 생각하는 과제다. 新亞研 성장을 위해 선생님께서 노력하신 바로 그것이다. 사단법인은 사람이 중요 자산이란 걸 잊어서는 안 된다는 말씀 또한 가장 다가오는 연구소 운영 철칙이다.

서강대에서 보직을 처음 맡았을 때도 어김없이 격려해 주셨다. 구매도 담당하고, 노조와도 씨름하고, 학부형하고 토론한 모든 것이 현재 맡은 일을 하는 데 큰 도움이 된다. 조직을 운영할 때 시스템 중시가 핵심이란 것도 선생님이 남겨주신 교훈이다. 그 사람이 없어도 조직이 작동할 수 있도록 해두어야 한다는 선생님의 말씀 또한 총무처장, 사무처장, 기획처장, 부총장 등을 거치는 동안 잊지 않은 기준이다.

선생님과 함께 나를 이끌어주신 분은 바로 사모님이다. "영수 아저씨" 호칭으로 시작한 사모님의 따뜻하고 세심한 배려는 대학원 박사과정 입학 때 결정적이었다. 여러 사정으로 박사과정 입학을 미루면서 잠수하고 있을 때 걸어주신 전화 한 통화가 오늘의 내가 있게 된 결정적 전환점이다. "뭐 하세요? 선생님이 궁금해 하시는데…" "네에 알겠습니다."로 대답한 나는 지금까지 선생님을 뒤따라왔다.

내가 서강대 정외과에 부임한 후 얼마 지나지 않아 선생님은 한림대 총장으로 가셨다. 그 이후에도 기회가 있을 때마다 칭찬해 주셨고 분에 넘치는 격려로 키워주셨다. 나도 교육 현장에서 제자를 키우는 동안 선생님의 칭찬을 물려받으려고 노력했다. 참으로 좋은 자극제이며 힘을 불어넣어 주는 성장 동력이기 때문에.

만 41년의 교수 생활을 하면서 교육의 수단으로 따끔한 질책도 중요하지만, 에너지를 솟구치게 하는 칭찬과 격려가 더 좋은 것임을 선생님으로부터 배웠다. 그리고 실천했다. 이것이 선생님이 남겨주신 소중한 자산이다.

현인과의 대화: 물리적 수단으로 하는 심리적 투쟁

이장욱*

학자가 해야 하는 일 중에는 복잡한 개념을 단순 명확하게 정리하고 쉽게 풀이하여 '보다 쉽게 이해하고 사용하게 하는 일도 있다. 나는 이와 관련된 이상우 선생님과의 추억이 있다. 그것은 바로 억지의 개념과 관련된 것이다.

선생님은 교과서를 쓰시면서도 쉬운 의미를 찾으려 노력해 오셨다. 억지의 개념만 해도 그렇다. 『국제관계이론』에서 이상우 선생님은 존 베일리스(John Baylis)의 개념을 인용하면서 다음과 같이 소개한다.

"억지란 한 정부가 상대국이 자기가 원하지 않는 행동을 하려 하면 감당 못할 손실을 입히겠다고 위협함으로써 그 행동을 하지 못하도록 하는 것이다."

위에서 소개한 베일리스의 정의를 보면서 나는 베일리스가 선생님과 억지와 관련한 대화를 하는 장면을 상상했다. 그리고 베일리스가 듣게 될 지적사항을 떠올렸다. "더 쉽고 간단한 뜻은 없나요?" 선생님에게 강의를 들은 학생들은 한 번쯤은 들어본 지적이다. 선생님은 늘 말씀하셨다. "말하는 본인도 이해 못하는 복잡한 개념이라면 듣는 사람은 더더욱 이해 못한다"고. 그래서 발제하는 학생이 가장 신경 써야

* 한국국방연구원 연구위원

하는 것은 개념설명이었고 수업에 참가한 사람 누구나 쉽게 이해하도록 설명해야 했다. 대부분 실패했던 것으로 생각한다. 어찌 보면 당연한 일인지도 모른다. 누구나 쉽게 이해하도록 설명하는 것은 모든 것에 통달한 경지에 이른 현인(賢人)만이 할 수 있기 때문이다. 다행히도 나는 그런 현인과의 대화를 할 수 있었다. 선생님과의 대화는 필자에게는 현인과의 대화였다.

이해하기 쉽게 설명하려는 현인의 모습은 선생님의 교과서에서도 나타났다. 선생님께서 교과서를 쓰시면서 가장 역점을 둔 것도 복잡한 사안을 쉽고 간단한 개념으로 풀이하는 것이다. 억지와 관련해서도 선생님은 쉽게 이해할 수 있는 개념을 소개했다. 선생님의 『국제관계이론』에서 보다 쉬운 의미로 풀이된 억지의 개념은 "상대방이 무엇을 하지 못하도록 겁을 주는 것"이다. 지금 소개한 억지의 개념은 단순하고 간단하지만 억지가 가지고 있어야 할 핵심내용을 망라하고 있다. 먼저 "상대방이 무엇을 하지 못하도록 한다"는 의미는 억지의 목적을 의미한다. 나에게 가해질 위해, 공격, 그리고 강압 등 나를 위협하는 상대의 행동을 막는 것이 억지의 목적이다.

이어지는 핵심어는 바로 "겁을 준다"는 것이다. 이 겁을 준다는 우리가 통상적으로 이해하는 쉬운 언어다. 그런데 이 겁을 준다는 말에 상당히 많은 뜻이 담겨 있다.

첫째, 겁을 주는 행위는 실제 물리적 공격을 하는 것이 아니다. 물리적 공격에 대한 두려움을 상대에게 심어주는 것이다. 따라서 억지는 심리적 투쟁을 의미한다. 둘째, 겁을 주기 위해서는 능력이 필요하다. 상대가 위협할 때, 우리는 가지고 있는 무기를 꺼내 보이면서 상대를 겁줄 수 있다. 이것은 바로 억지를 위해서는 능력을 가져야 된다는 의미가 된다. 셋째, 상대를 겁주기 위해서는 나의 강한 의지와 능력을 상대에게 전달해야 한다. 아무리 강력한 무기가 있어도 보여주지 않으면 겁을 먹지 않는다. 겁을 준다는 의미가 나의 의지와 능력을 보여준다는 것이므로 전략적 소통(Strategic Communication)은 자연스럽게 억지의 핵심요소가 된다. 넷째, 겁을 주기 위해서는 나의 행동은 신뢰성이 있어야 한다. 상대가 공격하면 나는 반드시 보복한다는 자신의 행동에 신뢰성이 담겨 있어야 상대가 겁을 먹는다. 아무리 능력과 의지가 있어도 그것이 언제 나타날지 모르는 사람에게 상대는 겁을 먹지 않기 마련이다.

이렇게 "겁을 준다"는 쉬운 개념이 억지의 핵심 구성요소 도출까지 생각하게 만든다. 이것이 선생님이 강조하시는 쉬운 개념설명이다. 누구나 다 이해할 수 있으면서 깊게 생각하는 사람에게는 사고의 연쇄작용을 일으키는 개념설명, 필자가 선생님과의 대화를 좋아했던 것도 이러한 이유다. 필자는 억지와 관련해서 선생님과 자주 대화를 가졌다. 그럴 수밖에 없던 것이 필자의 석사논문 주제가 "북한의 비대칭 억지 전략"이었다. 선생님과의 대화를 토대로 필자는 억지와 관련한 필자만의 핵심 개념을 도출했다. 그것은 바로 "물리적 수단을 가지고 하는 심리적 투쟁"이라는 것이다. 나는 군사실무가들과 이야기하면서 억지가 심리적 투쟁임을 강조하곤 한다. 억지는 심리투쟁이기에 기존의 물리적 투쟁 중심의 전쟁행위와는 다른 사고방식을 가지고 접근해야 한다고 강조하기도 한다. 심리 투쟁이므로 때로는 허세나 과장이 먹힐 때도 있으며 북한도 이를 이용하고 있다고 이야기해준다. 이 모두가 선생님과의 대화를 통해 얻은 내용이다.

21세기의 군사력 발전 동향에서 우려스러운 것은 핵이 심리적 투쟁과 멀어져 간다는 것이다. 1962년 쿠바 미사일 사태를 계기로 한 미소 간 암묵적 합의는 핵을 결코 물리적 투쟁수단으로 사용하지 않겠다는 것이었고 이로 인해 상호확증파괴(Mutual Assured Destruction: MAD)에 근거한 상호억지가 가능했다. 이후 냉전 종식까지 핵무기는 겁을 주는 심리적 투쟁의 수단에 머물 수 있었다. 하지만 2000년대 이후 미국을 위시한 핵강국은 실제 투발을 염두에 두고 저위력 핵무기 기술을 발전시키고 있다. 지하 깊숙이 은신한 적 지도부 및 대량살상무기를 효과적으로 파괴하기 위한 수단으로 활용하려는 것이다. 문제는 이러한 저위력 핵무기도 엄연한 핵무기이고 실제 투발되는 순간 핵과 관련된 금기-- 심리적 투쟁수단으로만 활용 --는 쉽게 깨어진다. 저위력 핵무기에 대해 상대가 보다 위력이 강한 기존의 핵무기로 대응하는 확전 양상이 벌어질 가능성도 배제하지 못한다. 왜냐하면 상대방도 자신의 행동의 신뢰성을 주기 위해서 핵에는 핵으로 대응할 수밖에 없기 때문이다.

과연 이러한 핵억지의 위기에 대해 우리는 어떠한 해법을 가져야 할까? 이것을 필자를 비롯한 안보군사 연구가들의 숙제가 될 것 같다. 그 어느 때보다도 선생님이 가르쳐 주신 억지의 기본개념, 물리적 수단을 통한 심리적 투쟁이 생각나는 요즘이다.

〈에필로그〉

선생님과의 대화 관련, 에피소드 하나 더 소개하려 한다. 나는 선생님과의 대화를 통해 일생에서 가장 중요했던 질문에 잘 대답할 수 있었다. 필자는 선생님과 주로 전쟁 및 군사안보문제와 관련된 대화를 많이 나누었다. 그리고 이러한 대화에서 선생님이 자주 강조하신 것은 힘(국력)에 대한 클라인(R. Cline) 공식이었다.

힘/국력(P) = 능력(C: 영토/인구등 국가규모+군사력+경제력) × 의도(I: 의지+전략)

위에서 보는 공식이 클라인 공식이다. 복잡해 보이나 핵심은 의외로 쉽고 간단하다. 힘은 능력에 의도를 곱한 것이다. 필자는 일생에서 가장 중요했던 순간 힘에 대하여 질문을 받았다. "힘이 무엇이라 생각하시나요?"라는 질문이었다. 그래서 선생님과의 대화를 통해 얻은 내용을 활용해서 힘은 의도와 능력을 곱한 것이어서 능력이 아무리 출중해도 사용하려는 의지와 전략이 없으면 힘은 0이 된다고 했다. 특히 전략이 중요한데 잘못 짜여진 전략은 능력의 힘을 '0'의 값으로 만들어 버린다. 다시 말해 잘못된 전략은 자살적 결과를 초래한다는 나름 괜찮은 답을 내놓을 수 있었다.

나도 親舊 같은 선생님 되기로

오정은*

나는 오랫동안 UN 사무총장이 되겠다는 꿈을 가지고 생활했다. 지금은 친구 같은 선생님이 되겠다는 목표를 가지고 생활한다. 친구 같은 선생님이라는 목표가 있어서 행복하다. 이 소중한 목표가 생긴 것은 나의 스승님 이상우 선생님 덕분이다.

내가 UN 사무총장이 되기를 꿈꾼 것은 초등학교 때부터였다. 내가 초등학생이던 1980년대에는 북한이 테러를 범하는 일이 많았고 남한과 북한이 충돌하면 미국과 소련이 핵전쟁을 벌일 수 있다고 이야기하는 사람들이 많았다. 당시 나는 UN이 무슨 일을 하는 기관인지 잘 몰랐다. 북한이 남침하여 6·25 전쟁이 발발했을 때 한국을 돕기로 결정한 곳이고 세계 각국 대표가 만나 회의하는 곳이라는 사실 정도의 초등학생 수준의 상식만 있었을 뿐이었다. 이런 상황에서 용감하게 UN에서 가장 높은 사람이 되어 전쟁 없는 세상을 만들겠다는 야심찬 삶의 목표를 세웠다. 이후 중학교와 고등학교에 진학하고, UN이 어떤 일을 하는 곳이며, UN을 대표하는 UN 사무총장은 어떻게 선출되고, 어떠한 역량을 갖추어야 하는지 좀 더 구체적으로 알게 되었다. 알면 알수록 UN 사무총장이라는 꿈이 얼마나 엄청난 것인지 명확해졌지만 꿈을 포기하지 않았다. 어려운 일이겠지만 내가 열심히 노력

---

* 한성대학교 교수

하면 할 수 있다는 무모한 용기로 무장하고 나름 정성들여 UN 사무총장을 향한 장기 계획을 수립하였다.

UN 사무총장이 되기 위해 내가 세운 첫 번째 계획은 대학교 정치(외교)학과에 진학하는 것이었다. 국제정치를 공부해야 한다는 생각에서였다. 그런데 그 첫 번째 관문에서 난관에 봉착하였다. 고등학교 3학년 때 치른 대학입시에서 정치외교학과 진학에 실패하고 불어불문학과에 합격하였다. 당시 담임선생님께 정치(외교)학과에 진학하기 위해 재수하겠다 말씀드렸는데 담임선생님은 UN 사무총장이 되려면 프랑스어를 잘해야 한다면서 우선 불어불문학과에 진학하고 프랑스로 유학 가서 정치학을 공부하자고 설득하셨다. 가족들은 재수를 한다고 원하는 곳에 합격할지 알 수 없으니 일단 입학하고 다니면서 생각해보자고 강요와 설득을 반복하였다. 결국 나는 주변의 말을 듣고 불어불문학과에 입학하였다가 UN 사무총장의 꿈을 위해서는 정치외교학과에 진학할 필요가 있다는 결론을 내렸고, 돌고 돌아 남들보다 조금 늦게 정치외교학과 학부 공부를 시작하였다.

정치외교학과 학생이 된 후 늦게 시작한 공부이니 부지런히 공부하자고 다짐하면서 이른 아침부터 학교에 갔고 학교에 일찍 가니 수업도 일찍 듣는 게 좋겠다는 생각을 했다. 나의 수강신청 기준 1순위는 국제정치 관련 교과목, 2순위는 아침 시간 교과목이 되었고 이상우 교수님의 수업은 매 학기 이 조건에 들어맞았다. 자연스럽게 이상우 교수님 수업을 모두 들었다. 대학원에 진학해서도 마찬가지였다.

수업을 통해 이상우 교수님을 뵙는 일이 반복되었고 교수님 말씀을 들으며 교수님을 존경하는 마음이 점점 커졌다. 하지만 오랫동안 교수님께 다가가지 못하고 지냈다. 존경하는 마음과 함께 어려움이 있었기 때문이다. 연륜과 경륜이 높으신 분이라는 생각에 살갑게 다가가면 안 되는 것 같았다. 대학원 1학기를 마치고 2학기에 접어들면서 이상우 교수님께 지도교수님이 되어주십사 부탁드리고 싶으면서도 어떻게 말씀을 드려야 하나 한동안 고민했었다. 이 고민이 예기치 않게 해소되었다. 이상우 교수님께서 학술지 〈신아세아〉 발행인이셨는데 내게 이 학술지 편집조교가 필요하다고, 참여할 수 있는지 물으셨던 것이 기회가 되었다. 교수님께서는 수고비를 많이 못 준다고 덧붙이셨지만 나는 비용이 전혀 중요하지 않았다. 너무 좋았다. 망설임 없이 참여하겠다고 했다. 교수님을 더 많이 뵐 수 있고 논문지도 부탁 말씀도 꺼낼 수 있고 고민이 생겼을 때 가끔 상의드릴 수도 있을 것 같다는 생각에서였다.

예상대로 〈신아세아〉 편집조교를 시작하니 이상우 교수님을 더 많이 뵐 수 있었다. 함께 식사할 기회도 있었고 개인적으로 독대하는 일도 종종 생겼다. 바쁘신 교수님께 석사논문 지도도 받을 수 있었다. 더불어 이상우 교수님의 제자인 서강대 선배님들도 많이 알게 되었다. 선배님들이 이상우 교수님께 '교수님'이란 호칭 대신 '선생님'이란 호칭을 쓰는 것을 보다가 나도 어느새 교수님 대신 선생님이라는 호칭을 쓰게 되었다. 행복했다. 좋은 일이 있으면 빨리 선생님께 말씀드릴 용기도 생겼다. 2002년 대한민국 정부 국비유학생 선발시험에서 최종 합격하여 장학생으로 박사과정 유학을 가는 것이 확정되었을 때, 선생님께 냉큼 달려가서 말씀드렸다. 당시 선생님께서 축하해주시며 영어로 "I'm proud of you"라고 말씀하셨는데 이 말씀은 나의 박사과정 유학생활 내내 활력소가 되었다. 공부하다 막히고 글이 잘 안 써진다고 생각될 때마다 선생님께서 "I'm proud of you"라고 말씀하시던 일을 떠올리며 새로운 기운을 얻었다.

　박사과정 유학생활은 대체로 순조로웠다. 내가 유학하던 벨기에의 루뱅대학교(Université Catholique de Louvain)는 성적이 나쁘면 가차 없이 제적시키기로 유명한 학교였지만 나는 교과목 성적이 무난하게 나왔고 논문도 예정대로 진행되었다. 그러나 박사논문이 거의 완성되어 가던 2007년에 한국인이 UN 사무총장이 되면서 장래 목표에 혼란이 왔다. 한국인 UN 사무총장이 탄생하였다는 사실은 국가적 경사이고 국민의 한 사람으로서 기뻐해야 할 일이었지만 동시에 이제 당분간 한국인이 UN 사무총장 되기를 꿈꿀 수 없음을 의미하였기 때문이다. UN 사무총장 임기는 5년인데 연임이 가능하며 연임하는 경우가 많다. 그리고 차기 UN 사무총장을 선출할 때에는 암묵적으로 대륙순환제 룰을 적용해 대륙별로 돌아가며 해당 지역 출신 인물에게 기회를 준다. 그러므로 한국인이 UN 사무총장에 도전하려면 다시 아시아 차례가 되어야 하고 이는 수십 년 이후에나 가능하다. 다시 아시아 차례가 돌아왔을 때에도 또다시 한국인이 UN 사무총장이 될 것인가 생각해보니 현실적으로 어렵다는 결론에 도달했다. 더이상 UN 사무총장이 되겠다는 꿈을 붙잡고 있는 것은 집착이라고 판단되었다. 오랫동안 나의 삶의 방향을 제시하던 UN 사무총장의 꿈을 놓아야 했다.

　UN 사무총장을 대신하는 새로운 목표를 정하고 싶었는데 쉽지 않았다. UN이 아닌 다른 국제기구의 수장이 되는 상상을 해 보고 꼭 수장이 아니더라도 국제기구에 취업하여 세계 평화에 일조하는 삶도 생각해보았지만 명확한 목표로 정리되지 않았다. 목표가 없다는 사실이 불안했지만, 대안을 못 찾았다. 이러한 상태로 박사학위를 취득하고 귀국했다.

귀국 후 나는 본격적인 진로 고민을 시작하였다. 남들이 20대에 대학 졸업을 앞두고 하는 진로 고민을 30세가 넘어 박사학위까지 취득한 후 시작한 것이다. 운 좋게 취업을 하고도 취업이 된 상태에서 계속 진로를 탐색하는 시간이 한동안 지속되었다. 힘들었다. 하지만 돌이켜보면 그 시간이 나에게 나쁜 시간은 아니었다. 오히려 감사한 시간이었다. 이상우 선생님을 가까이 모시게 된 시간이었기 때문이다.

진로 탐색기에 이상우 선생님을 몇 번 찾아뵈었다. 새로운 곳에 취업서류를 준비하면서 추천서를 부탁드리기도 했다. 뵙기를 청할 때마다 선생님은 바쁘신 와중에도 꼭 시간을 내어 제자의 부탁에 응해주셨고 항상 힘이 되는 격려와 덕담을 해 주셨다. 그러던 어느 날 선생님께서 친한 친구가 중요하다는 이야기를 하시며 너는 여기 적어도 친한 친구가 하나 있다고 말씀하셨다. 선생님께서 나의 친구라 하신 것이다. 감히 선생님의 친구가 되었다는 생각에 황송하면서 내가 대단한 사람이 되었다는 자랑스러운 마음이 들었다. 또한 선생님이 친구라는 생각에 마음이 든든해졌다. 이후 걱정되고 불안한 마음이 생길 때 나를 믿어주시는 이상우 선생님이 계시다는 생각을 떠올리고 "이상우 선생님은 나에게 친구같은 분이다"라고 생각하며 불안감을 떨쳐내곤 했다.

진로 탐색기를 거쳐 마음에 드는 직장을 찾았고 진로에 대한 불안도 사라졌다. 그리고 한동안 이상우 선생님이 내 친구가 되어 주셨다는 생각도 잊고 지냈다. 그러다 2018년에 연구원에서 대학교로 직장을 옮기면서 잊고 지낸 기억이 떠올랐다. 대학교로 가면 어떤 교수가 될까 생각해보다가 선생님이 친구처럼 대해 주셨을 때의 그 기쁨과 든든함이 생각났다. UN 사무총장의 꿈을 놓고 불명확하던 나의 삶의 목표를 학생들에게 친구 같은 선생님이 되는 것으로 새로이 설정하였다.

국어사전에서 친구의 의미를 찾아보니 '가깝게 오래 사귄 사람'이라고 한다. 친구의 한자어는 친척을 의미하는 친(親)과 오랜 벗을 의미하는 구(舊)가 결합된 것으로 원래 친구는 '친척과 벗'을 뜻하였다고 한다. 이후 친척의 의미가 빠지고 현재 친구는 '벗'의 의미로 사용되었다고 한다. 비록 혈연으로 맺어진 가족이라는 의미는 제외되었더라도 여전히 사람들은 친구라는 단어에서 가족처럼 가까운 사이를 떠올리고 통상적인 지인과 구분한다.

내게 이상우 선생님은 친구같은 선생님이다. 너무도 감사하고 든든하고 소중한 '친구(親舊) 같은 선생님'이다. 그런 선생님이 계셔서 행복하다. 이상우 선생님을 본받아 나도 나의 학생들에게 친구 같은 선생님이 되고 싶다. 혼자 고민하는 학생들에게 용기를 주는 '친구(親舊) 선생님'이 되고 싶다. 쉬운 일은 아닐 것이다. 그래도 도전하고 싶다. 선생님의 노하우를 더 배우고 싶다. 어느 정도 수준 높은 '친구(親舊) 선생님'이 되면 이상우 선생님께 자랑하고 싶다. 이상우 선생님께서 오래오래 내 친구 같은 선생님이 되어주시길 기원한다.

만남과 배움

마음가짐 다듬기 90년(증보판)

초판 1쇄 발행 | 2025년 4월 15일

지은이 | 이상우
펴낸이 | 안병훈

펴낸곳 | 도서출판 기파랑
등 록 | 2004. 12. 27 제300-2004-204호
주 소 | 서울시 종로구 대학로8가길 56 동숭빌딩 301호   우편번호 03086
전 화 | 02-763-8996 편집부 02-3288-0077 영업마케팅부
팩 스 | 02-763-8936
이메일 | guiparang_b@naver.com
홈페이지 | www.guiparang.com

ISBN 978-89-6523-481-4   03800